# 偷时间的女孩

奔放的招财猫 著

重庆出版集团
重庆出版社

图书在版编目（CIP）数据

偷时间的女孩 / 奔放的招财猫著. -- 重庆 : 重庆出版社, 2025. 1. -- ISBN 978-7-229-18820-7

Ⅰ. I247.5

中国国家版本馆CIP数据核字第2024YV0147号

## 偷时间的女孩
TOU SHIJIAN DE NÜHAI

**奔放的招财猫　著**

责任编辑：袁　宁
责任校对：杨　婧
装帧设计：冰糖珠子

重庆出版集团　出版
重庆出版社

重庆市南岸区南滨路162号1幢　邮政编码：400061　http://www.cqph.com
重庆出版社艺术设计有限公司制版
重庆市国丰印务有限责任公司印刷
重庆出版集团图书发行有限公司发行
全国新华书店经销

开本：880mm×1230mm　1/32　印张：10　字数：245千
2025年1月第1版　2025年1月第1次印刷
ISBN 978-7-229-18820-7
**定价：58.00元**

如有印装质量问题，请向本集团图书发行有限公司调换：023-61520678

**版权所有　侵权必究**

# 目录

### 第一章
偷东西的侠女 / 1

### 第二章
你见过银河系吗 / 17

### 第三章
报告老师 / 48

### 第四章
我,是一个小偷 / 73

### 第五章
嘿,放开那两个女孩 / 100

### 第六章
未来时间与枪 / 121

### 第七章
早已写好的结局 / 146

### 第八章
偷时间的女孩 / 167

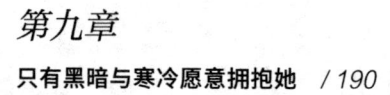

## 第九章
只有黑暗与寒冷愿意拥抱她 / 190

## 第十章
新年快乐 / 213

## 第十一章
一万种未来 / 242

## 第十二章
我要你们全都好好的 / 260

## 第十三章
时间的报复 / 279

## 第十四章
他们被时间偷走了 / 295

## 第十五章
时间最后的刻度 / 308

# 第一章
# 偷东西的侠女

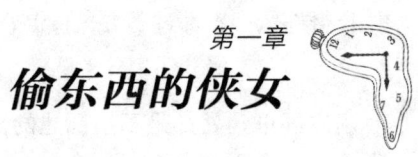

在这样的年龄,生活还没有撞疼我们,责任感和悔恨也还都不敢损伤我们,那时我们还敢于看,敢于听,敢于笑,敢于惊讶,也敢于做梦。——托马斯·曼

对你而言,最重要的是什么?

小哑忘记了是什么时候余晨阳问过她这个问题了。

不过不重要,重要的是小哑知道这个问题的答案,一直都知道。

在这个北方小城里,整个棚户区、阿琛、小雨、方奶奶以及余晨阳,对小哑来说是最重要的。因为,除了棚户区,再远的地方她还没有去过,也没有领略过其他风景;除了他们,其他人她不认识,也不想去认识。

这片棚户区和这些人组成了小哑全部的生活以及幻想。

当然,还有一样很重要的事情,那便是小哑"偷"来的那些时间。

这个秘密,无人知晓。

衡州市的冬日有些冷,虽然讨厌,但小哑早已习惯了这个温

度，她唯一不习惯的就是，这个冬天太长了。

长得好像一直都过不去，长得好像一直在循环。

棚户区里到处都是私搭乱建的简陋房屋，错落的房檐就像是雨天挤到一起低飞的燕子。每到刮西北风的时候，白色垃圾和刺鼻的味道就会穿堂过巷，时刻提醒着每一个生活在这里的人，他们的生活有多么糟糕。每个人的表情都像是同一个模板印出来的，因为他们的糟心与艰难都非常清晰地刻在脸上。

小哑有早起的习惯，她必须在太阳升起来之前起床，然后到外面等太阳在自己面前升起。那样，她就能感受到周围的寒冷渐渐退去，一天从美好中开始。因为她从开始记事起，就是被寒冷包裹着的人。

一辆机场大巴从前面经过，车上坐满了人，去旅行、出差，或者有其他什么事情。小哑透过车窗看到一个女孩的笑脸，温暖，灿烂，符合所有她对幸福这个词语的定义。那么，她去哪里呢？

车里的女孩也看到了小哑，笑得更灿烂了。小哑仿佛感到了一股春风，因为那个充满美好的笑容对小哑来说是不属于这个寒冷冬天的。

那是小哑一直渴望的温暖，她忍不住注视着女孩的眼睛，那一刻，小哑做出了一个决定，一个自私的决定——偷走小女孩一天的时间。

这便是小哑的秘密——偷时间。

既然叫偷，当然是在对方不知道的情况下。小哑偷过很多东西，食物、玩具、衣服，但是她偷得最多的是别人的时间，她羡慕的，是那些带有温度的时间。

## 第一章　偷东西的侠女

她渴望温暖。

小哑也不记得从什么时候开始，她拥有了这项能力——偷取别人的时间。但是她一次又一次地偷走别人的时间，甚至有些贪婪，尽管那些偷来的时间她仅仅是经历一遍，并没有其他的作用，但是有这种能感同身受的镜花水月，小哑就已经很满足了。

比如此时此刻，她只需要盯住女孩的眼睛，然后转动手里老旧机械怀表的指针，就可以偷走她的时间，轻而易举。

小哑的耳边仿佛响起巨大的沉重的齿轮声——

今天清晨，外面的雾还未散去，一间暖色调的温馨卧室里，女孩正在床上熟睡着。房间不大，一张书桌，一个小书架，一张床，床旁边还有一个架子，上面摆满了女孩收集的东西，小玩偶、各种漂亮的发卡、海报、杂志、音乐盒，还有很多好看的笔记本。

地上摆着一只打开了的行李箱，里面装满了夏季的衣服以及玩具。

书桌上方挂着一支室内温度计，上面的指针停留在25℃和26℃之间，这个温度在冬天里十分适宜，只需要穿着不太厚的棉质睡衣，就会既温暖又舒服。小哑做梦都想睡在二十五六摄氏度的房间里，这样在冬夜里就不会被冻醒，辗转反侧，难以入眠。

女孩翻了个身，把被子踢到了一旁，嘴里说了几句梦话。

咚咚咚……

响起了敲门声，声音很轻微，敲门的人控制好了力度，生怕打扰了女孩的睡眠。

女孩没有醒。

门被推开，女孩的妈妈进来，坐到床边，轻柔而亲昵地说道："小懒虫，该起床了。"

妈妈，对于小哑来说是一个十分陌生的称呼。

妈妈继续说道："昨晚上咱们说好的，今天要早点起床，要赶飞机的，去夏威夷。你不是盼了很久的吗？乖，起床，到飞机上睡。"

夏威夷？小哑知道，那是一个没有冬天的地方。

女孩缓缓睁开眼睛，然后像一只慵懒的猫咪钩住妈妈的脖子，在她怀里蹭着。

"乖，去洗漱，然后出发。夏威夷在等着你！"妈妈说，"我去收拾东西了。如果你起晚了，我就和你爸两个人去，你留下看家。"

妈妈走后，女孩从床上爬起来，兴奋地冲出卧室，到卫生间洗漱，刷牙的时候嘴里不停哼着歌，小哑没听过那首歌，不过很好听。

很快，一家人出发了。家里的车限号，一家人乘大巴前往机场。在车上，女孩一直贪婪地看着窗外的景色，她从未看过清晨五点的城市，就像小哑从没有去过别的城市，甚至棚户区都很少出。

小哑能体会女孩雀跃的心情，她脸上露出与那个女孩一般的笑容。

机场大巴已经不见踪影了，小哑看着大巴远去的方向，站了良久才转身离开，因为多数时候小哑偷完别人的时间都会消化一会儿，或是感慨，或是承受。

刚走出去几步，一个声音在小哑身后喊道："嘿！站那儿，别动，说你呢！"

小哑习惯低着头走路，这个习惯帮了她很多，比如有时能捡到钱，可以好好撮一顿，再比如躲开那些令她讨厌的"坏人"。

可是这一次，她躲不过了。听到这句话后，她本能地加快脚步，但还是被拦了下来。

"装鸵鸟呢？把头抬起来。"

小哑被一个男人挡住，她的视线刚好能看到对方擦得很亮的皮鞋。小哑缓缓抬起头，看到他发白的牛仔裤以及发皱的皮夹克。他的声音有点沙哑，应该是抽烟太多导致的。小哑努力回想，她好像不认识声音沙哑的人吧。

"想溜？你跑得了吗？"男人继续说道。

小哑终于抬起头，看着这个男人，有些面熟，但一时之间又想不起来他是谁。

"装什么呢？三天前，想想。"男人提醒道。

三天前？没什么特别的吧？直到小哑看到男人的右脸上有一颗痣，终于想了起来。那是三天前的一个中午，一家名为桂花快餐的快餐店里挤满了人，同样爆满的是不足十米外的公共厕所，所以每次经过那附近的时候，总是一会儿飘来一股恶臭，一会儿飘来一股菜香。

桂花快餐店里提供的都是色泽普通但很有味道的盒饭。其实很有味道只不过是指盐放了很多罢了，如果口味淡，这里没人会觉得好吃，那么这家店很快就会倒闭。

如果这家店倒闭，小哑就少了一个能吃饱饭的地方。她在上学之余会在这家店帮帮忙，老板娘管她的饭，有时候剩下的食物多了，小哑还可以打包回去给阿琛和小雨。

小哑刚送餐回来，马上得去学校，所以挤在角落里的一张桌子上随便吃几口。

5

偷时间的女孩

其实小哑不哑,她是一个孤儿,从小被欺负怕了,不相信人,更不敢与人交流,时间久了,大家都以为她是哑巴。

小哑无所谓,她在这片棚户区里过惯了,反倒有一种自在的舒适感。

这时候,一个身材高挑穿着皮夹克的男人走进快餐店,左右看看,然后在人群后面排队。小哑下意识地多看了他一眼,因为她以前从没见过他。要知道,这片棚户区破旧不堪,住户穷得叮当响,没有人会专程跑过来吃饭,所以,这里出没的基本上都是熟面孔。

快餐店里很吵,打电话、吹牛皮、哧溜哧溜吃面条的声音不绝于耳,没有人会注意一张陌生面孔,除了小哑。这或许是一个学生天生的好奇心。

陌生男人抬起左手挠了挠自己的右胳膊,右手在左臂的掩护下,伸进了前面排队的人的口袋里,纤长的食指和中指夹出来一只黑色的钱包,然后迅速放进自己的口袋里,几乎是同时,陌生男人就要转身离开。

这一套动作小哑再熟悉不过了。

就在陌生男人准备离开的时候,小哑向后一靠,背部紧贴着椅子,一伸手便把陌生男人偷的钱包又偷了回来。一切发生得太快,得手后匆忙离开的陌生男人并没有发现。

紧接着,小哑把钱包扔在了"失主"的脚下。

失主听到脚下有动静,下意识低头一看,发现是自己的钱包,便捡了起来。

这一切发生在仅仅几秒钟之内,嘈杂的环境里没有人会注意到这些不起眼的"小动作"。

6

## 第一章 偷东西的侠女

这些手段都是阿琛教的，阿琛在这方面可是"行家"，在外面有名号的。

那是在很小的时候，大概七八岁的年纪，饥肠辘辘的小哑遇到了只比她大一岁的阿琛。那时阿琛和妹妹小雨刚刚进入这家小哑一直在的福利院，当时小哑营养不良，长得小，再加上经常受到福利院其他调皮孩子的欺负，显得过分骨瘦如柴，根本分辨不出是男孩还是女孩。阿琛看她可怜兮兮的，问小哑想不想吃鸡腿。小哑从没有奢求过吃鸡腿，都是分到什么食物吃什么，她没有说话，只是一个劲儿地点头。

阿琛带小哑偷偷溜出福利院，然后把她身上弄得脏兮兮的，来到一家便利店，让小哑在店门口大哭，只管哭，别的什么都不用做。于是，这个脏兮兮的可怜的小女孩大哭了起来，吸引了很多人，也吸引了便利店的老板。没过几分钟，老板就忍不住了，这样一个小乞丐实在是太耽误他做生意了，而且还触霉头。

老板出来驱赶，阿琛趁机闪进店里，抱了一堆食物从侧边溜了出来，然后把食物藏进不远处的垃圾桶里，再折回来把小哑带走了。

这是小哑第一次吃到这么好吃的鸡腿。她一会儿冲着阿琛傻笑，一会儿冲着阿琛哭。哭不是因为委屈，委屈对于一个孤儿来说根本不值一提，哭仅仅是因为太好吃了。

"你怕不是个傻子吧？"阿琛笑道。

小哑摇摇头，继续带着眼泪傻笑。

"行吧，以后我教你偷东西吃。"阿琛道。

小哑把满口的鸡肉努力咽下去才说道："你刚才那是抢。"

阿琛道："抢是很低端的，偷是门手艺，但是刚才我偷的话身

7

上装不了多少，你吃不饱的。以后你管我叫哥，我管你吃饱。"

"哥。"小哑想都没想。

"我有个妹妹，叫小雨，跟你差不多大，以后我们兄妹罩你，没人敢欺负你。"

"你们是今天新来福利院的吗？"

"是啊，我们才不稀罕待在里面，我们有奶奶。"

"奶奶呢？"

"刚去养老院，她病了。"

……

之后，阿琛便教了小哑"吃饭的手艺"。小哑用一年的时间练习，便已经可以做到一个照面便悄无声息地从别人身上取走她想要的东西。

但是小哑从没有这样做过，因为有阿琛在，她从不需要自己动手。刚才，是她第一次真正意义上"偷钱包"。

"你这样破坏规矩啊。"

忽然一个声音传进小哑的耳朵里，小哑歪头看到阿琛正从快餐店门口走进来，在自己身边停下。

阿琛揉了揉小哑的头，"人家在'工作'，你这样做被发现的话是要挨打的。"

小哑对阿琛笑笑，试图蒙混过关。

这么多年一起"活"下来，阿琛早就拿小哑当自己的亲人了，也就是嘴上说几句，而且说得很轻。

"行了，我还有事，下次注意别冒险了，万一被同行抓到……"阿琛对小哑比了一个抹脖子的动作，小哑赶紧把阿琛推走。

"喂，我跟你说话呢！你是哑巴吗？"小偷把小哑的思绪从三天前拽回来。

小哑知道，躲是躲不过去了，于是点点头，然后往旁边移动脚步。小偷却一把揪住小哑的衣襟，"哑巴是吧？行，不聋就行。一千块！"小偷在小哑的耳朵旁大声喊道。

小哑捂住耳朵，用柔弱的眼神看着这个陌生的男人。

"装傻是吧？钱包是你还回去的吧？小小年纪，技术倒不错，侠盗啊？"

小哑知道，既然对方花三天时间找到自己，肯定不会放过自己。

她把身上仅有的几十块钱拿出来，捧在手心里，递给这个男人。

男人一巴掌打掉她手里的钱，"羞辱我呢？"

小哑吃痛，揉着手腕连忙摇头。

忽然远处传来一个很有力的声音："她不是这个意思。"

循着声音看过去，是一个个子很高的青年，瘦瘦的，倚靠在巷口墙壁上，脸上挂着一副天塌下来都无所谓且有点幸灾乐祸的坏笑。

"阿琛……"小哑小声说道。

男人一愣，小哑巴居然开口说话了。他随即对巷口的阿琛说道："她偷了我钱包。"

小哑急忙解释："分明是你先偷了客人的钱包，我只是……"

阿琛走过来："她怎么敢耍你呢？我是来解决问题的。"

"我损失的钱你来出？"男人有些咄咄逼人，"三千。"

偷时间的女孩

小哑有点急,"刚才还一千,你坐地起价,那只钱包也塞不下三千啊,太过分了……"

"这是我妹妹,你小声点,别把她吓坏了。"阿琛把小哑护在身后,"不就是一只钱包的事嘛,不至于动粗。您大人有大量,别跟我们俩一般见识。"说着,阿琛从自己身上摸出一只钱包来,然后展开给男人看,"这个赔给你,你看里面的钱还是满的,有一千多,您高抬贵手。"

男人一把夺过钱包,骂骂咧咧地离开了。

小哑拉着阿琛的胳膊,"哥,你怎么能给他那么多钱啊,他根本就是强盗。"

阿琛自信满满地说道:"你哥是吃亏的人吗?跟着我。"

小哑和阿琛悄悄跟在那个男人身后,他刚得了钱包心情很好,哼着小曲边走边数钱,最后把钱放进口袋,空钱包随手一扔。

钱包正好掉到迎面而来的一个胖子的脚下,胖子弯腰把钱包捡起来,拍拍上面的土,拦住男人。

"你要干吗?"男人问拦住自己的胖子。

胖子直接揪住他的脖子,轻而易举地把他提起来,"你心里没数吗?"

说完,胖子按住他就是一顿暴打。

小哑和阿琛躲在一个垃圾桶后面偷笑。其实阿琛早料到了那个小偷会回来找麻烦,他今天刚好遇见这个人,便悄悄跟着他。当发现对方拦住小哑的时候,阿琛偷了一个胖子的钱包,并暴露自己,让胖子追过来。阿琛跑得快,直接来营救小哑,然后把偷来的钱包给那个男人,之后那个男人顺理成章地遇到了钱包的失主。

10

小哑问道："你叫我不要得罪他们，你自己反而故意耍他们，你不担心他们会报复吗？"

"这是我的地盘，而且你跟我妹是对我来说最重要的人，我不允许任何人欺负你们。谁要是敢动你们一根头发，我拔掉他全身的毛。"

阿琛说得很认真，就像宣誓一样。

小哑故意问道："那如果是你欺负了我呢？"

"不可能，我这辈子都会护着你。"

"你说的，可别忘了。"

"我记性好着呢。"

忽然，小哑感到一阵春风掠过她的脸庞，是久违的温暖。小哑诧异了几秒钟，现在明明是冬天，怎么可能有如此的风？

"谢谢你。"小哑对阿琛说道。

阿琛一怔，随即说道："你也是我妹妹啊，谢什么，神经病。"临走时，阿琛再次嘱咐，"记住啊，这种事以后不要做了，搞不懂你脑袋里在想什么。"

其实就连她自己都不清楚，当时她就是下意识把钱包偷了回来。小哑后来也在想，为什么要冒险？

除了善良的本性，大概就是她知道棚户区里没人不缺钱吧。阿琛过早地踏足社会，夙夜匪懈，三个人的吃喝拉撒，以及养老院的开销，都扛在他们瘦小的肩膀上。

他们深知钱的重要性。

望着阿琛身影消失的街口，小哑怔住了，不远处墙壁上的空调外机嗡嗡响着，声音巨大，嘈杂的声音让小哑有些慌神。

福利院搬迁是在小哑和阿琛、小雨认识的那一年，也就是阿

阿琛和小雨刚进福利院第一年的秋天。福利院处于棚户区外围，因棚户区涉及拆迁，所以福利院另外选址建了新的。小哑从记事起就已经在福利院了，不愿意离开这个方寸之地，阿琛和小雨跟着方奶奶在棚户区生活了这么多年也不愿离开。恰好秋后方奶奶状态好转，从养老院出来，在阿琛和小雨的建议下领养了小哑。

阿琛的身影消失良久，小哑才转身离开。

她刚走出不远，发现小雨正在她必经的路上等她。小雨穿着厚厚的毛衣，本来就瘦小，毛衣把她整个人都罩住，显得她更小了。她没穿校服，因为昨天她身上被调皮的男同学甩上了墨水，洗过之后在这个季节很难晾干。

小哑问道："你怎么来了？"

小雨挽住小哑的胳膊，说道："我遇到哥哥，哥哥说你得罪了一些坏人，让我陪你走一段。"

"没事的，就是一点小事，我一个人也没问题，我跑得可快了。"小哑故作轻松地说道。

"哥哥说，跑解决不了问题，只有面对才能解决。"小雨转述阿琛的行事准则。

小哑忽然想起什么，从背包里拿出一罐巧克力糖，小雨顿时眼睛放光，"哇，姐，你好富有啊。"

"给你吃。"小哑道。这罐糖是余晨阳送的，他的理由是他不爱吃甜的，丢掉浪费。余晨阳是小哑的班长，一个阳光大男孩，对小哑一直很照顾，经常借笔记给她。因为小哑的情况比较特殊，学校允许她勤工俭学，帮学校做一些劳动，去外面店里帮忙也是学校特许的，落下的功课她要自己想办法补回来。余晨阳总说他身为班长，帮她补功课是他的职责。

## 第一章 偷东西的侠女

在学校操场的东南角,有几排长椅。余晨阳会把课堂笔记放在最后一排的椅背后面。这是小哑的要求,她怕招惹是非,因为她见惯了那些是非,也比谁都清楚是非来的时候是莫名其妙,毫无道理可讲的。比如,一直喜欢余晨阳的乔绒,就是一个大麻烦。

每次小哑都会把笔记收好,回到教室经过余晨阳座位的时候,指关节不经意地敲敲他的课桌,表示感谢。余晨阳则低头做作业或者看书,不予理会。这也是小哑的要求,如果余晨阳不愿意这样做,小哑也不愿意接受他的帮助。

其实很多时候,余晨阳都是默默地帮她,小哑是他见过的少有的既单纯又复杂的女孩,就像一道难解的数学题,充满魅力。小哑跟其他在福利院长大的孩子确实不太一样。其他孩子调皮,对学习很抵触,但是她非常喜欢学校,她觉得学校的生活很平淡,她喜欢平淡而没有波澜的生活。别人煎熬地等着放学铃声的时候,她却总期盼着时间能够过得慢一点。

"全给我吗?"这是小雨第二遍问小哑了。

小哑回过神来,把糖放进小雨的背包里,嘱咐道:"不许一次全吃完,你都有蛀牙了。"

小雨满口答应:"一看这个罐子就很贵的,我怎么舍得一下子全吃完。"

"姐,你哪来的糖?"小雨又问道。

"你哪来的那么多问题?"

"谁送你的?"小雨自问自答,"一定是男生。"

"你要是不吃就还给我。"小哑装作要抢回来,小雨赶紧逃跑,却在离学校还有两条街的地方被三个人拦住了。边上两个人小哑没见过,不过他们手里一人拎着一根粗实的棍子,为首的人正是

偷时间的女孩

一个小时前那个挨揍的小偷。他脸上青一块紫一块，眉毛被剃了一半，胳膊还打着石膏，小雨差点笑出来，被小哑及时拦住了。

"你们又想怎样？"小哑率先说道。

那个小偷指了指身上各处的伤，说道："把这些都还给你。"他又指着自己的眉毛，"另外，必须得给你剃一半秃瓢。"

小雨把小哑拦在身后，口气轻蔑地说道："哦，好啊，来吧，反正是你们三个大男人欺负两个女孩，传出去的话名声真的是响当当了。"小雨说完，冲小哑使了个眼神。

小哑收到信号，默契地拉着小雨："小雨，我们根本就不是三个男人的对手，我们快走。"小雨推开小哑，冲对方说道："确实，我们怎么可能是三个男人的对手，何况一人手里还拿根棍子，喂，有别的武器吗？对付两个女孩不得刀、枪、剑、戟、斧、钺、钩、叉、鞭、锏、锤、戈之类的全都招呼上吗？"

小偷被小雨拿话噎得脸上青一阵紫一阵："牙尖嘴利，一会儿就知道怎么哭了。"

一旁的帮手摸出一把匕首来，递给那个小偷："哥，我带刀了。"

小偷更气了，骂了他一句。

与此同时，小雨直接迎了上去："我说你们，要动手就动手，反正我们打也打不过，跑也跑不过。"说着小雨把手伸向那人手里的匕首，对方一躲，小雨往前走，突然绊了自己一跤，跌倒在对方身上，对方下意识扶住小雨。

刹那间，那人脸色煞白煞白的，对旁边的小偷说道："哥，我手上黏糊糊的。"说着推开了小雨，他双手沾满了血，小雨捂着腹部，面容扭曲，躺在地上，指缝里的血还在涓涓流着。

小哑惊呼一声，跑了过去，扑到小雨身上，大哭起来，一边哭一边看向一旁的三个人，向他们求救："救救我妹，求求你们，救救她……"

声泪俱下。

拿着匕首的男人慌了："我不是故意的……"然后把匕首扔到了地上。匕首砸到水泥地上，发出一声轻响。

小偷吓得说话都结巴了："不不不不……关我……不关我……我事……"说完撒腿跑了，其余两人也跟着吓跑了。

小哑又号了两声，见他们真的跑没影了，长舒一口气，坐到了地上。

"你没事吧？"小哑用脚碰了碰躺着的小雨。

小雨反而笑出了声，从地上爬起来："怎么样，姐，我刚才的演技还可以吧？"

小哑道："精湛，不过就是成本太高，多浪费血浆啊。"

小雨道："我拿蜂蜜和颜色调的。"

小哑道："浪费蜂蜜。"

"行了，哥哥交代我要保护好你的，圆满完成任务。"小雨笑着，似乎刚才只是一场游戏。

小哑却一阵阵后怕，万一被对方识破，可就惨了。

"好啦，别担心了，一切有哥哥呢。"小雨推着小哑往学校的方向走。的确，一切多亏了阿琛，他总是拍着胸脯对小雨和小哑说："你们都是我妹妹，我不允许任何人欺负你们，就算我死也会保护好你们。"

小哑每次想到阿琛这个样子就想笑，她觉得既温暖又冒傻气。但是小哑不得不承认，她很感动，从小到大阿琛说过的话他都做

到了，保自己不受欺负，保自己有东西能填饱肚子，保自己有一个地方睡。

小哑很羡慕小雨，同样是孤儿，但是小雨在还没有睁开眼睛的时候就有一个哥哥守护着。

她看着小雨的眼睛，忍不住想要偷走一天属于小雨的时间，但是小哑终究还是没有做。

偷走她一天，也就意味着那一天不存在了，小雨便丢了一天。她清楚地知道，像她们这样的人，那些深埋进心底珍藏起来的记忆是极其稀少的。

小哑不可以那么自私。

随即她又在心里嘲笑自己：我本来就是一个自私的人吧——她拥有偷来的那么多别人的欢乐时光。

她们在小哑的学校门口分手，小哑望着小雨远去的背影，心绪翻涌。是小雨和阿琛给了她一个叫家的地方。小哑拿出自己的机械怀表，翻开看时间。表盖内刻着几个字——翡亭镇178号，这个地址或许是她真正的家。

只是这些年，小哑从来没有勇气去确认。

## 第二章
# 你见过银河系吗

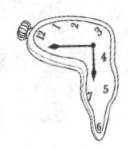

生活在阴沟里，依然有仰望星空的权利。——王尔德

第二天的太阳还没升起来的时候，汽车发动机的声音已经充满了整座城市。衡州市的冬天是灰色的，蒙着一层厚厚的霾，小哑来到离家不远处的桥边，等待日出，驱散灰暗。

其实今天小哑醒得要比生物钟早一些的，因为她做了一个梦，梦见方奶奶从养老院走丢了。他们三个一直找啊一直找，从白天到黑夜，从冬天到又一个冬天，始终寻不到方奶奶的身影，最后小哑脚下生了根，站在养老院的门口，身上长出枝丫，开出山茶花。

醒来后已经是凌晨四点一刻了，小哑便再也睡不着了。她想起上周去养老院，方奶奶一会儿把自己喊成小雨，一会儿把小雨喊成自己。

她害怕方奶奶彻底忘记他们。大抵是因为这一老三小相依为命，互相仅有彼此，太依赖对方罢了。

方奶奶这一生太难了，她终身未嫁，只为等一个人归来，可是那个人在大洋彼岸功成名就，大概这辈子都不愿意回来了。方奶奶经常说，等她死了就把她的骨灰撒到太平洋里，这样没准能

漂洋过海去见他。

小哑深吸一口气,眼圈已经红了。她望向天边,温和的太阳已经露出来半张脸。

几个行人从桥上匆匆走过,这个城市逐渐苏醒,开始忙碌起来。

小哑无意中瞥见了一个熟悉的身影——阿琛。

她从来没见阿琛起这么早过,他一副匆匆赶路的样子,天知道他要搞什么鬼。

"阿琛。"小哑喊了一声,然后向着他小跑过去。

阿琛回身看到小哑,有些慌张。小哑问道:"这么早你干吗去?"

阿琛挠挠头:"没什么事情,散散步。"

小哑打量着阿琛的表情:"天刚亮就散步?你平时多喜欢赖床自己没数吗?说,你憋着什么坏呢?"

"我……真没事儿。你赶紧回家吃早饭,然后去上学。"阿琛推着小哑的肩膀往家的方向走,"你说你每天起这么早也不困。快点回去跟小雨一起吃饭,时间还多的话就睡一个回笼觉,女孩得多睡觉。"

"你没事咱俩就一起回呗。"小哑的直觉告诉她,阿琛这么反常一定有事。

"你先回吧,我得跑步,锻炼身体嘛。"阿琛拒绝道。

"那我陪你一起跑步吧,做个伴比个赛什么的。"小哑再次提议。

"你这细胳膊细腿我怕你跑折了,你赶紧回家。"阿琛的语气有些急促了。

"怎么这么着急让我回去?"小哑停下脚步问道。

"……吃早饭嘛……"阿琛用力一把将小哑推远,然后冲她挥挥手。

小哑觉得阿琛奇奇怪怪的,肯定有什么事儿。小哑又看了一眼时间,反正还早,索性偷偷跟在阿琛后面,看看他究竟要搞什么。她总担心阿琛这种性格会闯大祸,毕竟她拿阿琛和小雨当亲人。

不,他们就是亲人,她唯一的亲人。

这一片道路错综复杂,阿琛一直挑小路走,稍不注意,小哑就会跟丢。

穿过一个菜市场之后,阿琛不见了。在小哑准备放弃,要回去的时候,她看到一个小心翼翼四处张望的人,这个人很熟悉,似乎见过,小哑一时间想不起他是谁。

那个男人脸上有一道很长很长的刀疤,他点燃了一根香烟,靠在一辆黑色的车前。

坏人。这是小哑脑子里冒出的第一个标签。小哑知道随便给人下定义是不好的,但是这样一个人进入小哑的视线,无论如何也跟"善良""和蔼""无害"这些词联系不起来。

撤吧。小哑刚要转身,阿琛不知道从哪里钻了出来,上了那个男人的车。

车子开走,小哑骑上路边的一辆没有锁的共享单车追了上去——很多共享单车都被破坏了,还有相当一部分成了私有的。可惜,两个轮子永远也追不上四个轮子,小哑和那辆车的距离越来越远,最后小哑累得实在骑不动了,停了下来。

太阳已经开始散发炙热的光芒,整个城市完全运转起来。小

哑看了一眼怀表,上课快迟到了。

一辆疾驰的汽车鸣着笛从小哑身旁呼啸而过,震得小哑耳鸣阵阵。她忽然记起那个脸上有疤的男人是谁了。她在快餐店墙角的电视机屏幕上见过那张脸,那是一档午间法制节目,刀疤脸似乎叫严飞,绰号刀疤,曾经因敲诈勒索入狱。

阿琛为什么会跟罪犯混到一起?

小哑回到学校的时候已经是第一节课下课了,刚进学校门口,就看到余晨阳在一棵老树下站着。他的个子很高,身姿挺拔,站在那里有一种仪式感。他似乎等在那里很久了,但是脸上的表情如水一般平静、温柔。

"你翘课了。"余晨阳说。

小哑点点头,继续往里走。

余晨阳看得出,小哑有点魂不守舍,追问道:"发生什么事了?"

小哑随便找了个借口:"没事,就是店里有点忙,晚了。"

余晨阳拿出一本笔记递给小哑,"这是你错过的这节课老师讲的内容,你及时看。"

小哑收起笔记本,用细小的声音说了一声"谢谢"。

余晨阳道:"一起回教室吧,该上课了。"

小哑点点头,走在余晨阳的左边。

冬日的阳光透过稀疏的树叶打在余晨阳的侧脸上,小哑偷瞄了他一眼,正好被余晨阳看过来的目光捕捉到,小哑立刻目视前方。

"以后有什么事情可以找我的,我会帮你。"余晨阳说。

小哑知道余晨阳识破了她的谎言。小哑一直不擅长说谎,即使是在如此恶劣的环境中生存、长大。她特别佩服阿琛说谎的能力,显得特别真诚,特别令人信服。或许,这是一项生存的本领吧,小哑一直缺少这样的本领。

快到教室的时候,小哑对余晨阳说道:"你先回去,我去卫生间。"

"好。"余晨阳点点头。

临上课时卫生间照常排队。小哑翻开余晨阳的笔记,每次看到他娟秀的字体都会感觉很舒服。小哑突然注意到,笔记本里面有几页上面的字用红笔圈了出来,她继续往下翻,发现被红笔圈出来的字连起来是一句话——"我喜欢你"。

小哑的心忽然加速跳起来,这几个字就像是有魔力一样,让她紧张,让她慌乱,让她不知所措。

小哑合上笔记本,抱在胸前,此时的她大脑一片空白。

这算是表白吗?

她从来没有被表白过,因为她知道她是没资格的,就像被遗弃的小奶猫没资格度过严冬。

上课铃响起,排在小哑前面的乔绒突然转身,不小心撞到了小哑的肩膀。她怀中的笔记本掉到地上,但是小哑却习惯性地说着"对不起",蹲下去捡笔记本。

乔绒看到打开的书页上面用红笔圈着的字,问道:"余晨阳的笔记为什么在你这里?"

小哑站起来,冲着乔绒露出一个微笑,没说什么,然后准备离开。

"我问你话呢。"乔绒本就是大小姐,拦在小哑面前,一副盛

*偷时间的女孩*

气凌人的模样。

乔绒对余晨阳有好感早已是学校公开的秘密，一个是才子，一个是佳人，而且两人还是邻居，青梅竹马。大家更愿意去传播这样的故事，哪怕是有很多虚构的成分在里面。

"我落下了一节课，班长借笔记给我。"小哑低着头。

"你主动借的，还是班长主动借给你的？"乔绒继续问。

小哑不知道该怎么回答，无论哪一种都会惹到乔绒，她清楚地知道她惹不起。

她惹不起任何人。

"无所谓了，记得以后好好听课，别总麻烦别人。"乔绒说道。

小哑转身，匆匆跑出卫生间。

这节课的老师还没有来，小哑经过余晨阳座位的时候，把笔记本放到了他桌子上。余晨阳回头看着刚落座的低着头的小哑，不明所以。

余晨阳翻开笔记，看到有字被红笔圈了出来，连起来是"我喜欢你"。他合上笔记，会心一笑，再次转过头看小哑，她仍旧低着头。此时他多想看到她的表情。

"小哑。"余晨阳突然喊了一声，在安静的教室里如同一片照亮天际的烟花，吸引了所有人的目光。

小哑下意识地抬起头，茫然地看着余晨阳，随后其他人的目光都聚集在了小哑身上。

"没事。"余晨阳道。

"哦。"小哑重新低下头。

接着教室里不再安静，讨论声接踵而来，如同巨浪一样拍打着小哑的耳膜。

## 第二章 你见过银河系吗

站在门口的乔绒把这一切看在眼里,她知道自己的心思成就了他俩——小哑以为是余晨阳圈的字,余晨阳以为是小哑圈的字。以乔绒的性格,她才不会去解释,不是因为这个时候解释显得苍白,而是因为她天生骄傲,从来都是男生追在她的身后。

她必须做一个高高在上的女神,她甚至为这次暗示的行为感到愚蠢。

乔绒经过小哑座位的时候,故意碰掉了她桌上的书,然后一脚踩在她的书上,轻声说道:"不好意思,碰掉你的书了,我帮你捡。"

"不用,我自己捡就好。"小哑说。

乔绒站在她的课本上,丝毫没有闪开的意思,还用力碾了碾。小哑仰起脸看到了她的眼神,如绚烂的鲜花里开出一蓬尖刺。

小哑根本不知道她哪里招惹到了乔绒,但她早已习惯这种没有由来的敌意。

小哑尽量挤出一个微笑,重复道:"我自己捡就好。"

乔绒挪开脚,回到自己的座位。小哑捡起课本,擦掉上面的脚印,然后把课本端正地摆在桌上。

阿琛的事情比受到乔绒"排挤"要重要得多,所以小哑并没有多在乎这件事儿。

"习惯了就好了。现在的我很好,活得很快乐,那些不快乐的事情习惯了就好了。"小哑总是这样安慰自己。

最后一堂课是自习,老师们也都走得差不多了。乔绒冲着同桌李诗和坐在隔壁的成野使了一个眼色,然后三人结伴到余晨阳面前。乔绒小声说:"班长,我们肚子疼,想去卫生间。"

余晨阳抬起头,冲乔绒露出了一个礼貌性的微笑,"去吧。"

"谢谢班长。"三个人小跑着出了教室。

但是三人并没有去卫生间,而是到了美术教室。

乔绒打头推开美术教室的门,后面的李诗和成野跟着进来。

"能拿多少拿多少。"乔绒说道。

三人搜集了各种颜料,抱了满怀,几乎都快把整个教室搬空了。

接着,三人辗转到了实验楼。这里没有人,只有实验课的时候师生才会来,平时都由学校里勤工俭学的同学打扫卫生。这些勤工俭学的同学里当然包括小哑,而且乔绒特意去看了值日表,今天放学就该小哑打扫了。

乔绒把怀里的各种颜料往地上一放,露出笑容,"其实我的美术天赋也不错。"

李诗说道:"那今天就看乔大小姐的发挥了。"

成野附和道:"绝对是一幅旷世之作,保准让小哑哭。"

乔绒纠正道:"错,我要让她哭不出来。"

乔绒打开一罐蓝色的水粉颜料:"我先来一幅《星月夜》。"说完,把整罐颜料洒在墙壁上。

李诗和成野兴奋地尖叫起来,乔绒立刻制止她俩:"要疯啊,大师之作都是在静谧的环境下创作的。小声点,李诗帮我画月亮,成野帮我画村庄。"

三人玩了一会儿觉得不尽兴,索性就把所有颜料罐都打开,胡乱往墙上洒。

"高兴了。"乔绒把手里的空颜料罐随手扔在地上,对自己的杰作十分满意,"回班里吧。"

李诗和成野两人跟在乔绒身后,小声说道:"小哑真是不自量力,她根本不知道自己惹的是谁。"

"班长是乔大小姐的。"

"必须是。"

"你们两个别瞎说。"乔绒怒目阻止,不过转瞬间脸上又挂起了笑容,"不过我爱听。"

乔绒回到教室之后,还特意看了小哑一眼,她正在埋头做题。小哑根本就不知道乔绒刚才借口上卫生间去做了什么。

放学后小哑不用去店里帮忙,因为她要留下来打扫学校勤工俭学区域的卫生,她并不知道等待她的是一场灾难。当她站在被乱涂乱画的清扫区域的时候,仅仅是愣了那么几秒钟,随即便拿起墩布开始打扫。

地板上的颜料还好,使劲用墩布反复打扫几次基本能下来,墙上的就难弄了,小哑用抹布一点一点擦,是可以擦掉一些颜料,不过擦掉的地方更花了。

小哑绝望地把抹布丢在水桶里,用手抓了抓头发,她想大声叫,却仅仅是用尽力气拱起身子张了张嘴,声音被她压抑在小小的身体里,横冲直撞,撞得她五脏六腑疼。

小哑红着眼睛再次拿起墩布,开始第三次擦地。

"你这样根本清理不干净。"身后面传来熟悉的声音,小哑能分辨这是谁的声音。

"余晨阳,你没回家吗?"小哑问道。今天是周五,周五的晚上没有晚自习,下午放学就可以直接回家。小哑已经打扫了很久,按理说实验楼除了值班保安就没有师生了。

余晨阳道:"我忘了拿习题册,回来一趟,正好看到实验楼亮着灯,知道今天你值日,就过来看看……"余晨阳看着满墙满地

的颜料，皱了皱眉。

小哑脸上挤出一丝苦笑，"很壮观吧，我一来也被震惊了，还挺有……挺有艺术天分的……"

"谁干的？"余晨阳问。

小哑反问："重要吗？"紧接着低下头小声地自问自答，"不重要。"

"当然很重要，你被这么欺负，我……我的意思是我是班长，我对你有责任，对班级有责任。"

"你已经帮我够多了，我真的真的非常感谢你。"小哑拿起墩布继续打扫。

余晨阳从小哑的手中夺过墩布，"我说了，我是班长，我帮助你，帮助其他同学都是应该的。"

"谢谢你，我再去拿一套清扫工具。"

小哑说完就要去，却被余晨阳再次拦住，"你觉得这些颜料能去掉吗？就算可以去掉，就我们两个能弄干净吗？"

"我不知道，我只知道这个锅会扣到我头上，没准我还会失去勤工俭学的名额。"小哑有些绝望。

余晨阳看着满墙胡乱挥洒的颜料以及中间那幅随意涂抹的《星月夜》，说道："其实我觉得你说得不对。"

"什么？"

"她们没什么艺术天分。"

小哑更听不懂了："什么艺术天分？"

"你跟我来。"余晨阳抓住小哑的手腕，硬带着她离开了实验楼。

当他们站在美术教室门口的时候，小哑彻底搞不明白了，问道："你带我来这里做什么？"

余晨阳看向小哑，露出自信的笑容，说道："偷颜料。"

"偷……"小哑下意识捂住嘴巴，她虽然不知道余晨阳要做什么，但是像他这样的人竟然会偷东西，还是挺让人吃惊的。

余晨阳推开美术教室的门，发现架子上的颜料几乎被拿空了，只有地上还散乱着三盒，应该是偷颜料的人慌忙之中掉落的，"看来这是第一现场了，去隔壁。"

余晨阳又带着小哑来到右边的美术教室，并让小哑能拿多少拿多少。

小哑抱着满怀的颜料问："我们拿这么多颜料究竟要做什么？"

"不多，没准还要再光顾一趟。"余晨阳边往小哑怀里放颜料边说道。

两人抱满了颜料，再次回到实验楼的"第二现场"。余晨阳看着斑驳的墙面问道："小哑，你见过银河系吗？"

小哑摇摇头。

余晨阳继续说道："银河系是绝对黑暗里面色彩斑斓的希望。"

说完，余晨阳开始着手调颜色。小哑在一旁莫名其妙，也帮不上什么忙，就那么傻站着，看着他无比认真的动作。

那一刻，小哑承认余晨阳是迷人的。

——或者是，在无数个余晨阳帮助小哑的时候。

小哑多想注视着他的眼睛，偷走他一天的时光。

这样或许就会离他更近一些了吧。

小哑靠着墙壁看着余晨阳，他画在墙上的每一笔，在小哑看来都是梦幻的，尤其是当余晨阳点亮一颗颗星球的时候，那情景是那么不真实。

渐渐地,小哑的眼皮变得沉重,她梦见和余晨阳一起飘荡在外太空,周围的温度很低。她想拉住余晨阳的手,可是他却越飘越远。小哑张大了嘴巴,可在外太空喊不出任何声音。

忽然一阵铃声响起,小哑看向周围,不知道是哪个方向传来的。

"小哑,小哑,你的电话……"

小哑睁开眼睛。她尴尬地整理了一下头发,然后接起电话。

电话那边是阿琛的声音:"你在哪儿?"

小哑道:"我在学校。"

阿琛疑惑道:"今天周五,没有晚自习啊。"

"我在做卫生。"小哑说的也是事实。

"整个学校都需要你打扫吗?"阿琛反问道。

小哑看了一眼窗外,天已经彻底黑了。

"你别急,我很快回去。"

挂了电话之后,小哑对余晨阳充满歉意地说:"抱歉,我睡着了。"

这个时候她才注意到自己的身上盖了一件余晨阳的外套。

整个走廊已经初具银河系的样子,再加上外面已经彻底黑了下来,走廊里亮起的灯光打在"银河系"上,美轮美奂。

"好漂亮!"小哑不禁赞叹道。

"喜欢吗?"余晨阳转头问她。

"喜欢。"小哑露出微笑。

余晨阳用画笔指着右边他已经画好的部分,说道:"你看这里,这里是一个蟹状星云耀斑,它是银河系英仙臂的一部分……那边是麒麟座,在麒麟座的末端有一片瑰丽的红色星云,它有一个美丽的名字，叫作玫瑰星云……还有那边鲸鱼座uv星，抬头，往南看，顶上的是半人马座α星，是距离太阳最近的恒星，特别著名的恒星，很多科幻作品都有它……最远处是一些昏暗的星系尘埃……"

"好美。"小哑看呆了。

"这是一颗流浪行星。"余晨阳道。

"什么是流浪行星？"

"流浪在银河系中的行星，就是不围绕任何恒星公转的行星，但是它们原本是围绕某颗恒星的，后来因引力原因被抛出行星系，在宇宙中流浪。"

小哑想到了自己。她打开自己的怀表，看着表盖上刻着的字。

余晨阳说："这是一个地址。"

小哑合上表："我想是的。"

余晨阳拿出手机，打开地图："我帮你搜一下。"

小哑立刻制止："不要，我不要知道。"

余晨阳不明所以："为什么？"

"我不敢知道。"因为那里可能是小哑的家，她渴望有一个家，但却不敢回这个可能的家。

"好吧，如果哪一天你想去那里的话，我陪你去。"余晨阳认真地说，脸上散发出迷人的光泽。

小哑把怀表收起来："已经快九点了，还差好多，我帮你画吧。"

两人一直画到十点一刻，中间回美术教室"拿"过两次颜料，才完成整个走廊上的银河系。

余晨阳用黑色的颜料在角落里大笔一挥，签上了自己的名字，

然后把笔递给小哑。

"做什么?"小哑接过水粉笔。

"签上你的名字。"余晨阳道。

小哑摇摇头。负责的卫生区被涂满了颜料本来就让她焦头烂额了,现在虽然被画成了银河系,挽救了一下,漂亮是漂亮,但她知道仍旧有处分等着自己。不管是什么她都接受,但是签上自己的名字未免有些太"猖狂"了。

"多漂亮,成果有你的一半,如果不签上名字是对作品的不尊重。"余晨阳继续劝说。

"还是不要了……"小哑仍旧拒绝,但是语气有些不坚定。

"来吧。"余晨阳抓住小哑握笔的手,带着她来到签名处,在自己名字的后面写上了"小哑"两个字。

这下完了。小哑心脏突突地跳,有些分不清是担心处分还是因为余晨阳握着自己的手。

小哑把手抽回来,急忙收拾东西来掩饰自己。

从学校出来之后,余晨阳执意要把小哑送到家才安心,小哑一直拒绝:"你这么晚回去肯定少不了挨骂,我不怕走夜路,没事的。"

余晨阳道:"我爸妈常年在国外,他们请了个阿姨照顾我。我早就发了信息给阿姨,说我留在学校帮老师批改试卷,晚些回去。"

"原来班长也说谎。"

"偶尔。"

"你还说过什么谎?"

"这谁记得?"

"想想。"

"你为什么想知道我说过什么谎?"

"好奇,我想知道像你们这样优秀的人为什么也要说谎,因为什么说谎。"

"那你得拿点什么来交换吧?"

"我也告诉你我说过什么谎。"

"不公平。"

小哑一想也是,为了生存,自己说过太多的谎话了。

"那你说。"

余晨阳道:"你的时间。"

小哑一怔,对"时间"这个词她太敏感了。难道自己偷时间的事情被他知道了吗?他是怎么知道的?什么时候知道的?

余晨阳继续说道:"明天周末,你拿你周末的时间换,我们可以一起去科技馆、图书馆,或者其他什么地方……"

小哑松了一口气,原来他想要周末一起出去……等一下,这算是约会吗?小哑的脸一下子红了,她立刻转过身去,快走两步,逃出路灯的照射范围,试图用黑暗掩饰自己。

余晨阳跟上小哑,在她身后说道:"其实那条信息并不是我今天撒的第一个谎。第一个谎言是今天晚上我并没有落下习题册,而是我知道你今天晚上做值日……好了,我说完了,你也没有反对我的提议,就算你答应了。"

小哑转过身来,看到余晨阳脸上期待的笑容,说道:"明早日出之前石清桥见。"

橘色的路灯下,小哑倒着走,余晨阳走在她的面前。那短短

的路，走完不需要十分钟，却是小哑说话最多的一次。她喜欢余晨阳的笑容，干净、温暖，如同永夜里的一支火把，驱散寒冷，点燃希望。

转弯进了棚户区，再穿过一条坑洼泥泞的路，前面越来越暗，这里的路灯早就坏得七七八八了，唯一照明的几盏异常昏暗，根本没有效果，再加上相当一部分的房屋年久失修，窗户残破，竟散发出一些恐怖的气息。如果不是有太多人住在这里，烟火气、人气十足，还真有点吓人。

小哑在一排平房前停下脚步。

"我到了，你回去的路上小心点。"

余晨阳点点头："晚安。"

"晚安。"小哑依旧倒退着，慢慢拉长与他的距离。

就在余晨阳刚要转身离开的时候，黑暗里传来一个声音："站住！"

"谁在那儿？"余晨阳警觉地问道，并示意小哑别动。

小哑知道是谁，摆摆手说道："别闹了，你出来。"

从黑暗中走出来一个身影，正是阿琛。

"这是我哥，不好意思。"小哑对余晨阳尴尬地笑笑，"你回去吧，注意安全。"

"站在那儿。"阿琛重复道。

小哑拉住阿琛的胳膊："你干吗？"

"我还没问你干吗呢！这么晚才回来，他谁啊？"阿琛像护着家里羊圈里的小羊羔似的。

"我们班长。"小哑道。

"班长？这小子一看就不是什么好人。"阿琛上上下下打量着余晨阳。

"你别瞎说,班长平时很照顾我的。"阿琛斜眼看着小哑,小哑立即补充道,"在学习上,我平时落下的课班长都会借笔记给我。"

"我自己问。"阿琛对余晨阳说道,"你叫什么?"

"余晨阳。"

"住哪儿啊?"

"枫叶壹号。"

那个地方阿琛知道,是一片豪华别墅区,住在里面的人非富即贵。

"有钱人家的孩子啊。"

"肤浅。"余晨阳道。

"对,我很肤浅,也很世俗,但不虚伪。我告诉你,你最好别打我妹妹主意,你要是敢欺负她,我一拳把你牙齿全打掉。不对,我会一颗一颗打掉。"

余晨阳不卑不亢道:"我绝对不会欺负小哑,你也省了你的拳头。"

阿琛道:"嘿,小子有性格……我一看就知道你小子动的什么心思,我妹傻,我可不傻。"

余晨阳纠正道:"小哑不傻,她很善良。"

阿琛亮出拳头:"嘿,抬杠是吧。"

小哑见状,连忙拉住他扬起的胳膊,然后对余晨阳说:"你先走吧,太晚了。"

"好,明天见。"余晨阳转身离开。

阿琛对着余晨阳的背影大叫:"嘿,明天周末又不上课,见什么见?"

小哑松开阿琛,假装生气道:"别喊了,打扰邻居们休息。"

阿琛立刻换上了笑脸:"我得调查清楚你身边的人。"

"我先调查调查你,今天早上……算了,累了,睡觉。"小哑进了屋,不打算当面问清楚了。她知道,阿琛不想说的事儿,他能用一千个一万个谎言去掩饰。她要自己查清楚。

回到房间,小雨已经睡了。小哑帮她掖了掖被角,又走出房间。

阿琛在门外轻声说道:"对不起,我今天对你朋友不礼貌。"

"好啦,好啦,没事的,明天我帮你转达歉意。"小哑推开一间空房间的门,"奶奶的房间今天打扫了吗?"

阿琛没理小哑这茬,继续说道:"千万别,我是对你说的,对那个什么余什么阳可没有任何歉意。"

"好吧,好吧。"小哑敷衍着,打开灯,拿起鸡毛掸子开始收拾方奶奶的房间。

"你听明白没?千万别说。"阿琛追在小哑身后。

"知道啦,我肯定不说。不然你多没面子啊。"

"我这不是为了面子,我是……"

"你是为我好。"

"对对对……"

小哑把表面的灰掸了掸,周围的一切摆放得井井有条,因为这间房小哑每天都会打扫一遍,她总是期望着,没准方奶奶哪天就回来了。

小哑把阿琛推出方奶奶的房间:"哥,早点休息吧。"

"好嘞,晚安。"阿琛挥挥手。

## 第二章　你见过银河系吗

小哑回到自己和小雨的房间，躺在床上想，今天虽然经历了一些糟糕的事情，但是却很高兴，似乎自己的生活里多了一些有色彩的画面，比如那画满整个走廊的银河系。

整个晚上，小哑睡得极不安稳。万点繁星充盈着她光怪陆离的梦，似乎是余晨阳给她制造了当晚的梦境一般。可是当她清晨依靠自己的生物钟本能醒来时，却又什么都不记得了。

小雨还在睡，她总是贪睡，尤其是在周末的时候。小雨的最高纪录是除了喝水吃饭上厕所，连续睡了五天五夜。按照小雨自己的话讲，就是她小时候太缺觉了，总是吃不饱，饿着肚子睡不着，就算饿得昏过去，睡着睡着也得饿醒。

小哑给小雨床头的空杯子续上了一杯水，然后洗漱完毕准备出门。

刚走到门口，小哑忽然想起什么，又来到阿琛门前，抬手敲门。

"哥，你醒了吗？"

良久没有回应。小哑轻轻把门推开，打开灯，阿琛趴在床上睡得正香。

小哑关掉灯，带上门，手机便收到了一条短信：我到了。

小哑赶紧出了门。

还离得很远，小哑就看到石清桥上余晨阳的身影，远处是布满涂鸦的灰色墙壁以及铁青色的天空，只有东边的天空被撕开一条缝隙，露出朝阳的金红色。

"不好意思，我来晚了。"小哑充满歉意。

"是我到早了。"余晨阳道。

"昨天的事情你别往心里去，我哥那人脾气坏，谁都不信任。"

"没事的,他越是对我敌意大,我越理解。"

"什么意思?"

"没什么意思。"余晨阳忽然笑了一下。

"你笑什么?"小哑问。

余晨阳看向远方说道:"我还是第一次这么早起床,这么早出来跟一个女孩看日出。"

"我每天都来。"小哑期待着初升的太阳将光和热染透整个世界。

清晨的第一缕阳光洒在小哑的脸上,她闭上眼睛,嘴角上扬,露出享受的笑容。

小哑说道:"这是你第一次来到我的世界。昨晚不算,路灯都没有,周围漆黑一片,什么都看不见。我带你走走?"

余晨阳点点头,他想要了解小哑,想要了解这个特殊的女孩。

从南街开始,向北走去。虽然叫街,但其实很窄,两辆车对向行驶都很难错开。不过这里也不会有车进来,有车的人家也早就搬离了这个糟糕的地方。

路边随便堆放的垃圾让余晨阳微微皱眉。小哑观察到了他的表情,说道:"大家都会把家里的垃圾拿出来放在路边,开始是集中放,后来就随便丢了,会有人来清理,但是无论怎么清理都是清不干净的。"

小哑忽然停下脚步,站在171号大门前。大门的右边挂着一块歪斜的牌子,上面的字已经很模糊了,但还是能看得出来写的是衡州市福利院几个字。

"我在这里长大。"小哑说道。

余晨阳往里面望去,福利院的大门紧闭,建筑的玻璃大部分都破碎了，院子里落满了枯黄的叶子，中间的绿化带早已布满了灰和土，池塘也早已干涸，里面扔满了垃圾。

"福利院搬迁之后老院长便去世了……"小哑叹了口气，情绪有些低落。

就在余晨阳站在小哑身后不知道该怎么安慰她的时候，小哑的心情忽然放晴，她转过身来，说道："新建的福利院条件一定特别好，吃得饱穿得暖睡得舒服，你不知道这里冬天有多冷，啧啧……"小哑说着打了个寒战。

两人继续往前走，路过一间废弃的工厂，小哑告诉余晨阳这里曾经很繁华，这个厂养着棚户区一半的人，但这是一家重污染工厂，后来也搬走了。小哑告诉余晨阳这间废弃的工厂可是他们的乐园，里面有一个很大的空汽油桶，天气极寒的时候阿琛就会带着小哑和小雨来这里，往空桶里装很多落叶和木柴，点燃取暖。

阿琛还会烤鸡，但是鸡从哪来的小哑就不知道了。在很小的时候小哑觉得阿琛就是一个魔法师，什么都可以弄到。

工厂大院的角落有一辆废弃的双层大巴车，大巴车的顶部有一只用绳子吊下来的黑色塑料桶。小哑带着余晨阳上去，指着黑色塑料桶说道："这里可以洗澡，单间。"

黑色塑料桶的底部戳满了细小的孔，形成了一枚花洒。"真不错。"余晨阳真心赞叹道。

废弃的大巴车里长满了爬藤植物，明年春天一开花，会非常美丽。余晨阳感到很新奇，特别投入地听着小哑介绍，就像参观景点。

"这辆车还有一个神奇的地方。"小哑带着余晨阳到了二层，二层的角落有一个打通的洞，竟然向下做了一个简易的滑梯。小哑笑着滑了下去,然后冲着上面喊道:"下来啊。"

话音刚落,余晨阳便也滑了下来。

"你们的生活真有趣。"余晨阳羡慕道。

"是吗?人就是这样,你羡慕我,我羡慕他,永远不知足。"小哑说道。

余晨阳有些惊讶,这不像是一个年轻女孩子能说出来的话。

"怎么?"小哑问。

"没事。"余晨阳看着小哑,不禁失了神,你究竟吃过多少苦?竟然还能保持天真善良,总是把积极的一面展示出来,把那些艰难小心翼翼地包裹好,放在一个别人不知道的角落。

从废弃工厂出来,路过一家包子铺,小哑感到饿了,揉着肚子问道:"你饿不饿?我请你吃包子。"这算是感谢他帮自己收拾清洁区域的烂摊子。

余晨阳道:"闻着很香。"

小哑找了一张相对干净的桌子,与余晨阳面对面坐下。

"老板,来三笼素三鲜的。"小哑刚喊完便被余晨阳拦住:"吃不了那么多。"

小哑道:"我打包给小雨带回去。"

很快包子上来,小哑一边吃,一边给余晨阳讲阿琛为被恶老板毒害的斑点狗报仇的故事。

余晨阳道:"阿琛很棒。"

"当然,我们院里的孩子哪个被欺负了,都是阿琛出头。"说起阿琛,小哑越发自豪,她觉得遇见阿琛是她的好运气。小哑抬眼看了看余晨阳,目光触及他漆黑的眸子,立刻又低下了头。她觉得自己已经够幸运了,万万不敢再奢求什么。

小哑感恩每一个帮助自己的人。

吃完早饭已经是八点钟了,小哑估摸着小雨已经起床了,就帮她把打包的包子带回去。

余晨阳没有进去,在外面等着。他环顾着周围这些破败老旧的房子,摇摇欲坠的墙壁,私搭乱建的门脸,正如小哑所说,这确实是余晨阳从来没有来过的世界。

他想要把小哑从这个糟糕的世界里带出来。

余晨阳不知道的是,用不了多久,他就会非常后悔这个决定,甚至宁愿小哑跟自己从来没有过交集。

离开棚户区,小哑送余晨阳去乘地铁,通往市中心的三号线上的人无论什么时候都很多。

小哑在面前的玻璃上看到身后不远处出现了阿琛的身影。小哑立刻转身,看到阿琛上了刚刚到达的三号线车厢。

"对不起,我有点事先走了,你自己回去吧。"小哑边说边往对面的地铁跑,在地铁关门前的最后一刻,小哑挤了进去。

小哑凭借自己的小个子在人群中自如穿梭,终于在一个角落的座位上发现了阿琛。她没有上前,而是躲在一个高个子大叔的身后。

他不是在睡觉吗,为什么这会儿又出现在这里?

再加上他之前跟那个坏蛋的接触,小哑肯定阿琛有猫腻。

这次,他跑不掉的。

六站之后,阿琛起身,小哑小心翼翼地跟在他后面。

出了地铁站,阿琛沿着路一直向西,在一家酒吧前停下,左右望望,绕到了酒吧的后巷。

这个时间点,酒吧还没有开门,阿琛肯定不是来打工的,更不是来喝酒的。

　　小哑跟进后巷的时候，阿琛已经不见了，她发现在尽头的房子上有一扇红色铁门，显然是后门。靠近之后小哑轻轻地拉了拉，被锁得死死的。

　　这里没有第二条路，阿琛一定在里面。小哑抬起头，门上面有一扇小窗户没有关死，这扇窗户太小，一个正常体形的成年男子绝对爬不进去，但是对于小哑瘦弱的体形来说刚刚好。

　　小哑试探着轻轻跳了两下，能够到窗户。她开始活动身体，准备爬窗户。这对她来说简直不要太容易，福利院的孩子，无论男女，登高爬树是必备的基础技能。

　　小哑双腿弯曲，深吸一口气，猛地起跳。她双脚腾空，在到达最高点时，两只小手紧紧扒住窗框，稳住之后，小哑腾出右手轻轻推开窗户，然后爬进了半个身子。

　　里面有点暗，存放了不少酒和杂物，似乎是个仓库。

　　有声音从深处传来，听得不是太真切。

　　"我们还需要人手。"

　　"人越多分到手的越少。"这个人的声音很粗。

　　"但是目前来说四个人是肯定不够的。"

　　"把自己负责的部分做好，别给我整什么幺蛾子……"

　　"家伙还没搞掂。"

　　"我想办法。"

　　这时，另一个从来没出现过的声音说道："要看起来真，像样子，明白吗？"

　　"明白。"

　　这些都不是阿琛的声音，看来得爬进去看了。小哑把窗户推得更开,忽然听到刚才那个声音喊道:"阿琛,你负责……"

小哑一听到阿琛的名字立即小心起来,可越是小心越容易出岔子,她的脚不小心踢到了铁门,发出刺耳的响声。

糟了!小哑心中一惊。

里面瞬间安静了下来,紧接着有脚步声靠近。

小哑赶紧跳了下来,但是已经来不及跑掉了,这时候铁门已经被拉开,一个皮肤黝黑的男人出来,看到是一个女孩,上下打量了一番,非常不友好地问道:"你干吗的?"

小哑愣在原地,吓坏了,眨着眼睛说不出话来。她一紧张就会这样,何况现在还清楚地知道对方是坏人。

"对不起,我们在这儿玩,不小心碰到了门。"

身后响起的熟悉的声音让小哑安心不少,她知道这个声音属于余晨阳。

皮肤黝黑的男人看了一眼余晨阳,警惕心顿消,挥挥手驱赶着:"谈恋爱别总找犄角旮旯,一边玩去。"

小哑被余晨阳一把拉走。男人看着他们出了巷子,才关上铁门。

来到熙攘的街道上,小哑长舒一口气。

"你的手心都是汗。"余晨阳道。

小哑把被余晨阳握着的手抽了回来,在裤子上擦了擦,问道:"你怎么没回家?"

余晨阳道:"我回家了的话,刚才还怎么救你?怎么回事?"

小哑道:"没事。"

"你匆匆跑进地铁,去了一家酒吧的后巷,然后扒窗,你告诉我没事,怎么会没事?"

41

"真没事。"

"一定有事。"

"我说没事。"小哑再一次强调,这件事儿扯什么样的谎都圆不过去,只能摆出一副强硬的态度。

"好,没事。"余晨阳妥协了,"我送你回家,然后我自己回家。"

小哑道:"我该去阿姨的店里帮忙了。"

余晨阳不放心:"那我送你去。"

"太麻烦了,我自己回去就好。"小哑匆匆告别余晨阳,从繁华的闹市区回到棚户区。一整天小哑做事都有些恍惚,阿姨也没有多说什么,晚上小哑走的时候阿姨给她打包了三份晚餐。

小雨看到小哑,高兴地凑到她身边,"小哑姐,我今天从打工的甜品店带了蛋糕回来,是马上要过期的,老板送我的。我一直在抵抗诱惑,你可算回来了。"

小雨兴冲冲地拿出蛋糕,虽然只有一小块,但足够撑起无尽的喜悦了。

"我不吃,都归你。"小哑情绪有些低落。

小雨的注意力全在蛋糕上,根本没注意到小哑的异常:"让我独自享用?"

小哑点点头,小雨在她脸上吧唧亲了一口:"小雨最爱小哑了。"然后兴奋地带着蛋糕回了房间。

又过了大概二十分钟,阿琛回来了。

"你去哪儿了?"小哑冷脸问道。

阿琛疑惑地看着小哑:"好奇怪啊。"

"怎么奇怪了?"小哑问。

"你从没有问过我这个问题。"

"那我再问你一个奇怪的问题。"

"问。"

"你有没有事情瞒着我和小雨?"

阿琛顿了几秒,说道:"为什么这么问?"

小哑道:"你只需要回答我有还是没有,无论你回答什么我都会选择相信你。"

"没有。"阿琛说。

"好,我相信。"小哑知道阿琛的性子,拧巴得很,嘴巴又硬,于是改变策略,说道,"哥,无论你要做什么,一定要在做之前想想小雨,她是你亲妹妹。"

阿琛的表情明显缓和了很多:"小哑,你也是我亲妹妹。总有一天,我会让你们都过上更好的生活,搬离这里,住进夏天有空调冬天有暖气的房子,这是我的理想。"

小哑反复强调:"哥,为了小雨,做任何事情前一定要再三考虑。"

阿琛尴尬地笑笑:"你今天好奇怪啊,怎么了这是?在学校受欺负了吗?告诉哥,哥'制裁'他……"

"没有,我去学习了。"小哑说完,回了房间。

周一小哑到学校的时候,发现所有人都会多看她两眼,断断续续的谈论声钻进她的耳朵:

"就是她吧……"

"哪个班级的?"

"她就是小哑吗?"

"咱们学校有这号人吗？从来没见过……"

"小透明呗。"

"什么小透明，大明星好不好？至少从今天开始是。"

"我知道她，福利院长大的孩子。"

"哪里的福利院？"

"棚户区那一家，早关了。"

"有好戏看喽。"

小哑小跑着进了班级，刚踏进门口，便听到一个故作惊讶的尖声："哎哟，这不是小哑吗！"

尖尖的声音来自乔绒的同桌李诗，而乔绒端坐在座位上，面色如水，静静打量着小哑。

"班主任叫你去办公室一趟。"有同学提醒小哑。小哑知道是怎么回事，肯定是老师知道了实验楼的事情，从一进学校他们讨论的也是这件事情，小哑还知道，这件事儿无论如何也躲不过去，毕竟余晨阳让她也把自己的名字签了上去。就算没有签名，小哑也不会逃避责任。

"知道了，谢谢。"小哑丢下一句，离开了教室。

办公室的门敞开着，余晨阳已经在里面了，他站在老师办公桌前的样子根本就不像犯了错误，倒像是给老师汇报大家最近的学习状态。

"报告。"小哑在门口喊道。

"进。"老师头也不抬地说。倒是余晨阳往外瞄了一眼，看到是小哑，露出微笑。

小哑站到余晨阳左边，等待老师处理，老师却没有着急问责，继续低头判卷。

小哑的心又高悬了几分，偷看余晨阳，后者则一副什么事情都没有发生的样子。也对，他是班长，是学校的尖子生，犯了什么错老师都会睁一只眼闭一只眼的吧。

老师把手里最后一张卷子判完，交给余晨阳，"发下去吧。"

余晨阳接过卷子离开办公室，走到门口的时候还对小哑做了一个鬼脸。

"小哑，我问你几个问题，你要诚实回答。"老师这才面向小哑。

小哑赶紧点头。

"实验楼里的墙壁是你画的吗？"

小哑继续点头。

"你去打扫的时候墙面就被涂花了吗？"

小哑仍旧点头。

"你最近跟哪个同学有矛盾吗？"

小哑摇头。

"你觉得是谁故意涂花的墙壁？"

小哑继续摇头。

"被破坏的区域正好是你要打扫的区域，你真的不知道吗？"

小哑仍旧摇摇头。

"好了，你回去吧，准备上课了。"老师说道。

小哑简直不敢相信自己的耳朵。这就没事了？没有处分？自己负责的区域出现了这么重大的"事故"，就这么过去了？

"别傻站着了，去上课吧。"老师再一次提醒，小哑这才回过神来。

直到第一节课结束，小哑还在恍惚之中。她来到实验楼，发现这里已经挤满了人，有不少人偷偷拿出手机拍照，人群中有不少夸赞余晨阳的声音，当然伴随着赞扬的还有那些贬低小哑的：

"她不配站在余晨阳身边！"

"绝对不会相信是她跟余晨阳一起画的！"

"她根本没有任何天赋！"

"闯了祸有人收拾烂摊子，真不知道是走了什么狗屎运……"

"老师竟然没有收拾小哑，一点都不科学。"

"你们看那一块，颜色又脏笔触又乱，一定是小哑画的……"

从实验楼回来，正好遇见同班同学杜婉绸。

"我去看了，你画得很棒，真的好漂亮。"她说。

"谢谢。"小哑道。

"别听他们胡说，他们不知道有多羡慕你呢。"杜婉绸又说道。

"谢谢你。"小哑对杜婉绸展露笑容，她能感受到她是善意的。

小哑来到操场上。余晨阳正在打篮球，看到小哑后把球传给同伴，朝着小哑跑了过来。

"老师跟你说什么了？"小哑问。

余晨阳道："发试卷啊。"

"那，你跟老师说什么了？"小哑又问。

"什么都没说啊，怎么了？"余晨阳反问。

"没事。谢谢你。"小哑小声道。

"谢我什么？"余晨阳伸出手胡乱摸了摸她的头，然后跑回了球场。

小哑整理了一下被弄乱的头发，再一次朝着余晨阳说了一声"谢谢"。

她不知道的是，今天一大早余晨阳便来了，他没有去班里早读,而是堵在李老师办公室门口。他带老师去实验楼看了银河图,然后告诉老师整件事情的来龙去脉。

"老师,我说的都是实话,有人先偷了美术教室的颜料,然后涂满了小哑的打扫区域,小哑试了很久,根本没有办法清理,越清理越脏,我才想到在上面盖一层画。老师可以去查监控,我想应该能找到捣乱的人。"

"老师相信你。"班主任说道。

"真的吗?"余晨阳高兴地问。

"当然。"班主任回头看了看布满整个楼道的银河图,"挺漂亮的,留着吧,我跟学校讲。"

"老师不会难为小哑吧?她是受害者。"

"一会儿我问问她,如果她勇于承认错误,我不会为难她。"

"谢谢老师。"余晨阳说道,"可是老师,我还有一个问题,您为什么不揪出搞破坏的人呢?"

班主任说道:"最近学校整体检修,摄像头也在换,我想那个搞破坏的人显然知道。不过明天差不多就都修好了。"

当然,小哑如果想知道这些,轻而易举。她刚才只要注视余晨阳的眼睛几秒,偷偷转动怀表的指针,就能感同身受地知道早上发生了什么,但是她没有那样做,她不敢对她在乎的人使用这种能力,因为她根本不知道这种特殊的能力会给她自己带来什么,也不知道会给她在乎的人带来什么。

小雨是她在乎的人,阿琛也是,她不得不承认余晨阳也算。

放学时,小哑感受到的异样目光不那么多了,今天的风波算是过去了。

## 第三章
# 报告老师

你将来有了伤口的时候务必好好地遮掩住它，沉默是不幸的人最后的喜悦；请你不要把你痛苦的痕迹泄露给任何人，一只鹿受了伤，就有许多蝇子叮出它的血，我们受到痛苦就有好奇的人吸出我们的眼泪。——大仲马

"小雨，你长高了。"方奶奶笑着。

"奶奶，我最近总感觉吃不饱，总是饿。"小雨抱着方奶奶的一条胳膊撒娇。

"那是在长身体。"方奶奶道，"我让小哑多给你一些零用钱，你饿了就买着吃。"

"谢谢奶奶，不过我用不了那么多钱，我现在在一家甜品店帮忙做事，老板人超好，经常送我临期的面包啊、蛋糕啊什么的。"

"那你可要手脚勤快一点，做事认真一点，还有，不要给人家添麻烦。"

"我知道的，奶奶。"

……

一旁的阿琛和小哑在听护工介绍方奶奶的情况，幸运的是，奶奶的阿尔兹海默症有所缓解。

"你们一定要多来,这样有助于方奶奶的记忆强化。"护工说道。

阿琛和小哑频频点头,"一定一定……"

护工又道:"对了,方奶奶最近精神是真不错,爱好也多了起来,这对方奶奶是非常有好处的,她还报名参加了咱们养老院的联欢活动。"

小哑道:"好好好,活动的时候如果你们忙不过来一定要告诉我们,我们很乐意帮忙的。"

护工道:"你们只需要做好观众就好。不过,方奶奶的情况就算好转,也不建议她出养老院了,你们也清楚阿尔兹海默症无法治愈,而且你们能力不太够,方奶奶在这里能得到更好的照顾。况且,还有这么多老年人陪着方奶奶呢。"

阿琛继续点头:"明白。"然后跟护工去对接后续费用的事情,小哑去跟小雨一起陪方奶奶。

她们聊了好多好多阿琛小时候的糗事。

临走的时候,方奶奶叫住阿琛,要跟他单独说几句话,阿琛回到方奶奶身边。

方奶奶拿出一块叠得方正的手帕,交到阿琛手里,"里面有一些钱,你拿着。"

阿琛连忙推辞:"您不用担心钱,也不用担心我们缺钱,奶奶,我喂饱她俩跟玩儿似的。"

方奶奶道:"我知道我的阿琛有本事,但是呢,有本事得走正道。"

阿琛心中一惊,有些不安,迟疑了一秒钟说道:"我知道。"

方奶奶看着阿琛的眼睛,继续问道:"你在走正道吗?"

阿琛点点头。

方奶奶笑道:"那我就放心了,我唯一的牵挂就是你们仨,你得好好的,她俩才能好好的,你是她俩最后的保障啊。"

阿琛重重点头:"我一定能照顾好她俩,让她俩以后过得都好。"

方奶奶拍了拍阿琛肩膀:"钱收好,走吧。"

阿琛艰难地接过钱,三年前的事情一幕一幕在他的脑海里闪回——七八个凶神恶煞的人不定期徘徊在家门口,小哑和小雨被尾随,自己时不时被套上麻袋挨一顿毒打,一切都是因为自己犯下的错。如果不是方奶奶,自己或许就没有以后了。

那件事之后阿琛向方奶奶保证,以后绝对会收手。

可是今天,他在心底说了无数次对不起。

从养老院出来,三个人都很惆怅,但是生活还得继续,阿琛得回汽修厂工作,小哑回快餐店打工,小雨去甜品店里帮忙。

……

樱北路上的甜品店内,嗔怒的乔绒面前摆着一杯拿铁、一杯奶茶和一杯果汁。对面坐着她的同桌李诗。

"她就是运气好,遇上班长帮她,不然她可吃不了兜着走了。"李诗已经安慰了乔绒好一会儿了,提拉米苏都吃光两份了。

"就是因为余晨阳帮她我才更生气!哼,气死我了,真是气死我了!我感觉自己都要气炸了……"乔绒一口气喝了半杯果汁。

李诗指了指面前的空盘子,乔绒示意她可以再要一份,李诗当即兴奋地高喊:"服务员,再来一份提拉米苏。"

过了两秒钟,李诗又喊:"还有一杯可乐,快点哈。"

很快,小雨端着提拉米苏和可乐过来,一一在李诗面前放下。

这家叫作花蕊的甜品店就是小雨打工的店——其实也不算是打工，这家店的老板是原来孤儿院老院长的侄女，算是照顾小雨，让她偶尔有空的时候过来帮帮忙，给一些报酬。

小雨做事很认真负责，她很喜欢这里。这里处于繁华地段，外面的街道干净整洁，店里香喷喷的，她对这种气味很迷恋，进来的客人也都非常优雅有气质，她渴望成为那样具有高级感的人。小雨经常幻想自己有一天会穿上职业套裙，走进甜品店对面的写字楼里，跟那些优秀的人一起在一家很大很大的公司里上班，赚很多很多钱，去很多很多地方，长很多很多见识。

她要带着阿琛和小哑，一起去一个名叫丘吉尔镇的地方。那个地方在加拿大。小雨不知道加拿大在哪儿，但她知道那里可以看到北极熊。她是听店里的顾客说的，那是一个北极熊比人还多的地方。

"姐姐，你们知道加拿大在哪儿吗？"小雨问道。她总是渴望在店里遇见一个去过加拿大的人，然后听那个人讲一讲加拿大的故事，如果那个人也知道丘吉尔镇那就更好了。

乔绒看了小雨一眼，不予理睬。

李诗道："没看见生着气呢吗？怎么一点眼力见儿都没有？走开走开。"

小雨小声说了一声"对不起"，准备离开。乔绒却忽然叫住她："想去吗？"

"想去。"小雨说。

乔绒说："我给你机票，但是你得表演一个节目。"

"好啊，我会唱歌，我是我们院里唱歌最好听的。"小雨所说的自然是孤儿院。

乔绒道:"姐姐不想听唱歌,你会模仿猴子吗?"

小雨想了想,说:"我可以试试。"

"大猩猩呢?"

"会。"

"好,你表演一个大猩猩,我给你机票。"

"好。"小雨张开嘴巴,双臂高举过头顶,双腿弯曲半蹲着,然后嘴里发出猩猩的叫声。

小雨很卖力,跳来跳去,乔绒和李诗笑得前仰后合。

小雨表演结束来到乔绒面前,乔绒对她竖起大拇指,"表演得真好。"

"谢谢姐姐。"小雨道。

"开心了。"乔绒说了一句,开始收拾东西准备离开。

"姐姐不是说可以帮我去加拿大吗?"小雨天真地问道。

乔绒笑得更厉害,"你是真傻还是假傻?"

小雨回答:"我不傻。"

"我骗你的,傻瓜。"丢下这句话,乔绒走出甜品店。

小雨在原地站了很久,眼睛逐渐变红,她强忍着不让自己哭出来,最后眼泪还是不争气地流了出来。就在眼泪涌出眼眶的一瞬间,小雨把它擦干,又回到餐位上收拾东西。

小雨一边用力擦着桌子,一边小声告诉自己:"我不傻,我一点都不傻。我不傻,我一点都不傻。"可是刚才认真卖力模仿大猩猩的那一幕一遍一遍地在她脑海里闪过。她告诉自己早就该吸取教训,她以为的根本不是她以为的。

她想起小哑告诉她的那句话:在茫茫人海中,没有人会帮助你长大,最后的最后只有靠你自己,所以一定要坚强。

## 第三章 报告老师

门上的铃铛响起,有顾客推门进来,小雨立即收拾好自己的情绪:"您要点什么?"当她转过身看到是哥哥阿琛的时候,立刻露出灿烂的微笑。哥哥就像一轮暖暖的太阳,遇到任何事情只要有哥哥,一切都会好起来。

这句话也是小哑说过的。

"哥,你怎么来了?"小雨问道。

"看看你呗。看看你忙不忙,看看你有没有把事情做好,看看笨手笨脚的你有没有打翻人家的东西,看看你交完班后有没有时间。"

"做什么?"小雨已经预感到阿琛过来一定有好事发生。

"吃大餐!"阿琛挑眉道。

小雨的眼睛瞬间亮了起来,"哥,你赚钱了?"

"吃大餐一定要很有钱吗?我什么时候让你挨过饿?"阿琛拿出一张优惠券,上面印着"免单"的字样。

"哇,免单诶,你怎么弄到的?"

"你哥是谁?这点小事儿太简单了。我跟你讲,你哥以后是要做大事的人,将来咱们会离开棚户区,去高级的地方。"

"什么地方高级?"

"我不知道,你说什么地方高级就什么地方高级,哥都带你去。"

"加拿大。"

"可以。"

"丘吉尔镇。"

"怎么还是个镇子,要去就去大城市!"

小雨笑得眼睛都没了。很快,换班的人来交接,小雨跟着阿琛到了一家高档自助餐厅。

阿琛把唯一的免单券交给小雨并小声嘱咐道："你进去吃，想吃什么随便吃。记住，半个小时后去厕所，明白吗？"

小雨的大眼睛滴溜溜地转了一圈，说道："明白。"

阿琛在路边找到一张长椅休息了一会儿，估计着时间差不多了，起身再次回到自助餐厅，但是没有从正面进去，而是绕到了餐厅的后面。这是一条极窄的巷子，后厨的排烟系统装在这里，厕所留有的小窗户也开在这里。

阿琛确认巷子里没人之后，站在厕所窗户正下方，用嘴学了几声乌鸦叫，接着厕所内响起了两声咳嗽声。

阿琛又学乌鸦叫了两声，然后过了大概三秒钟，从厕所的窗户里飞出一只塑料袋。阿琛跃起稳稳接住，里面是牛肉串、口水鸡之类的，香气扑鼻。阿琛口水直流，直接用手拿出一块口水鸡塞进嘴里。

卫生间里再次传来两声咳嗽，阿琛用手捂住嘴发出"哑……哑……"的声音，意思是接到了，让小雨继续。

小雨那边接收到信号，回到餐位上去。阿琛继续享用美食，没吃几口，第一次带出来的东西便吃完了，因为小雨一次不能拿太多，不然容易被发现。

大概过了五分钟，又从窗户里飞出一只塑料袋，里面装着一些扇贝、炸猪排、鸡腿。

就这样来回了好几次，直到阿琛拿不了了，才让小雨停下。

两人在一公里外的公交站碰面，乘车回家。

在车上阿琛嘱咐小雨："今天的事情，一定不能让小哑知道，明白吗？"

小雨天真地问:"为什么?我们曾经一起行动,还配合得特别好,你还记得咱们那次'仁爱行动'吗?小哑太帅了,一个转身就……"

"停。"阿琛制止道。

"哦。"小雨忘记了满车的人。

"总之不要告诉小哑,好吗?"阿琛再一次嘱咐。

小雨点点头。

虽然这次偷的是吃的,但阿琛知道小哑不希望阿琛和小雨这样,她想通过自己的努力去获取相应的报酬,毕竟他们向方奶奶保证过。

他们要过正常人的生活。这也是阿琛一直努力的。

他说过,总有一天,他会让小雨和小哑都过上更好的生活,搬离这里,住进夏天有空调冬天有暖气的房子。为了小雨和小哑,他愿意再冒一次险。

到了家门口,小雨拿出一些猫能吃的肉和香肠,放在附近三个固定的地方。这里经常有野猫出没,小雨会不时投喂,让它们吃饱一顿是一顿。

阿琛那边,把剩下的"打包"回来的东西分给了附近的邻居。小雨喂完猫回来问阿琛:"都分完了吗?"

"这点东西哪够分的?"阿琛说。

"一点儿都没留吗?"小雨又问。

阿琛从上衣口袋里拿出一份用塑料袋包裹了好几层的牛排,在小雨眼前晃了一下,又赶紧放回口袋。他怕凉了。

"我就知道。"小雨笑着。

"你就知道吃,知道睡。"阿琛在小雨的额头弹了一下。

"疼。"小雨想要反击,被阿琛钳住双手。小雨抬脚踢,却踢得自己脚疼。

"我要告诉小哑。"

"告诉她什么?"

"说你欺负我。"

"那我还带你吃好吃的呢。"

"也是,算了,原谅你了。"

阿琛与小雨拌嘴的声音,大抵是这片棚户区里最鲜活生动的声音吧。

这是一间极具少女感的卧室,以粉色的基调为主,墙上贴着几张当红影星的海报,以及用花瓣做的创意画。房间内有一棵假树,乳白色,上面没有叶子,枝丫上挂了一只精致的鸟笼,鸟笼里摆着一只精灵手办。脚边是天鹅绒毯子,旁边的床很大,左边摆满了正版玩偶,右边是乔绒。

乔绒躺在床上翻来覆去睡不着,坐起来拿着一只大熊玩偶发泄了一顿,仍旧没有任何效果。

她拿出手机想打电话给余晨阳,问问他为什么偏偏要帮小哑。可是这么做就相当于直接告诉余晨阳是她搞的破坏,是她故意在整小哑,乔绒可没有这么傻。

她划掉余晨阳号码的界面,打开一个叫作"天生傲骨"的微信群,里面只有三个人,分别是乔绒、李诗、成野。

乔绒发了一条消息出去:我睡不着。

很快李诗回了一条语音消息:乔大小姐,我想到一个主意,绝对给小哑好看。这个主意太棒了,我就是一个小天才。

李诗的语气里透着谄媚和自豪。

乔绒迫不及待地发回去语音：你想到了什么主意？

李诗用语音回复：你上个月不是买了一块手表吗？

乔绒：是啊，我特别喜欢那块手表，可惜逛街的时候丢了，我伤心了好久。

李诗：明天我陪你再去买一块。

乔绒：我已经不喜欢了。还有，我问你有什么主意呢，你提买表的事情做什么？如果你的主意符合我心意，我送你一块。

李诗：那正好明天提前买来送我，哈哈哈。

乔绒此刻正烦，李诗的笑声让她更加暴躁了。忽然，乔绒恍然大悟，大概知道了李诗的主意是什么。

乔绒：诗诗，你真是我最好的朋友。

李诗：那当然，我可是想了很久的，脑细胞压力很大，都累瘦了。

乔绒：辛苦啦，明天犒劳你。晚安，我的小天才。

李诗：晚安，我的小公主。

放下手机，乔绒心情大好，安心地睡了。在梦里，她期待着这个计划能完美实施，期待着明天又是一场好戏。

第二天起床，乔绒的心情特别好，洗漱完坐在梳妆镜前精心打扮，随后让保姆向老师请了上午的假。乔绒的父母也常年在国外工作，基本上是由保姆照顾她，他们在物质上给予她很多，真正的关心却很少。她经常说："我爸妈还不如我家保姆对我好，有时候他们冷不丁回来我还有点不适应，以为见到了陌生人，他们的样子我都记不真切了。"

"你请假了吗？"乔绒在群里问。

很快,群里的成野回复:"请什么假?"

乔绒:"没你的事儿,谁让你昨晚睡那么早。"

成野:"我困啊,我觉得我每天需要十个小时的睡眠。"

这时候李诗回复:"请好假了。咱们商场见。"

成野:"你们要去逛街吗?我也想去。"

乔绒:"你赶紧去上课,好好做笔记,下次考试我要是再挂科,卡该被冻结了。"

成野:"好吧,帮我带奶茶回来。"


小哑好不容易才把小雨哄起来,但是已经迟到了。

"今天被你害惨了,刚犯了个错误还没翻篇呢,又迟到了……"

"不用送我了,我自己去,你先走吧。"小雨边穿衣服边慵懒地说。

"反正都迟到了,也不在乎这一会儿了。"小哑道。

"我还得上厕所洗脸刷牙,磨叽着呢,你快先走吧。"小雨又打了一个哈欠。

"那你可得去上课啊,不许逃课,老师再喊我去领你的话我可不去,你就在学校睡好了。"小哑嘱咐道。

"知道啦,快走吧,早一分到学校,老师少生一分的气。"

小哑走后,小雨慢悠悠地洗漱吃早餐,背上书包出门去乘公交车。中转站下车的时候,小雨看到一个熟悉的身影从一辆出租车上下来——是那个让小雨学猩猩的"坏"女孩。

看到乔绒的一瞬间,小雨早就把上学的事抛诸脑后了。今天又不是周末,她怎么也没去上学?小雨在后面悄悄跟着,见到她跟另一个"坏"女孩李诗在商场门口碰头。

乔绒和李诗直接去了三楼的一个女士名表专柜。服务员看到是两个穿校服的学生，以为是逃课看着玩的，便没理睬。

"姐姐，帮我拿一下这款表。"李诗说道。

服务员没有动，转脸说道："就隔着玻璃看看吧。"

"我们是来购物的……"李诗还没说完被乔绒抢了话，"走吧诗诗，先去买点别的。"

乔绒拉着李诗离开，去逛别的店。

"现在的人都这么势利眼吗？"李诗气愤得不得了，"这可不像平时的你。"

"平时的我怎样？当场掀桌子吗？鲁莽！我们是接受素质教育的好学生，不能太鲁莽。"

乔绒似乎心情大好，拉着李诗逛了十几家店，手提包、衣服、鞋子、饰品、玩具，买了很多，全是大牌子。然后乔绒再次回到那个手表专柜，刚才那个服务员看到两人大包小包的，从普拉达到圣罗兰，再到杜嘉班纳、巴宝莉……都傻眼了。

李诗说道："帮我拿一下这款手表。"

服务员立即像见了上帝一样，哈着腰过来。

"不是你，是她，您帮我们拿一下好吗？"乔绒冲着另一个刚刚到的服务员说道。

那个服务员内心欣喜若狂，但是职业素养要求她必须一脸平静。

"是这款吗？"

乔绒点点头。

李诗这时候问道："姐姐，是不是谁卖出去谁有提成？"

那个服务员露出甜美的笑容,"是的呢。"

乔绒道:"好,拿两块,包起来。"

小雨就站在十几步远的地方观望着这两个"坏人"。两人买完表,却朝着小雨所在的方向走了过来。小雨躲闪不及,立刻戴上了里面套着的卫衣的帽子,然后低着头向着乔绒和李诗走去。

乔绒和李诗完全沉浸在刚才"报仇雪恨"的快感中,一路笑得花枝乱颤,完全没有注意到对面走来的小雨,小雨长舒一口气。乔绒和李诗拎着的东西太多,还是撞了小雨一下。小雨赶紧躲开,快步离去。

"嘿,走路不长眼睛的?"乔绒冲着小雨的背影喊了一句。小雨装作没有听见,消失在逛街的人群中。

"一个小屁孩。"乔绒其实没有多在意,她完全沉浸在即将实施计划的兴奋中。

乔绒和李诗是在上午的最后一堂课回到学校的。

班长余晨阳坐在讲台上一边做试卷,一边维持纪律。乔绒喊了"报告",余晨阳让两人进来:"补一下假条。"

乔绒和李诗分别补了假条,由乔绒交给余晨阳,"麻烦班长了。"

"不麻烦。"余晨阳头也没抬。

等乔绒和李诗回到座位上,余晨阳说道:"抓紧时间做试卷,下课要收的。"

"好的,班长。"乔绒笑嘻嘻地坐在座位上。她拿出手机偷偷地在"天生傲骨"的群里发了一条文字信息:下课后成野你负责拖住小哑。

成野在群里问:我怎么拖?

乔绒：你是猪脑子啊，自己想办法。

李诗：后面的交给我。

乔绒：我梳妆打扮沐浴更衣，就为了这场戏的开场。

这句话的后面跟了一个可爱小魔鬼微笑的表情。

小哑在认真做着试卷，她从来不关心学校发生的任何热闹，更不关心谁与谁的八卦，她只在乎下一期的助学金能不能拿到，这对她来说很重要。她一直很努力地学习，虽然偶尔迟到，但也有些不得已的理由，她的成绩很好，但仍旧是学校里透明的存在，直到上次实验楼银河图的事情让她路人皆知。

小哑很满意自己的透明状态，她相信那件事情很快就会被淡忘。她没有料到的是，这个状态即将被再次打破，甚至碎成粉末，风一吹散落四处，再也无法复原。

小哑做完试卷放下笔，看向窗外。今天有霾，温暖的光芒似乎被一张巨大的网禁锢住，无法照射到人间。

早上听天气预报的时候说是接下来几天要降温了，还会有雨夹雪。

小哑最讨厌冬天了，尤其是有霾的冬天。

小哑想起曾经做过的一个特别可怕的梦，在梦里太阳消失了，整个世界陷入一片漆黑，小哑守着一支即将燃尽的蜡烛，蜷缩着身子，等待着别人来找她。因为，她的脚已经被冰冻住了，无法行动。耳边是呼啸的寒风，好像蜡烛燃尽的那一刻，整个世界便会被冰封。

突然，下课铃响了，小哑回过神来。同学们一窝蜂地交了试卷，去食堂吃饭或者去操场打球。小哑交完试卷，不紧不慢地收拾东西。

"小哑，这道题我不太明白，你能给我讲一下吗？"成野问道。此时教室里已经没有几个人了，余晨阳整理好收上来的试卷，去往老师办公室。

小哑犹豫了片刻，还是点了点头。

"谢谢你哈，你人真好。"成野坐到小哑旁边，翻开课本，随便指了一道题。

直到教室里其他人都走光小哑才讲完。

"我请你吃午饭吧。"成野提议。

"不用了，谢谢。"小哑回绝道。

"你给我讲题我请你吃饭，不然我多不好意思啊。"

"真的不用了。"

"那好吧，我走了。"

成野离开之后在微信群里发了一条语音："小公主小公主，搞定，小哑是最后一个在班里的，小哑是最后一个在班里的。"

乔绒回复："漂亮。你赶紧过来吧，我们在食堂三楼。"

这时候坐在乔绒对面的李诗把"天生傲骨"的群名改成"安排小哑"。

乔绒与李诗对视而笑，胸有成竹。

"先撤了，我去把东西放到该放的位置。"李诗吃完最后一口米饭。

"小心点。"乔绒嘱咐道，"晚上咱们去庆祝。"

李诗比了一个OK的手势便离开了，下楼的时候正好遇上成野，就告诉了她乔绒在哪个座位。

李诗刚到教室所在的走廊，看到小哑出来，她闪身躲进卫生间，直到小哑出了教学楼，李诗才出来。

## 第三章 报告老师

从卫生间出来,李诗来到储物柜,用密码打开柜子,拿出那只装有手表的购物袋,拎在手里感觉不对劲,因为袋子特别轻。李诗心里一沉,打开袋子,里面空空如也。

栽赃不成,手表却先不见了。李诗有点慌,拿出手机在群里发了一条消息:"乔绒,手表不见了,两块都不见了。"

"其他东西呢?"很快,乔绒回了消息。

李诗:"其他东西都还在,一样不少,唯独表不见了,表不见了就没法栽赃小哑了。"

食堂里,乔绒握着手机,抿着唇,正好看到余晨阳在窗口打饭。她拿起手机回复:"表丢了就栽赃不了了吗?表照样是她偷的,只要一口咬定,有人证,没有物证又如何?"乔绒在说"有人证"的时候看了成野一眼,"就算闹到最后没有证据,她也永远抬不起头来,到时候她还能在学校待下去吗?就算她厚着脸皮待下去,大家一直在背后议论她,时间长了,她也会受不了的。"

"还是按照你的计划进行。"乔绒最后说道。

"明白。"李诗回复。

乔绒看得很清楚,余晨阳打了双份的午饭,找了一个两人的空座坐下,接着三楼的楼梯口出现了小哑的身影,余晨阳站起来向她挥手。

乔绒看得牙痒痒,根本没有心情去想丢东西的事情,而且她也不在乎。就在一个小时之前,小雨与乔绒和李诗相撞之后,乘扶梯往上走了一层,她站在栏杆处看着乔绒和李诗出了商场才安心下来。看来这两个"坏人"很蠢,没有发现刚才自己把手伸进了她们的购物袋里。

小雨来到三楼的专柜,从口袋里拿出一块刚才在这里买的手表，问道："姐姐，刚才我姐买多了一块，我能退掉吗？"

服务员检查了一下小雨递上来的手表说道："可以，小妹妹，不过要出示当时购买的发票。"

小雨又拿出一张机打发票，"是这个吗？"

"是的。小妹妹稍等一下。"服务员拿着发票和手表去办手续。

不出一刻钟，所有的手续都办好了，服务员把退的钱交给小雨。

"谢谢。"小雨礼貌地说道，然后便离开了。

等她走出去两站地，钻进一个空无一人的角落后，才抑制不住地大声尖叫起来。她从口袋里把钱拿出来，她从没有见过这么多钱。

"我真是太厉害了。"小雨自言自语。

回到家里，小雨找来一只空的铁盒，把钱放进去，然后写了一张字条——小雨、小哑和阿琛的机票，丘吉尔镇。

小雨把钱和字条一并扔进铁盒里，藏在一个隐秘的位置。

小雨满意地看着那个藏有自己梦想的位置，天真的脸上再次荡漾出笑容。她不知道丘吉尔镇在哪儿，她也不知道去哪个机场飞加拿大，她甚至都不知道护照这种东西的存在，但是这些并不妨碍她开心。

她还太小，不会思考人生的意义，但正因为年龄小，这时候的开心才那么纯粹，那么可贵。

小雨从背包里拿出另一只没有退掉的表，放在小哑的枕头底下，她想把手表当作礼物送给小哑，给小哑一个惊喜。她想，小哑一定会很高兴，很感动吧。

下午的第一节课，老师款款走上讲台，把书放在讲桌上，激起了微微一层粉笔浮尘。

"上课。"老师的声音刚落，乔绒便举起了手。

"乔绒，你有什么事吗？"老师问道。

乔绒站了起来，装作不好意思、吞吞吐吐的样子。

"说。"老师道。

乔绒的声音很小："老师，我的手表丢了。"

老师似乎没有听清楚："什么丢了？"

乔绒委屈地说道："我的手表。"

老师问："什么时候丢的？"

"上午最后一节课还在呢，中午吃饭我怕洗手把它弄湿，就摘下来放在了书包里，书包留在了教室。"乔绒说得绘声绘色，"上课之前我想看一眼时间，就发现手表不见了。手表是妈妈送给我的生日礼物，我……"乔绒的眼圈红了，声音也哽咽起来。

"你先别哭，坐下。"老师说完环顾班里的学生，"有谁看见乔绒的手表了吗？"

"整体是粉色的，上面镶有一颗粉钻。"乔绒补充道。

底下的同学有人窃窃私语：

"我见过那块表，可漂亮了。"

"是啊，肯定很贵的。"

"不知道是谁拿的……"

"肯定是家里条件不太好的……"

"我猜也是，你说会不会是那个人？听说她是……"

小哑觉得这些议论格外刺耳，虽然没有人指名道姓地说是小哑，但又偏偏直指小哑。上一次，所有人都知道她是孤儿院长大的孩子，是没有父母疼的孩子。也是上一次，她小透明的状态被彻底打破了。

她知道上一次是乔绒做的，这一次也不例外。

"谁是最后一个出教室的？"老师问道。

同学们左右看看，目光却有意无意地在小哑身上停留几秒钟。

"报告老师。"成野站了起来，"是小哑最后一个出教室，当时我在请教小哑问题，讲完之后我邀请小哑一起去吃午饭，她拒绝了我，我就一个人走了，当时教室里只剩下小哑自己了。"

哗然！

这些惊叹的声音仿佛在说：果然是她！

"小哑，你是最后一个离开教室的吗？"老师温柔地问道。老师对小哑还是颇有好感的，她学习成绩优异，能吃苦，对待什么都很有耐心，所打扫的区域也是常年得优，虽然有些冷淡，但老师们也很理解。

小哑站起来："老师，我是最后一个离开教室的，但是我没有动过乔绒同学的书包，也没有拿过任何人的手表。"

突然，余晨阳站了起来："老师，小哑不是那样的人，她绝不会偷东西，我了解她。"

这句话说得小哑心里酸酸的。余晨阳，你不曾了解过我，你也不了解我。你不知道当初我学偷东西的时候有多认真，多刻苦；你也不知道我有多喜欢有钱人家女孩的蝴蝶结，偷过来戴了几天，又还了回去。

我做过这样的事情啊。小哑心里喊。所有人怀疑我都是应该的。

"老师，我没拿。"小哑不愿意用"偷"这个字眼，"可以搜我的身上和书包。"

李诗在底下小声说道:"偷了东西才不会蠢得放在身上让人一搜就搜出来。"

声音虽小,但是足够让所有人听到,议论的声音又开始逐渐响起来。小哑觉得耳朵里就像爬满了无数蚂蚁,在啃噬自己的耳膜。

"我觉得就是她……"

"小哑挺善良的,平时也不说话,不是吧。"

"你知道什么?越是穷越会做出这样的事情……"

"没准儿是嫉妒,嫉妒乔绒家境好……"

砰!砰!班主任拍了两下桌子,"都安静。"

尽管所有人都闭上了口,但是眼睛还在小哑和乔绒的身上来回打量。小哑不用回头看,就能真切地感受到目光的利刃。

"小哑、乔绒,跟我到办公室,其他人自习,班长维持纪律。"老师拿起课本率先走出了教室,乔绒先跟了出去,小哑走在最后面。

就在小哑即将跨出教室的时候,余晨阳在她身后说了一句:"我相信你。"声音很轻。

估摸着老师走远后,班级里瞬间像是炸了雷,前后左右开始讨论起来。

余晨阳站到讲台上,用板擦拍了拍黑板:"安静,不要议论同学,好好自习。"

声音落下去不到三秒钟,又起来了,喧嚣程度比刚才更甚。

"够了!"余晨阳终于忍不住大声喊道,然而这次的声音就像被棉花包裹住了,陷进了一浪高过一浪的嘈杂之中。

余晨阳出了教室，站在楼道里透气。他绝不相信小哑会是这样的人，因为他看到了小哑的善良、倔强、隐忍、天真。

余晨阳来到班主任办公室门口，抬起的手举了良久都没有敲下去。余晨阳就在门外一直守着，直到办公室的门打开，老师把乔绒和小哑送出来。

余晨阳用渴望的眼神看着老师，他想知道答案。

老师说道："现在没有证据，老师会继续调查的，你们先回去上课，我相信咱们班的同学都是好同学，不要影响同学团结，知道吧？"

乔绒道："老师，我也相信小哑同学不是小偷。"

小哑什么话都没有讲，一个人向着卫生间的方向走去。

老师看了看表，对余晨阳说道："让大家继续自习吧。"

"好的。"余晨阳回应。

老师回到办公室后，余晨阳质问乔绒："为什么要冤枉小哑？"

乔绒笑靥如花，"我从没有说过我的表是小哑偷的啊，你这么想，应该也不那么坚信小哑没偷吧。"

余晨阳非常坚定地说："我相信小哑。"

乔绒抛出一连串的问题："你为什么那么相信她？你有多了解她？你难道不知道她来自哪里吗？"

"我去过她的世界。"余晨阳丢下这句话便离开了。

乔绒气得原地跺脚。

卫生间里，小哑洗了一把脸，胡乱用校服擦了擦。她看着镜子里的自己，艰难地挤出一个微笑。

只是这个微笑太难看了。

从卫生间出来，小哑看到余晨阳就在不远处站着。

"你没事吧？"余晨阳来到小哑身边，他想多给她一些安慰，但是怕说得越多小哑越觉得自己在怀疑她，最后只能不痛不痒地问了这么一句。

天哪，这是自己这辈子说过的最没有头脑最白痴最傻的话了。余晨阳想捶死自己。

"如果你想有人陪你说说话，或者现在去操场上安静地走走，我可以陪你一起。"余晨阳又道。

"不用了，回去上课吧。"小哑不能逃避，不能短暂消失，更不能借口身体不适请假回家，不然会坐实乔绒给自己的栽赃。

小哑和余晨阳回到教室的时候，大家都安静了许多。很快下课铃响起。

仅仅一节课间的时间，乔绒丢表以及疑似小哑是小偷的事情，迅速传遍整个校园。

到最后，究竟谁是小偷已经不重要，能不能找回表也不重要了。对同学们来讲，在平淡如水、每天如一日的枯燥学习生活中有一个持续可聊的八卦才重要。对乔绒来讲，这盆脏水够不够脏才重要，让小哑欲哭无泪、跳进黄河洗不清才重要。对小哑来讲，似乎也没有什么重要的，一切都无所谓，无论是被人栽赃还是被人误解，从她知道自己是孤儿那天起，从她饿得出现幻觉那天起，她就知道生活在这个世界上是艰难的，并且一次一次地做好了迎接更艰难的生活的准备。

在无数个寒冷的黑夜里，小哑告诉自己：这个世界糟糕透了，但是她爱这个世界。

一整个下午，小哑都没有挪位置，就像长在座位上一样，上课认真听讲，下课用耳机塞住耳朵看书或者做题，不喝水，也不上厕所,就好像什么事情都没有发生一样。

晚饭也不吃,一直到晚自习结束,等到大家都走光才起身。

余晨阳也没有走,但是无论余晨阳说什么小哑都不理。余晨阳只好默默地跟在小哑身边,送她回家。

从有路灯到没路灯,从光明到黑暗,这条路显得极为漫长。

到了家门口,小哑背对着余晨阳说道:"谢谢。"

余晨阳欣慰地笑笑,"就算所有人都不相信你,我也相信你。"

小哑没有回应,进了家。

阿琛在修柜子。柜子的门早就坏了,都快要掉下来了。小哑身心疲惫,打了声招呼便回了房间,看到小雨正坐在书桌前看书,问道:"你怎么还没睡?"

"等你啊。"小雨笑着说,眼睛都弯成了月牙。

"你这么笑,准没好事儿,你被请家长了?"小哑把校服脱掉,挂在衣架上。

"当然不是,我在学校乖着呢。"小雨道。

"你最近千万不要捣乱,我这两天好累啊。"小哑说完伸了个懒腰,倒在了床上,却被床上的硬物硌了一下,小哑坐起来,发现床上有一块精致的手表——上面镶着一颗粉钻。

小哑感到大脑充血,那一抹温柔的粉色格外刺眼。小哑抓了两次手表都没有抓住,她感觉有些站不稳。

小雨期待着小哑的反应,但是看着却有些不对劲。

"是太过高兴了吗?"小雨问。

小哑终于把表抓在了手里,因太过用力,指关节有些发白。她转身,压低了声音质问小雨:"这块表哪来的?"

小雨从没见过如此模样的小哑,一时瞠目结舌。

"我问你这块表哪来的?"小哑的声音有些颤抖。

"我……"小雨决定遮掩过去,"这是我送你的礼物,我以为你会喜欢,它很漂亮……"小雨的声音越来越小。

"回答我。"

"我……捡的。"

"在哪儿捡的?"

"……"

"我同学的口袋里?"

小雨被吓坏了:"我不知道她是你同学,我还回去。"

一瞬间,小哑全身的力气仿佛都被抽走了,她坐到椅子上,仰起头来,看着屋顶的日光灯。她想过要把这块表砸掉,把自己心中那团堵了很久很久的气放掉,可是终究没有。

良久,小哑揉揉脸,团在胸口的闷气挥之不去,她好想大哭一场。此时的小雨早已悄悄离开了房间。

"不许哭,哭有什么用。"小哑对自己说。她的语气很平淡,其中却掺杂着一丝无力感。

阿琛推门进来:"小雨惹你不高兴了?"

小哑道:"没有,她送了我一个礼物,很漂亮。"

阿琛道:"她在外面哭。"

小哑站起来:"我去哄哄她。"

阿琛示意小哑坐下:"我去吧。"

小哑忽然想起来:"以后不要教小雨偷东西了,她的人生才刚刚开始,我想她以后有正常的生活。"此时小哑对"偷"这个字无比在意,她受够了白天那些不怀好意、幸灾乐祸的目光了。

"我知道你是为她好,我改天跟她谈谈,今天就算了。"

"好。我很累,先休息了。"

"晚安。"

整个晚上小雨都没有回小哑的上铺,小哑也是一夜未眠。她对小雨有些反应过激了,她自责、内疚,巨大的无力感和挫败感将她包裹住,无论怎么挣扎都无济于事。

## 第四章
# 我，是一个小偷

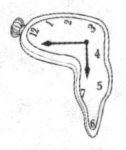

时间和晚钟埋葬了白天，乌云卷走了太阳，向日葵会转向我们吗？——艾略特

乔绒躺在床上，开心地刷着短视频。虽然表意外丢了，没有当场"搜出赃物"，但是对现在的效果她也十分满意。这件事会持续发酵一段时间，然后慢慢淡化，可是在小哑的心里则会越来越深刻，最后形成一道永远无法愈合的伤疤。

忽然，乔绒刷到一条视频：一家非常杂乱的小吃店，人满为患，一个身材高挑的男人走进快餐店，左右看看，然后在后面排队。男人抬起左手挠了挠自己的右胳膊，右手在左臂的掩护下，伸进了前面人的口袋里，纤长的手指夹出来一只黑色的钱包，然后迅速放进自己的口袋里，几乎是同时，男人转身离开。就在男人离开的时候，旁边椅子上的女孩向后一靠，背部紧贴着椅子，一伸手便把男人偷的钱包又偷了回来。紧接着，女孩把钱包扔在了失主的脚下。失主听到脚下有动静，下意识低头看，发现是自己的钱包，收了起来。这一切发生在仅仅几秒钟之内。

这个视频很火，下面的评论都快刷爆了，高手在民间、侠女、真酷、硬核盗贼等等字眼排了很多楼。

吸引乔绒的不是这个女孩有多厉害，而是她怎么看怎么像小哑。

乔绒兴奋地坐起来，把视频分享到三人群里："你们看，这个人像不像小哑？"

群里的成野回复："虽然只能看到背影，但是很像啊。"

李诗："确实很像，不会这么巧吧，小哑真的是小偷？小哑这么厉害的吗？我都不敢相信自己的眼睛。"

成野："越看越不确定啊。"

乔绒连发几个小恶魔的表情，"绝对是她！祝大家今晚好梦，明天好戏升级。"

她盯着视频中"桂花快餐店"这五个字，嘴角逐渐上扬。她迫不及待地想要明天到来，奔赴"战场"，让小哑遍体鳞伤，慢慢地低下倔强的头颅，向自己求饶。

"明天，将是美好的一天。"乔绒带着仿佛已然胜利的微笑说道。

第二天一早，乔绒打车来到棚户区，她知道小哑住在那里，如果那个人是小哑的话，那么那家店也一定在棚户区。

棚户区的人总是起得很早。乔绒拦住一个从菜市场买菜回来的阿姨，问道："阿姨您好，请问桂花快餐店怎么走？"

阿姨的一口方言乔绒没有太懂，但是阿姨指的方向乔绒看清楚了。她沿着东边找过去，顺着路七拐八拐，终于看到一家快餐店，此时还没有开门，门上的牌子满是油污，与灰尘黏在一起，已经看不太清"桂花快餐店"这五个字了。

没错，就是这里了。她拍了几张照片，发到群里，留作证据。

## 第四章 我,是一个小偷

小哑怎么也想不到她出门会遇见乔绒,她远远看着,不敢相信她这种高傲的千金小姐会出现在棚户区。

"怎么?不认识我了?"乔绒笑着与小哑打招呼,"我们一起去学校吧。"

小哑在原地站了很久,才相信面前的人真的是乔绒,昨天还栽赃自己的乔绒。

她为什么在这里?小哑很想知道,但是终究没有问出来。

"你打算一直不说话吗?"乔绒道,"手表的事情就让它过去好了,丢了就丢了,我不在乎的。"

"我在乎。"小哑终于开口了。

"我相信不是你拿的。"乔绒笑着说。

她的笑,令小哑生寒。

"小哑。"忽然有人喊道,乔绒顺着声音看过去,余晨阳站在巷口。早晨的阳光勾勒出他的轮廓,似乎整个人都发着光。

余晨阳走近了才发现乔绒:"你怎么在这儿?"

乔绒道:"只许班长照顾同学,我就不可以吗?昨天的事情我觉得太鲁莽,不应该在上课的时候报告老师,我今天特意过来跟小哑道歉,我始终相信手表不是她拿的。"

"可是,小哑她不理我。"乔绒又说道,"正好我们三个一起去学校,进校门的时候大家看到我跟小哑在一起,自然也就不怀疑她了。"

余晨阳觉得这个主意还不错,问一旁的小哑:"小哑你觉得呢?"

"你们两个去吧,我忽然想起还有些事情。"小哑匆匆离开。

乔绒冲着小哑的背影说道:"谢谢你把班长让给我。"

余晨阳要追上去，被乔绒拦住："她心情明显不好，你就不要再去烦她了，这样她会更不开心的。"

"是吗？"余晨阳问道。

"女孩的心思都是这样的。"乔绒道，"我们走吧，你可是没有迟到的习惯。"

"今天你能来安慰小哑，站在小哑的角度，我替小哑谢谢你。"

"你是她什么人，替她谢我？"

余晨阳一时语塞，愣了几秒后说道："……同班同学。"

"我也是你同班同学。你同学还饿着呢，你要不要请同学吃份早餐？"

"包子吃吗？"

"吃。"

"我知道一个地方。"余晨阳带乔绒去了之前小哑带他去的那家包子店。

吃早餐的时候乔绒的手机响了，是群里李诗发来的语音信息，乔绒转换成文字：视频和照片已经发布到学校的论坛和各种群，大戏帷幕已经拉开了。

乔绒看完，锁上手机。

小哑在家里躲了很久，她只想一个人待着的时候，该来的人和不该来的人却全来了。

刚起床的阿琛出了房间，看到小哑在门口背着书包来回踱步，又看看墙上的表，问道："你锻炼身体呢？"

"我正准备去上学。"小哑说道，"对了，小雨怎么样？"

阿琛道："别担心她，现在睡得跟猪一样。我保证，她醒了准忘。"

小哑心里宽慰了一些:"我去上学了。"

阿琛摆摆手:"去吧。"

小哑推开门,余晨阳和乔绒已经走了。她看了一眼时间,还不是很晚,她想拖到最后一刻踏进学校,于是在棚户区里四处走走。

或者叫游荡更为贴切。

有一家的房子已经成了废墟了,屋顶塌陷,墙壁也倒了一半,这家人应该早就搬离这里了吧。有多久呢,小哑想,或许久到自己当时都还没有出生。

小哑轻盈地跳上残缺的墙壁,张开双臂,就像走独木桥一样,向着太阳缓缓走去。

有时候真想就这么融化在太阳里啊。

可是她有阿琛,有小雨,而且她昨晚还把小雨给弄哭了。

忽然,隐隐约约传来一阵阵哭声,小哑顺着声音找过去,一个小女孩正蹲在角落里,埋着头哭泣,肩膀微微抖动,伤心极了。

"你怎么了?"小哑的声音很轻。

小女孩缓缓抬起头,看起来比小雨还要小。

"姐姐,我没事。"

"没事为什么哭呢?"小哑温柔地问道。

"我……"小女孩一句话没说完,又哭了起来,且比刚才还要伤心。

"那姐姐陪你待一会儿吧。"小哑直接坐到小女孩旁边,安静地守着她。这其实是昨晚小哑想对小雨做的。

小女孩哭了一会儿,努力擦干了眼泪:"姐姐,我没事了。"

她的小模样可怜巴巴的,眼泪根本就没擦干,却还一直想要自己不哭。

小哑道："你猜猜，姐姐是做什么的？"

小女孩摇摇头。

"那你告诉姐姐你叫什么名字，我就告诉你我是做什么的，好吗？"

小女孩天真地说道："我叫昕昕。"

小哑用神秘的语气说道："其实我是一个非常非常厉害的魔法师。"

"魔法师？"昕昕被转移了注意力，看起来不那么伤心了，"你骗人，这个世界上不会有魔法师的。"

小哑微笑着继续说道："当然有啊，我就是，我就在你面前，货真价实。"

"那你会变什么魔法？"昕昕问。

"我这个魔法超厉害的。"小哑拿出自己的怀表，"这是我的魔法道具。"

"就像哈利·波特的魔杖？"

"差不多。"小哑笑着打开怀表的盖子，然后说道，"你看着我的眼睛。"

昕昕听话地抬起头，注视着小哑的眼睛，小哑在她的眼睛里看到了泪水和自己的倒影。

怀表上的指针开始逆时针旋转，直至回到今天清晨六点钟。昕昕的眼睛将会带领小哑感受她这一天的开始。

阵阵抱怨声在耳边回荡，从模糊到逐渐清晰起来，是昕昕妈妈的声音，她在厨房边剥蒜头边说道："我上辈子真是欠你们俩的，都不让人省心。"

妈妈转过身来，冲着昕昕埋怨道："你说你怎么老是生病？小毛病不断，时不时还生场大病，为什么别人家孩子就不生病？还有你爸，又打了一宿牌，肯定又输钱。就知道亏钱，不知道赚钱，气死我了！你们俩都是讨债鬼。"妈妈把剥好的蒜瓣一把扔在地上，"我在这跟老黄牛似的，给你们打扫屋子洗衣服做饭……"

最后妈妈都说不下去了，叹了口气，默默地又把蒜瓣一枚一枚捡起来。

昕昕躲在卧室的门口不敢出来，她还小，听不懂妈妈说的是什么，也不明白爸爸打牌一夜不回家为什么会输钱，更不清楚输钱意味着什么，但是妈妈语气里的情绪她是清楚的。

过了很久，妈妈在厨房里又开始忙碌起来，昕昕才出来。

昕昕来到客厅门口，仰起头看了看挂在门上面的钟，还差三分钟就到六点，按照爸爸平时的习惯，六点应该就到家了。

客厅的鞋柜旁边有一个大纸箱子，是用来搬东西的，现在空放在那里很久了。昕昕打开纸箱子，藏了进去，像一只乖巧又好奇的猫咪，透过箱子的缝隙观察着门口。

昕昕目不转睛地盯着外面，耳朵竖起来仔细听着。她在脑海里演练了很多遍：爸爸开门进来，自己突然蹿出去，大叫一声"爸爸"，然后跳进爸爸的怀里，爸爸把自己举过头顶，让自己骑在他的脖子上。

最好再原地转几个圈。

已经是六点一刻了，昕昕还没有听到开门的声音，这么早起床，她都犯困了。

"咳咳……"忽然，外面传来两声咳嗽声。昕昕认得这个声音，是爸爸的咳嗽声。她准备像一个礼物一样跳出盒子。

79

接着是钥匙转动门锁的声音,昕昕已经跃跃欲试了。

门被打开,一个高大的人影进来。昕昕腾地从箱子里站了起来,大喊了一声:"爸爸。"

接着,却是盘子落在地上的声音,清脆悦耳。

"要死啦,一惊一乍的。"是妈妈的声音。

与此同时,准备跳进爸爸怀里的昕昕看到爸爸铁青着一张脸,怒目圆睁。"吓老子一跳!"语气里充满着被激怒的情绪。

昕昕吓得又重新藏进箱子里,只不过这次是躲藏了。

"一看脸色就知道,又输了不少。"是妈妈的声音。

"少提那个字,我只是暂时没赢。"爸爸说道。

"你什么时候赢过?"

"上个月不是赢了吗?"

"上个月你一共打了十六天牌,只赢了一次!"

"那也算赢啊,也不能抹去我赢过的事实!"

"十赌九输!十赌九输!你到底什么时候才不去赌啊!"

"我明天就会翻本的。"

"明天还要去?我看这个家过不下去了。"

两个人的声音越来越激烈,昕昕用手捂住耳朵。

"我也是想这个家能过下去才去打牌的啊。明天一定可以的,我找人算过了……"

妈妈没有继续说话,接着是阵阵的抽泣声。

啪嚓……

又是盘子掉落的声音。

然后箱子盖被掀开了,爸爸把昕昕拎了出来,顺手拿起一旁的墩布就开始打:"让你躲在箱子里吓唬人,我看你是不知道疼……"

"我错了,我错了,我再也不藏箱子了,爸爸,我真的知道错了……"昕昕喊着,眼泪淌进嘴里,是咸的。

昕昕也不记得被打了多少下,很疼,疼得她大哭,哭着哭着嗓子都哑了。

她没有做错任何事,满心欢喜地想给爸爸一个惊喜,却被打骂了一顿。

小哑感同身受地经历了昕昕今天早上的事情,心里像昕昕一样哭着。

她曾经也渴望过有父亲能骂骂自己,甚至是自己太调皮被揍一顿,然后在自己受到委屈的时候父亲可以站出来保护自己。小哑不知道她幻想出来的是否符合绝大多数家庭的情形,但是她知道,昕昕的父亲绝不会在她受委屈的时候站出来保护她,因为昕昕最大的委屈就是他给的。

小哑收起怀表,把她这一段伤心的时间偷走了。至少这样,昕昕能少一点伤心。虽然这对整个人生来说是微不足道的,但是对此时此刻的昕昕来说,却重要无比。

"我好像做了个梦。"昕昕说。

"你梦见了什么?"小哑问。

"什么都不记得了,总之感觉很奇妙。"昕昕努力回忆着。

"赶紧回家吧,在外面贪玩,爸爸妈妈会担心的。"小哑帮她整理了一下衣服。

"再见,姐姐。"此刻的昕昕完全看不出来就在几分钟前还委屈得泣不成声。

乔绒踏进校门那一刻，就已经预料到了——学校炸了，被乔绒投放的这颗重磅炸弹的威力全方位无死角覆盖了。

叮！

是余晨阳的手机提示音。

他刚拿出手机，紧接着又响起一连串提示音，至少有五六个人同时给他发了信息。

"这么多人找你啊。"乔绒在一旁说，她心知肚明余晨阳收到的信息内容是什么。

"奇怪，怎么都赶在一起了？"余晨阳说着打开了微信，只是瞬间，脸色就变了。

"是什么？"乔绒问。

"……没什么。"余晨阳说道，又打开平时静音的班级的群，全是对同一内容的讨论。

余晨阳始终不肯相信自己刚才看到的视频是真的——小哑在一家快餐店里偷了一个男人的钱包。

没错，李诗发布的视频是经过剪辑的，把一场"侠盗"的见义勇为断章取义，变成了一个小偷单纯地偷了一个男人的钱包。

群里的那些文字讨论仿佛有了声音一般，在余晨阳耳边轰炸：

"果然是个小偷。"

"没想到啊没想到，昨天他们班的乔绒就丢了一块名表，一定是小哑偷的没错了。"

"小小年纪，没想到是个狠人。"

"这以后不得了的呀。"

"我们一定要注意保护好自己的东西。"

"就这技术，你注意有用吗？分分钟偷光你。"

第四章 我,是一个小偷

"这倒是不怕,别偷我的心就行,哈哈哈哈。"
"哈哈哈哈……"
"笑喷……"

余晨阳关掉微信,调出小哑的手机号码,拨了出去,响了很久都没有接。小哑用的不是智能机,余晨阳想她一定还没看到,他一定要在小哑知道之前尽可能地保护她。

可是他要怎么保护呢?

电话再打过去,仍旧不通。

这时,乔绒把自己的手机拿到余晨阳面前,装作非常吃惊的样子说道:"晨阳,你看到了吗?我刚看手机发现大家已经全知道了,原来小哑……"

"住口!"乔绒还没说完,就被余晨阳制止,"我不相信。"

乔绒没料到余晨阳仍然这么相信小哑,脸色变了变,说道:"这可是铁证啊,监控视频拍到的,还能有假?还有这家快餐店,你没见过吗?难道所有人的眼睛都是瞎的吗?"

余晨阳道:"我宁愿我是瞎的。"

"小哑有什么好,你这么袒护她?"乔绒的醋意正浓。

"……"

"你说你宁愿自己瞎,其实是你已经相信了,只是不愿意承认罢了,你是在欺骗自己。"她试图说服余晨阳。

但是,余晨阳仍旧坚持自己的看法:"我看到的小哑跟你们看到的不一样。"

"你看到的是什么样子?"

"我……"余晨阳有些说不出话来,如同有一大团棉花堵在他的喉咙里，面对"铁证"，他感到了雪崩般的压迫感。

余晨阳的手机响了，他看到来电显示是小哑，立马接了起来："小哑你在哪儿？"

"昨晚上手机静音，醒来忘记开声音了。"电话那边的小哑说道，听语气，丝毫不知道自己已经处于怎样的境地。

"我问你现在在哪儿？"

余晨阳的语气非常急切，小哑有点不适应："我马上到学校后门了。"

"你在学校后门等我，不要进学校。"余晨阳挂了电话，就往学校后门跑。

乔绒气得在原地跺脚："余晨阳，你这个大傻瓜，哪有主动往火坑里跳的？里面有宝藏啊？"

余晨阳到学校后门的时候，小哑正在校门外一棵树下乖乖等着。她看到余晨阳神情紧张的样子，不禁觉得有些好笑，"你怎么了？"

"我没事，你有事。"余晨阳靠近小哑，几乎是脸贴着脸，用气声说道。

小哑的脸瞬间红了，后退一步："我有什么事？"

"学校炸了。"余晨阳道。

"我哪有那本事？"小哑笑着说。

"你有这本事。"余晨阳无比认真的表情绝不像骗人，小哑这才意识到他所说的"炸了"是形容、是比喻，学校一定发生了大事，而且跟自己有关。

小哑吞了一下口水，缓缓问道："究竟发生什么事了？"

余晨阳看着小哑的眼睛说道："当着我的面，你从我的背包里偷出一本书来。"

小哑躲闪开他的眼神,"你有病啊?"

"从我背包里偷出一本书来。"余晨阳重复道。

小哑瞬间失控了,冲余晨阳喊道:"不要跟我提那个字。"

好像刚才极度压抑的空气被急速冷冻,余晨阳也沉默了。良久,他拿出手机,调出那条此时正在学校疯狂流传的视频,递给小哑。

小哑接过手机,点击了视频的播放按钮。

这个场景小哑再熟悉不过了,竟然流传出来了。

小哑紧紧咬住嘴唇,她的神情已经说明了一切——我就是小偷。

小哑把手机还给余晨阳,迈步就要往学校里去。余晨阳拦住她:"你今天请假吧,视频已经在学校传开了,论坛、各个班级的群里,哪哪都是。"

"既然已经传开了,老师早晚会知道,我躲得了今天上午,也躲不了今天下午。"小哑推开余晨阳,往校门口走去。走了几步,小哑又停了下来,转身看着余晨阳,余晨阳脸上满是焦急的神色。

小哑苦笑了一下,把手里拎着的东西用力扔向了余晨阳,然后转身进到学校里。

余晨阳下意识地接住,是一本书,上面写着"余晨阳"三个字。正是刚才小哑用力推开余晨阳手臂的时候,从他书包里偷出来的。她就差站在余晨阳面前,指着自己的鼻子说道:没错,我就是小偷!

小哑走进学校,所有的人都看着她,就像她来自其他星球一样,就像她是《异形》中的怪物一样。那些明目张胆的议论,如潮水般一浪一浪淹没小哑，哪怕那些不易觉察的指指点点都会被小哑放大。小哑觉得自己的脚下就是择人而噬的沼泽，每一步都走得很难。

她在心里一直对自己说：这些都不存在，都不存在。

有用吗？

她又在心底嘲笑自己。

小哑想起年少无知的那一年的夏天，阿琛兴冲冲地跑到自己和小雨面前，神秘兮兮地说道："前不久我认了个师父，学了门手艺。"

"哥，你认了个什么师父？"小雨问。

"这个保密，我不能破坏人家的规矩，总之他教了我，就是我师父。"阿琛道。

"哥，是什么本事？"小哑问。

"一个字，偷。你们也要学。"阿琛道。

"偷东西是不是不太好？"小雨天真地问道。

"没什么好坏之分，我们的生活注定是要比别人难的，所以多一些本事也是好的，以后别说鸡腿了，整鸡管够。"阿琛说得底气十足，"给小哑买新衣服，给小雨买娃娃，给方奶奶买最好的保健品。"

"对了哥，我看广告上说记忆棉的枕头能让人拥有好睡眠，给奶奶买一个。"小雨提议道。

"这个想法好。"阿琛道。

"哥，我还想去北极。"小雨的思绪已经开始没有边际地乱飞了。

阿琛用力拍了拍他的小胸脯，保证道："去，南极、东极、西极通通去一遍。"

"哥,东极和西极在哪儿?"小雨天真地问道。

阿琛摇摇头:"我也不知道,但是一定存在这些地方。"

突然,小哑打断两人的畅想:"哥,你教我吧。"她不想所有的重任都扛在阿琛身上,他没有这个义务。

"对对对,哥,我也想学,一定很有趣。"小雨积极响应。

……

忽然,一个男同学故意撞了一下小哑,把小哑的回忆撞散,小哑没站稳,跌倒在地上。小哑知道这个男生,是校篮球队的,跟余晨阳一起打过球。男同学居高临下地看着她说道:"不好意思啊,撞到你了。"然后笑着跑开了。

笑声有会传染的特性,同样,嘲笑声也有。

小哑顶着一浪高过一浪的嘲笑,走进教室。大家看到小哑之后,先是安静,安静极了,大概持续了七八秒钟,突然,就像有无数的蜜蜂飞过,大家开始嗡嗡地交头接耳。

小哑回到座位上,周围的同学像是见了瘟神似的,离得她远远的。

接着,余晨阳跑进教室,站到讲台上:"大家安静,马上上课了,安静!"

无效。

小哑站了起来,大家这才安静了下来,全都看着她。小哑起身,向着教室门口走去,余晨阳作势要跟上去,小哑伸出手制止了他:"别跟着我。"小哑的声音很小。

走廊里,小哑正好遇见乔绒。

"你满意了?"擦肩而过的时候小哑问道。

乔绒停下脚步，冲着小哑的背影说道："差不多吧。"

小哑来到班主任的办公室门口，刚要敲门，门便开了。老师看了小哑好一会儿才说道："视频我看了，我都知道了。"

"老师，乔绒的表不是我偷的。"小哑说。

"我正要去开临时会，讨论你的事情。"班主任道。

"手表不是我偷的。"小哑继续说。

"老师知道了，现在不是手表的事情了。"

"不是我偷的。"小哑又说。

"小哑，现在我相信你，学校相信你，没有用，得所有人相信你才行。"

"我没有偷……"

"我现在去开会，你先回班里，好不好？"老师闪身离开了。小哑一个人在教师办公室门口站了很久很久，累了，她蹲下继续等。

她想给阿琛打电话，告诉阿琛她在学校受委屈了，受欺负了，然后在他怀里大哭一场。可是又能怎样呢？阿琛能救她吗？最多就是阿琛找找乔绒的麻烦，或者干脆揍她一顿，可是又能怎样呢？没人可以救她，尤其是在这件事情上，尤其是在这件尽人皆知、人人喊打的事情上。

"我，是一个小偷。"小哑对自己说道。

"可是，我有得选吗？"小哑又问自己。

如果有得选，她还是会选认识阿琛，喊他一声哥，跟着他学"吃饭的手艺"，因为无论如何得活下去，那是本能。

很快结果便出来了，学校考虑到小哑的实际情况以及优异的学习成绩，取消她的奖学金，给予记大过一次，并要求她当着全校师生的面做检讨。

这个结果乔绒很满意,她要的不是小哑被开除,让她在大庭广众之下做检讨、撕开自己的伤疤,这会让乔绒更痛快,留在学校被所有人孤立,让乔绒觉得更有趣。

学校宣布了这个结果,检讨就安排在下午上课之前。

一整个上午,小哑都觉得天旋地转的,直到最后一节自习课写检查的时候,她才发现自己发烧了,只好趴在桌子上休息。

余晨阳也不敢跟小哑说话,但是一直在观察小哑的状态,见她在桌子上趴了好久,才去拍了拍她的肩膀。小哑没有反应,余晨阳抬起她的头,手掌感觉到很烫,这才知道她发烧了。

余晨阳赶紧背她去了医务室,吊了点滴。

小哑做了一个梦,梦里她是身穿铠甲的女将军,正在沙场上拼杀。刀光剑影,狂风不止,周围全是战死的士兵,前面大军压境,后面无路可退。小哑将军大致估算了一下,自己手下的人不足一百。

"我们输定了。"其中一个士兵说。

"准确地说,是我们死定了。"另一个士兵说。

小哑将军环顾着大家,说道:"这是必然的结局,但是身为战士,这是我们的荣幸。"

没有人回应。

"有想当逃兵的,我给他这个机会,想走的走吧,来得及,远处的第二波敌军还没有杀到眼前。"小哑将军说道。

大家互相看了看,犹豫不决。

"干脆一点,要么杀,要么走。"小哑将军又说道。

哐啷。第一个士兵把手中的刀扔到了地上,接着第二把、第三把、第四把……都扔在了地上。

他们走了,只留下了三个人。

小哑将军问:"你们怎么不走?"

其中一个士兵说:"我家就我一个人了。"

后面有个声音说道:"我从小在兵营长大,战场就是我最后的家。"

最后一个士兵说道:"我娘从小告诉我,我要是没个出息,就别回家了。"

"你娘呢?"小哑将军问。

"家里呢。"士兵道。

"回去吧。"小哑抬起手中剑,"咱俩的武器换换,你把我的剑带回家,给你娘看,让她知道你有出息,她会以你为傲。"

"我不走,我刚才数着呢,我杀了二十六个敌军,我再杀四个。"

"你没想过再杀四个,也许你就再也回不去了吗?"

"想那干啥?"

小哑再次举起手中的剑:"拿着,这是命令,回家。"

士兵想了很久,颤抖着跟小哑将军交换了剑。

小哑带着最后两个人,向着敌军走去。他们知道这一去唯一的结局是什么,但仍奋不顾身。

小哑醒了,眼泪流了一脸。她很喜欢梦里的自己,坚强且无畏,那是现实中怯懦的自己所不具备的精神,她需要反抗,即使是无谓的反抗,即使是两败俱伤的反抗。

定了定神,她发现自己在医务室,余晨阳正坐在一旁看书。

"我睡了多久?"小哑问道。

余晨阳放下书,"已经午休了,这是第二瓶点滴,没吊完呢。怎么样?感觉好点了吗?"

"好多了。"小哑揉着头说道。

"别什么事儿都自己硬撑着,你可以跟我讲的。"余晨阳心疼地说道。

"你救不了我。"小哑的眼神空洞,盯着墙角的垃圾筒。

"我……"余晨阳知道小哑说的是事实。

小哑叹了口气,问道:"铁证如山,现在你还相信我吗?"

"相信。"余晨阳脱口而出。

"你看着我的眼睛。"小哑看向余晨阳。

余晨阳看着小哑的眼睛又说了一次:"我相信你。"

他的眼睛很好看,深邃、温柔,像一颗黑宝石。小哑道:"下次我让你看着我的眼睛的时候,你一定不要看。"因为,她会忍不住偷走他的时间,她多么想切身地感受他的时间,感受他的生命。

"为什么?"余晨阳问。

"没有为什么。"小哑拔掉手背上的针头,跳下了床。

"点滴还没吊完,你去做什么?"

"有很重要的事情。"

"那我陪你一起。"

"站住,别再对我好了。"

余晨阳迈出去的腿又收了回去,小哑又看了余晨阳一眼,转身出了医务室。

小哑找到乔绒,把她约到了操场上。

"怎么?"乔绒问。

小哑注视着乔绒的眼睛:"我就要去当着全校师生做检讨了,

你的目的达到了。"

"滋味好受吗?"乔绒笑着问。

"我能先问你个问题吗?"小哑道。

"问。"

"我哪里招惹你了?"

"没有啊,只是你太令人讨厌了。"

"呵,我这个问题真的很蠢。"

"你当然很蠢。"

"我承认,我确实偷过东西,但你也不能否定我没有偷你手表的事实。"

"想套我话?你在录音?"乔绒警觉地问。

"放心吧,没有,我的手机没这个功能。"小哑拿出自己的手机,并非能录音的智能手机。

"无论你想怎样,现在全学校的人都知道你是小偷了,偷没偷我的手表已经不重要了。"

小哑不得不承认,乔绒说得很对。

"所以,你究竟找我来做什么?"乔绒又问道。

小哑冷笑了一下:"我只是想告诉你,其实并不是我先招惹的你,是你先招惹的我。"

"我就招惹你了。"乔绒靠近她,"你吃了我呀。"

"请你让路,我要去做检讨了。"小哑说。

乔绒侧身闪开,并做了一个请的姿势:"我一定不缺席。"

小哑用力推开她的手臂,大步流星地离开。

下午上课前的半小时,全校同学都聚集到操场上,大家都显得很兴奋，似乎很久很久没有这样的"盛况"了。

大家按照平时开大会的时候那样排好方阵，乔绒站在最右边方队第一排的中间位置。这里的视野很好，可以清楚地看到讲话台上小哑的一举一动，包括她脸上的表情。

她迫切地想看到小哑一边做检讨，眼泪一边顺着她的脸颊流淌下来。

嗯，她很高兴。

李诗站在乔绒的左边，小声问道："我要不要偷偷录下来？"

"多拍点特写。"乔绒说完，两人掩嘴偷笑。

余晨阳的个子很高，在方队的最后一排。

小哑缓缓走上台，站在话筒跟前，环顾底下所有的同学，那些脸庞好陌生啊，这个学习生活了三年的学校也忽然变得很陌生了。当一个人在一个环境里感到陌生的时候，就会觉得自己不属于这里了。

但是小哑不可以离开这里，不可以主动退学。在这所学校读书的机会来之不易。所以，不管承受多大的委屈，她也决不允许自己放弃读书的机会，放弃人生的希望。

"可以开始了。"旁边的教导主任提醒。

小哑沉默了良久，才开口说道："各位老师，各位同学，我叫小哑。好多人都以为我是哑巴，因为我不爱说话，也不愿与人交流，在这件事之前，学校里大概有百分之九十九的人不知道我的存在。不过现在不同了，所有人，甚至是学校里的流浪猫狗，都知道我了，知道我叫小哑，知道我从小在福利院长大，没有父母。是，我是这样的。"

教导主任站起来，想要提醒小哑进入正题，被小哑的班主任拦住了："让她说吧。"

小哑继续说道："我没你们家世好，正如你们所知道的，我是一个孤儿，我没吃过那么多美食，更没你们见过的世面多。也许你们身上的一件羽绒服或者脚下的一双球鞋就够我一年的生活费。在你们的眼里，我可有可无，所以就成了你们攻击的对象吗？所以就活该被嘲笑？你们只会欺负弱者吗？真优秀。"

小哑的话成功点炸了底下相当一部分同学。

"嘿，这个小偷还有脸指责别人了？"

"不得了了，这是检讨吗？"

"我看她是受刺激太大，疯掉了。"

"小偷，你就是小偷，说些什么屁话？"

"就是，小偷还有理了？还跟这儿玩道德绑架？"

小哑才不在乎他们在说什么，她只管说自己的："在福利院的时候，我也经常受欺负。后来福利院没了，在外面更受欺负。我以为学校很安全，只要学习，别的什么都可以不用管，也不会有什么坏事情砸到我头上。可是，事实证明，我以为的都错了。被欺负惯了会怕的，我怕了，我怕很多事情，怕受委屈，怕挨打，怕饿肚子，怕好多人看我的眼神，哪怕是一个比我还小的孩童的眼神。有很长一段时间，我都觉得自己是一只老鼠。"

李诗偷偷拿手机录着，乔绒嘴角微微上扬，听着小哑一点一点毫无保留地揭开自己的伤疤，有一种莫名的胜利感。

"再后来，怕着怕着就习惯了，习惯了就不怕了，变成了冷漠。不怕疼，不怕没有尊严，不怕挨饿，不怕没有朋友。今天我才知道，冷漠其实更可怕，因为不是老鼠了，变成了行尸走肉。

今天我还知道,你们,你们下面的所有人,比我冷漠。"

操场上的同学们顿时哗然,台上的老师们也变了脸色。

教导主任终于忍不住了,咳嗽了两声,厉声说道:"小哑,进入检讨正题!"

小哑握紧麦克风,顿了顿说道:"我是检讨人小哑,原因大家都知道,或许其他学校也知道了吧。首先我感到万分抱歉,我的检讨内容是:我!小哑!从来没有!偷!乔绒同学的手表!我!不是小偷!我抱歉的是我不需要做检讨!"

全场彻底炸了,老师们也被小哑的"猖狂"震惊了。

全体同学议论纷纷:

"真是不知死活。"

"脸皮果然厚,死不承认。"

"是承受不住,疯了吧?"

"还真是个疯子,这下看她怎么收场……"

乔绒对李诗说道:"瞧吧,好戏升级。"

又有人说:"学校没开除她,她还不满意了?这是主动要求开除啊,厉害,厉害。"

"真的,咱学校我现在谁都不服,就服小哑。"那个故意撞了小哑的校篮球队队员说道。

班主任终于站了起来:"小哑,到此为止。"

小哑却对着话筒说道:"老师,我有证据,推翻一切的证据。"

教导主任脸都绿了:"我不管你什么证据不证据,赶紧给我下去,胡闹得还不够吗?简直翻天了,你要把学校拆了吗?"

小哑不紧不慢地拿出一台手机,是智能机,显然不是小哑自己的。

她打开手机,点开微信,找到一个叫"安排小哑"的群。

下面的乔绒瞬间傻了,自己的手机为什么会在小哑手里?

如果我们可以像小哑一样偷取时间,那么我们把时间倒回去就会看到,小哑约乔绒到操场上之后,注视着她的眼睛问道:"我就要去当着全校师生做检讨了,你的目的达到了。"与此同时,小哑的手背在身后,偷偷拨动机械怀表的指针,偷取乔绒事发当天的时间,也就是乔绒报告老师她丢了手表的那天。

那天夜里,翻来覆去无法入睡的乔绒打开了微信,发了一条消息出去:我睡不着。

小哑只需要这一个开端,便足够了,因为她一百万个肯定这是乔绒做的。这样,她只偷走乔绒几分钟的时间,乔绒也不会损失多少记忆,根本不会察觉。小哑可不愿意把这项"天赋异禀"浪费在乔绒的身上。

李诗也慌了,因为她从喇叭里听到了自己的声音,正是小哑点开了群里的语音:乔大小姐,我想到一个主意,绝对给小哑好看。这个主意太棒了,我就是一个小天才。

接着是乔绒的声音:你想到了什么主意?

李诗的声音:你上个月不是买了一块手表吗?

乔绒的声音:是啊,我特别喜欢那块手表,可惜逛街的时候丢了,我伤心了好久。

李诗的声音:明天我陪你再去买一块。

乔绒的声音:我已经不喜欢了。还有,我问你有什么主意呢,你总提买表的事情做什么?如果你的主意符合我心意,我送你一块。

第四章 我,是一个小偷

李诗的声音:那正好明天提前买来送我,哈哈哈。

开始大家有点不明所以,渐渐地有人听出来这些都是谁的声音。这些内容其实也说明不了什么,只是跟表有关而已——但是表在这起事件中充当着重要的"角色"。

小哑敲敲话筒,说道:"接下来是文字,我可以截图群发给大家,就像你们收到关于我的视频那样。"

接着,小哑指名道姓地说:"丢表之前,也就是上午的最后一节课,乔绒同学在群里发了一条信息:'下课后成野你负责拖住小哑。'群里面成野问'我怎么拖',乔绒说'你是猪脑子啊,自己想办法'。然后是李诗,她说'后面的交给我'。乔绒接着说:'我梳妆打扮沐浴更衣就为了这场戏的开场。'然后乔绒同学打完这句话还在后面跟了几个小魔鬼的表情,表情很可爱,大家看到截图的时候就知道有多可爱了。"

乔绒想要冲上台去,被李诗拦住,上面有老师,而且是当着全校同学的面,在众目睽睽之下,怎么阻拦小哑?

小哑根本不给大家反应的时间,继续播放群里的语音:

"小公主小公主,搞定,小哑是最后一个在班里的,小哑是最后一个在班里的。"这是成野的语音。

小哑又点开乔绒的语音:"漂亮,你赶紧过来吧,我们在食堂三楼。"

小哑补充道:"接下来是李诗同学再次出场。"说完,她点开李诗的语音:"乔绒,手表不见了,两块都不见了。"

乔绒:"其他东西呢?"

李诗:"其他东西都还在,一样不少,唯独表不见了,表不见了就没法栽赃小哑了。"

乔绒:"表丢了就栽赃不了了吗？表照样是她偷的，只要一口咬定，有人证，没有物证又如何？就算闹到最后没有证据，她也永远抬不起头来，到时候她还能在学校待下去吗？就算她厚着脸皮待下去，大家一直在背后议论她，时间长了，她也会受不了的。还是按照你的计划进行。"

李诗:"明白。"

这下，大家也彻底明白了。

"可你就是一个小偷啊，这是事实，铁打的事实。"忽然，台下响起一个声音。

小哑想，或许是哪个暗恋乔绒的男生吧。比较漂亮家境又好的女生总是男生的焦点。

小哑又点开了一条语音，对着话筒播放了出来:"视频和照片已经发布到学校的论坛和各种群，大戏帷幕已经拉开了。"

"可是视频里偷钱包的人就是你啊，难道视频是作假的吗？难道有人嫁祸你你就没有偷钱包吗？偷了，就是小偷。"台下又有人喊道。

小哑说道:"正好群里有完整的视频，我和截图一并给大家群发过去。"

说完，小哑点了几下手机，所有证据群发了出去，台下有偷偷带手机的已经率先看到了，然后就像病毒一样在方队之间传播。

余晨阳看到了完整的视频，是那个男人先偷了别人的钱包，然后被小哑偷了回来，还给了失主。老师们也看到了视频，凑到一起商量应该怎么办。

乔绒此刻想找个地缝钻进去，最好永远不出来。相比处分，

## 第四章 我,是一个小偷

她更在意的是面子,小哑彻底折了她的面子。

这个"仇",她能记一辈子。

小哑做完这场"检讨",觉得全身的力气都用尽了,现在还站着完全是靠意志强撑,她的烧还没有退,整个世界都是颠倒的。

余晨阳微笑着看着小哑。周围嘈杂无比,而他却觉得鸦雀无声,那一刻他觉得小哑身上是发着光的,是那种刚刚日出时的光,有希冀,有生命力。

这种生命力是与生俱来的。遭遗弃、挨饿、挨冻,全都挺了过来,还有什么可怕的呢?或许在小哑眼里,学校里发生的这一切都太微不足道了。

这就是小哑身上特有的魅力,这就是吸引余晨阳的地方。他多想冲上台去庆祝小哑的胜利。然而下一秒,他必须冲上台了,因为,小哑昏倒了。当她的身体砸在地板上的那一刻,沉闷的响声冲击到了余晨阳的心。

"小哑……"他喊着冲上台去,抱起了小哑,冲老师说道,"老师,她还在发着烧,我得带她去医务室。"

"先去。"班主任说道。

余晨阳抱着小哑一路小跑离开。教导主任来到话筒前,用力咳嗽了一声,用低沉严肃的声音说道:"散会。乔绒、李诗、成野,到教导处。"

话音刚落,话筒发出了刺耳的鸣响。

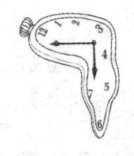

## 第五章
# 嘿,放开那两个女孩

成长是痛,不成长是不幸。——村上春树

小哑醒来的时候已经是晚上了,她仍旧感到头沉沉的,但是这间屋子很陌生。房间很大,灯光很柔和,摆件很考究,小哑虽然没有真正拥有过,但是她认识旁边那张非洲黄花梨椅子,上面的花纹漂亮极了。之前,她"偷"过一个有钱人的一天时间,体验了一次,但是小哑不喜欢,虽然很有钱,但是小哑深深地感受到了对方的不快乐。她不喜欢那样的生活,她觉得快乐比有钱重要。可是太多的不快乐都源自于没钱,人,真是一个矛盾之极的动物。

"你醒了。"余晨阳进到房间,手里端着一杯水。

小哑靠在床头,接过水并没有喝,她先问道:"这是哪里?"

"我家。"余晨阳笑着说。

"我为什么会在你家?"小哑疑惑道。

余晨阳温柔地解释道:"你烧得很厉害,老师放了你的假,你住的环境不太适合你退烧,抱歉,我的意思是我想让你快点好起来——医生刚走,她说你已经退烧了,没什么事了。"

"谢谢你。"小哑道。

## 第五章 嘿，放开那两个女孩

"感觉怎么样？"余晨阳忙问。

"舒服多了。"小哑抿了一口水，问道："几点了？"

"八点。"

"我该回家了。"

余晨阳道："一会儿阿琛和小雨会来接你，我想他们现在已经在路上了。"

小哑不解地看着余晨阳，余晨阳继续说道："非常抱歉，我翻了你的手机才找到阿琛的电话号码。"

"没事，我手机里面什么都没有。"小哑忽然想起了什么，急切地问："你没有把学校的事情告诉我哥吧？"

余晨阳给了她一个让她安心的笑容："放心吧。"

"给你添麻烦了，给叔叔阿姨添麻烦了。"小哑非常不好意思地说，她最怕给别人添麻烦了，因为她一直觉得自己就是一个巨大的麻烦，不然也不会被亲生父母遗弃。

"我说过，我爸妈不在家。"

"那我还是先走吧，不然一会儿撞上我……"

"撞不上，放心吧，他们在外国。"余晨阳说道，"他们跟乔绒的父母是同事，常年在国外，其实我跟乔绒是发小，她家就住在旁边那栋房子。"

听到这里小哑心里竟然有些许的羡慕，她赶紧驱散心中这种危险的想法。

"我带你参观参观？"余晨阳提议。

小哑是想了解他的，于是同意了。她跟着余晨阳走下楼去，他的家比小哑想象中的还要大，有一种参观展览馆的感觉。

"我带你去看看我的收藏。"余晨阳带着小哑来到他的书房，里面是四面墙的书架，书架很高，一直到屋顶，要登着梯子才能够到上面的。

余晨阳指着右手边的一侧，"这边都是推理小说，英美居多，有柯南·道尔的《血字的研究》《奇案记》等，柯南·道尔就不用介绍了，超有名的，我有他的全集，六个版本的全有。"

余晨阳往前迈了一步，"这本是《马耳他黑鹰》，美国硬汉派侦探小说。这是《无人生还》，这是《门铃响起》，这是《布赖顿棒糖》，这是《护士学院杀人事件》《猎杀红十月号》《玻璃钥匙》《八百万种死法》……"余晨阳如数家珍，越说兴致越高，他跳到另一边，"这里是漫画，我的王国。偷偷告诉你，我还自己画过漫画，一会儿给你看。"

小哑看着余晨阳高兴的样子，一点都不像平时稳重的班长。

"你看这里，这是我收藏的蓝光影碟。"余晨阳指着另一面墙。

"太多了。"小哑被震惊了，原来她从来没有进入过他的世界，她也从来没有了解过他。就像他从来不了解她一样。

小哑深深地感受到了自己与余晨阳的差距，她下意识离他远了一些。她能跟他讲什么呢？讲牙膏用到挤不出来了可以剪开接着用？讲洗发水用完了灌进去水摇一摇还可以再用几次？讲怎么挖野菜？讲如何获取各种免费体验券？讲超市的酸奶快过期的时候会打一折、破壳鸡蛋可以很低价钱买到？讲买衣服都是换季清仓的时候折扣最低？

"洗手间在哪儿？我想去一下。"小哑只能用这样的借口来逃避，逃避她内心的慌乱。

余晨阳带她去了卫生间，小哑刚进去，门铃响了。余晨阳去开门，阿琛和小雨站在门口正四处张望。

## 第五章 嘿,放开那两个女孩

"豪宅啊。"阿琛说道。

"全是豪宅。"小雨补充。

余晨阳尴尬地笑笑,迎他们进来。小哑正好从卫生间出来,看到小雨心里很内疚,是她错怪了她。小哑先在学校被诬陷,回家看到手表,以为是因为小雨偷了人家的手表,自己才被诬陷。

阿琛和小雨接走了小哑,回去的路上阿琛一直在说话,今天东街的谁谁谁怎么样了,西街的谁谁谁又赚了好多钱之类的。只有小雨和小哑一直沉默着。

走着走着,小哑揪住了小雨的衣角,小雨回头看小哑,小哑在她面前伸出一只手,握起拳头。

"你猜我手里是什么?"小哑道。

小雨继续走:"我不猜。"

"你猜一猜。"小哑快步跟上。

"不猜。"很明显,小雨还在生气。

小哑道:"你要是猜对了,这块巧克力夹心糖就给你吃。"

"巧克力夹心糖。"小雨犹豫片刻,还是猜了,她抵挡不住吃的诱惑。

"猜对了,给你吃。"小哑把糖放在小雨手心。

"这也太好吃了吧。"小雨把糖放在嘴里后惊叹道,然后迫不及待看包装纸,"外国糖。不是英语吧,看不懂。"

小哑看了一眼:"应该是俄罗斯语。"

"哇,是刚才那个男生给你的吗?"小雨好奇地问道,"之前那罐糖也是他给的对不对?"

小哑摇摇头,是她在"拿"乔绒手机的时候,顺带在她口袋里一并摸出来的。

"肯定是,你不好意思承认。"

"真不是。"

"你脸红了。"

"我这是发烧。"

"瞎说,你的烧早退了。"

"……又开始烧了。"

第二天一早,小哑的病已经彻底好了,她很早来到学校,没有去教室,而是直接到了操场。因为校篮球队早上有训练。

她找到那个故意撞她还引发嘲笑开端的那个男生,小哑不记得他叫什么了,只管喊他:"嘿。"

男生叫徐波尔,一米八七,看到小哑竟然来找自己,很好奇,"哎哟,我当是谁呢,原来是大侦探福尔小哑,您有何贵干?"他的话又引起同伴一阵哄笑。

"打球啊。"小哑语气很轻松。

这下全队的人笑得更厉害了。徐波尔说:"你是没睡醒呢还是昨天太激动现在还飘着呢?"

"就一个球,谁进谁赢,你输了向我道歉,我输了随便你。"小哑认真地说道。

"快走吧,好好学习天天向上。"徐波尔的语气里透着调侃。

小哑知道这种人太傲,于是说道:"尿。"

丢下这个字,小哑转身就走。一秒、两秒、三秒……如果五秒内徐波尔还不叫住自己的话,小哑准备再大声地加一句:我去告诉全校同学,篮球队不敢跟女生打球,怕输。

"等一下。"徐波尔说道,"我先来,输了别哭。"

小哑微微一笑，重回球场，她脚边有个球，走过去弯腰捡起，然后丢给徐波尔让他先开始。然而这一丢却丢歪了，而且力道特别散，软绵绵的。

"失误，失误……"小哑说着跑去捡球，球越滚越远。大家又是一阵笑，真搞不清楚这个小哑脑子里究竟在想什么。

小哑把球直接用脚踢了过去。

"这个人真的疯了。"徐波尔露出轻蔑的表情，准备带球上篮。他冲向小哑，准备贴上她之后冲她大吼一声，直接把小哑吓得坐下或者蹲下，然后越过她直接上篮。

徐波尔带球过去，冲着小哑大吼了一声，小哑向后撤了一步，然后脚下发力，精准判断出徐波尔的起跳点，然后用尽全身力气跃起，一个盖火锅儿，砰的一声，当头棒喝。

小哑拿到球后，转身一个后仰式跳投，球进了。

在场的所有人都傻了，这个小姑娘打球这么厉害的吗？而且还扮猪吃虎。

小哑打球确实不错，之前在院儿里她经常跟男孩子一起玩。

徐波尔这面子被小哑折得厉害，不过一个一米八七的好男儿还是愿赌服输的，"你牛，我轻敌了，我输了，我向你道歉，对不起。"

"好了，我原谅你了。"小哑说完便径直离开了。

小哑盖了徐波尔的事情很快传遍了整个学校，通过这件事，以及昨天的检讨事件，所有人都知道了另一件事，那便是——小哑看起来很弱，但没人可以欺负她。

今天是难得的好天气，比以往的温度高不少，小哑觉得整个人很舒服，尤其是退烧之后，觉得整个世界都是明亮的，而且仿佛一夜之间，所有人的攻击性都消失了。

确切地说，应该是隐藏了吧。

余晨阳仍旧很担心小哑的病情，这让小哑觉得温暖，但是又深知跟他不是一类人，她在心里一遍一遍劝说自己：保持距离。

乔绒没有来，请假了，小哑听说是被记大过了。

第二天乔绒仍旧没有来，第三天乔绒也没有来，第四天乔绒依旧没有来。小哑觉得没有乔绒的学校是多么安静，就像时间真的倒流一般。她喜欢宁静，任何时候的宁静。

小哑是放学的时候才知道乔绒住院的，她去卫生间时无意听到了同学们在议论。

小哑按照听到的信息放学直接去了医院，她走进医院大门后又折了回来，在门口的水果摊买了一些香蕉。

小哑在服务台问到了乔绒的病房，径直来到三楼，敲响了308病房。

"进。"

听到允许后，小哑推开了门。乔绒正躺在病床上，玩着平板电脑，丝毫没在意来人是谁。

"手机还你。"小哑把香蕉放在一旁的柜子上，然后把手机递到乔绒眼前。

乔绒抬眼看了一眼小哑，神情复杂。

"放心，我没有看其他内容，我只看了和我有关的部分。"小哑说道。

乔绒恨恨地看着她，一直不开口。

"你吃香蕉吗？"小哑问道。

"你是来羞辱我的吗？"乔绒死死盯着她。

## 第五章 嘿,放开那两个女孩

"绝对不是。"

"你这个小偷,偷我手机。"

"我确实偷了,我承认,但是我没有其他办法,你可以继续告诉其他人,我是小偷,偷了你的手机。"

乔绒的脸一阵白一阵青,她也明白这是狼来了,后面的就会变成"贼喊捉贼"。

小哑又说道:"我做过的事情我承认,没做过的事情也不允许有人扣在我头上。"

乔绒恨得牙痒痒,"你无耻。"

小哑纠正道:"是你无耻。"

乔绒气得耳朵冒火,指着门口说道:"我不想看到你!你走!"

"我知道你恨我,我能做的就是尽量不去恨你。"小哑甩下这句话便离开了。她清楚地知道依照乔绒的个性,这个事情很难完,她只是想在她面前不再那么弱。

成野其实还好,她被记过也坦然接受了,毕竟是自己先算计的小哑,可是李诗是咽不下这口气的,小哑刚走不久,她便来了医院。

"我咽不下这口气。"这是李诗见到乔绒后的第一句话。

"我知道她住哪里。"乔绒幽幽地说。

李诗眼睛放光,"太棒了。马上周末,我们就可以棚户区一日游了。"

"两人游没意思,喊上几个男同学。"乔绒意味深长地说道。

李诗领悟了乔绒的意思,"那是必然,他们可是保留节目的主力。"

107

周六的早晨,阿琛很早出了门,他再次来到市区那家还没有开业的酒吧,他站在小巷尽头红色的铁门前,忽然脑海里响起方奶奶的声音:"阿琛,你要走正道。"

他伸出敲门的手僵在半空中,过往的事再次浮现在他的眼前。

如今阿琛在棚户区"威名远扬",甚至在整个衡州市也算是小有名气。这一切得益于阿琛的师父,关离。说是师父,其实比阿琛大不了几岁,可是说是亦师亦友,教他"能耐",一起喝酒聊天。

至于关离的故事,对阿琛来说一直是个谜。

阿琛遇见关离的那天极其闷热,空中厚重的云层里酝酿着一场暴雨。阿琛跟在一对情侣身后,因为女孩的背包上挂着一只精致的北极熊挂件。小雨说过她最喜欢的动物是北极熊,阿琛一直记得,他还记得的是小雨的生日快到了,正好这个挂件可以送给小雨做生日礼物。

阿琛继续跟在他们身后,准备趁机扯掉挂件然后撒腿就跑,可是阿琛忽略了挂钩的牢固性,一下没有扯断,被这对情侣发现。不幸的是女孩的男朋友一看就是常年健身的主,揪住阿琛就是一顿暴打。

解完气,情侣转身离开,而捂着脸上瘀青的阿琛又追了上去,说道:"打也打了,北极熊能不能给我?"

情侣两人面面相觑,然后阿琛又挨了一顿打。这次伤得更重了,他的眼角在流血。

阿琛努力睁开受伤的右眼,继续说道:"北极熊能不能给我?"

女孩把北极熊摘下来,准备给阿琛,被男朋友一把抢去,"这人脑子有问题的。"又转头对阿琛说道,"别再跟着了,不然腿给你打折。"

阿琛乞求道："求你了，你可以再打我，但是北极熊能不能给我？"

男友丢下一句："真的是脑子坏掉了。"拉着女孩匆匆离开，转身的时候还不小心碰到了一个围观看热闹的群众。

渐渐地围观的人群散去，只剩下一个人仍旧站在阿琛面前，他问道："你为什么这么想要这个熊？"

阿琛道："我妹生日，我想送她礼物，那个是她喜欢的，反正都挨了打，厚着脸皮要呗，兴许能给我呢。"

对方张开手心，竟然是刚才那只北极熊挂件。

阿琛惊讶道："怎么可能在你手里？"

对方道："刚才那个人离开的时候，我故意碰了他一下，自然能到我手里，而且……"他又拿出一只黑色的钱包，"我想要什么，什么就会到我手里。"

他把钱包和北极熊一起交给阿琛，"这只钱包也是他的，里面有些钱，算是他赔给你的医药费了。"

阿琛接过东西，两眼放光，"你能不能教我？"

对方没说话，转身离开了。阿琛立刻跟了上去，在他身后保持着一定距离，从上午十一点，一直跟到晚上八点，终于知道了他的名字叫做关离。

接下来几天阿琛一直跟着关离，关离吃饭，阿琛就在餐厅门口等，关离回家睡觉，阿琛便守在他家门口，从黑夜到白天。

或许是关离烦了，在第五天的时候对阿琛说："我可以教你几招，但是你要保密。"

阿琛欣喜若狂，连忙喊师父，但是被关离拦下，他说，我们可以是朋友，但阿琛打心底拿他当师父。

之后，也就是三年前阿琛闯了大祸那次，关离便消失了。阿琛找了关离很多很多年，杳无音信，他就像从这个世界上蒸发一样。

也是阿琛的那次闯祸，方奶奶、小哑、小雨受牵连，事态平息后，阿琛向方奶奶保证他会从此收手。

可是阿琛食言了，因为前不久小雨严重腹泻且具有过敏症状，送去医院之后，诊断出小雨的肺部有病变，原因是小雨正在长身体阶段，抵抗力弱，长期居住、生活在潮湿发霉的环境里，频繁接触和吸入霉菌，引发腹泻和过敏症状，一些毒性很强的霉菌引起了肺部病变。所幸不是太严重，进行常规治疗很快就可以出院了。

阿琛去缴费的时候，听到两个护士在讨论一个病人的病情，患者就是因为长期住在阴冷潮湿的地下室里患上了皮肤癌。

这把阿琛吓出了一身冷汗，当时他就决定，一定要迅速给小雨和小哑换一个舒适的环境，最快最有效的方式无疑是利用他的"拿手绝活"。

阿琛揉了揉太阳穴，推开了那扇红色的门。然而他来得并不算早，里面已经聚集了不少人。脸上有刀疤的男人，皮肤异常黝黑的男人，还有一对兄妹，以及一个胖子。

阿琛又四下观察了一下，之前那几个熟悉的面孔不在，大概还没有到？可是还差五分钟就过了集合时间，刀疤最讨厌不守时的人了。

刀疤搂着阿琛的肩膀说道："阿琛，来，我给你介绍一下新成员，也是最终成员，之前那几位朋友退出了。"

说退出的时候刀疤是笑着的，但是阿琛了解他，那几个人绝

## 第五章 嘿,放开那两个女孩

对是被刀疤踢出去的,他喜欢绝对掌控。

"这是大熊。"刀疤指着那个新加入的胖子说道,"别看他胖,但是很灵活,我说的是开车灵活,咱们的车手。"

胖子嘿嘿一笑,竟然露出一口洁白的牙齿,很给人好感。

刀疤接着说道:"这对兄妹厉害了,哥哥叫阿有,妹妹叫阿无,负责硬核技术的,你懂的。"刀疤面向皮肤黝黑的男人,"老黑就不用多说了,我的老朋友了。"

最后轮到阿琛自己,刀疤来到他的身后,双手放在他的肩膀上,"各位,别看他年纪小,手上的功夫牛着呢,咱们进去全凭他了。"

胖子乐呵呵地跟阿琛打招呼,但是那对兄妹却不太友好,脸上写满了怀疑。

妹妹说道:"行不行啊?小屁孩写完作业了吗?"

阿琛笑了一下,故意呛道:"不好意思,不认字。"

阿无用手指绕着头发说道:"那回头姐姐好好教教你。"

阿琛冷冷地说道:"多谢好意,可惜,我这人天生不爱学习。"

"爱去游乐场吗?姐姐带你去游乐场玩。"阿无边绕着阿琛转圈边说。

"我也不爱去游乐场。"阿琛道。

"那你喜欢什么?"阿无继续问。

"我喜欢钱。"阿琛一直随着她的转动盯着她的眼睛,不让她的视线放在其他地方。

"谁不喜欢呢?"阿无说。

忽然,阿琛远离她,来到刀疤身边,然后向着空中抛出一只黑色的东西,阿无跳起来接住,发现正是自己的钱包。

哥哥阿有鼓起了掌，阿无点点头，对阿琛说道："很不错。"

阿琛继续说道："打开钱包看看。"

阿无打开自己的钱包，查看了一下钱，"并没有少。"

"再翻翻。"阿琛道。阿无接着翻，忽然发现了一样不属于自己的照片，上面是一个陌生的女孩，于是拿出来问道："这是谁的？"

刀疤鼓起了掌，"这是我宝贝女儿的照片，她叫谨儿，漂亮吧？"正是阿琛刚才到刀疤身边，以迅雷不及掩耳之势从他身上摸出来的，然后迅速装进阿无的钱包里，再抛出去。

阿无把照片还给刀疤，说道："你女儿很漂亮，一定像她妈妈。"阿无又看向阿琛，"我们兄妹俩没意见了。"


这天早上，小哑唯一一次赖床了。小雨去了甜品店，阿琛也不在。小哑正在收拾屋子的时候接到了余晨阳的电话。他问小哑周末要不要一起去美术馆，小哑以要去快餐店里帮忙为由拒绝了他。

但是拒绝完之后，小哑竟然会有一丝丝失落。

"没关系，小哑，你已经习惯没有朋友了，你有阿琛和小雨就够了，就知足了，小哑，你不可以那么贪心。"她对着镜子里的自己说道。

收拾完一切，小哑准备出去透透气，她无法在家一直宅着，那会让她觉得时间白白浪费。她对时间很敏感。

可是就在拉开门的那一刻小哑傻在了那里，门口全是垃圾，她再回身，门上被泼了红油漆。一旁的墙上写了字，两个鲜红的"贱人"特别刺眼。

## 第五章 嘿,放开那两个女孩

这两个字一般不是用来形容男生的,所以应该不是阿琛得罪了谁。况且阿琛一向做事小心,从不把祸端带到家里来。小雨更不可能了,她的性格太软,从来都是别人欺负她,她从不惹事。

记得小雨上初一的时候,有一个男同学,总欺负她,小雨一直忍着,后来有一次那个男生一天吓哭了小雨三次,她忍不住了,气冲冲地跟阿琛说不用管她,她要去跟这个男生单挑。后来小雨准备了好久终于鼓起了勇气去找人家单挑,人家觉得小雨真是太可爱,就主动跟小雨道歉和解,小雨瞬间就原谅了对方,跟他成了好朋友。

唯一的解释就是乔绒,她知道小哑住在哪里。小哑看着满门的红油漆叹了口气说道:"果然,你才无耻。"

小哑捡起地上一粒小石子,在门上点了一下,红油漆沾到石子上,看来是刚泼上去不久的。小哑欲哭无泪,原来自己在打扫房间的时候,外面正在泼油漆。这么多得清理到什么时候啊,小哑有些崩溃。

出门去买清理用品的时候,小哑隐隐约约听到了几声叫喊声,似乎在喊……救命?

棚户区里出现救命的呼喊可不是什么好事!

小哑边顺着声音找过去,边从自己的书包里拿出几张文身贴来。这个文身贴小哑可有妙用,且成功用过很多次。如果是夏天就可以贴在胳膊、腿上之类显眼的地方,但偏偏是冬日,她只好把文身贴贴在自己脖颈处,穿着衣服能隐约看到。然后小哑把拉链拉到顶,先暂时遮住,继续寻觅那个救命的声音。

终于,在一条隐蔽的残破的小巷子里看到几个混混正围着两个女生。

113

是不是混混小哑一眼就能辨别出来，她见太多了，就像从事银行工作的人员能轻而易举分辨出假币一样。

"嘿，放开那两个女孩。"小哑站在巷子口大声喊道。

两个小混混听到一个女孩的声音，纳闷了一下回头看去，发现还真是一个女孩，然后相视而笑。

"我当是谁呢，原来是一个见义勇为的女侠啊。"其中一个高个子混混调侃道。另一个矮胖混混跟着笑。

"话真多，你们放了她们冲我来。"小哑无所畏惧。

矮胖混混慢慢走近小哑，捏着她的下巴啧啧道："你太瘦了，全是骨头，硌得慌。"

小哑道："骨头打人才疼呢。"

高个子混混听完哈哈大笑起来，觉得遇见了一个精神不正常的女孩，怎么就不害怕呢？

矮胖混混站到小哑面前，"电视剧看多了吧，你怎么想的？敢多管闲事？"

高个混混也走了过来，仔细打量着小哑，她的校服洗得都掉色了，"走吧走吧，看你这样也没什么钱，还是你同学油水多。"

同学？

小哑这才歪头看过去，巷子尽头的两个女生竟然是乔绒和李诗，刚才被两个混混挡着没有看见她们身上的校服。

"小哑，救救我们……"乔绒的声音极其颤抖，李诗躲在乔绒身后一直低着脑袋。

显然她们从没有经历过，吓得够呛。

小哑看了她们好一会儿，有些犹豫不决了，毕竟就在刚才，她们还在她家门口泼了油漆。

高个子混混忽然觉得也没什么意思了，一摆手说道："走吧走吧，咱们是一类人，我们不找同类麻烦。"

小哑仍处在矛盾之中，李诗从乔绒的背后露出头来，对小哑只张嘴不出声，看口形大概是：别走。

小哑离开了，她一想到她们对自己造成的伤害，就打心底不想伸出援手，况且是一次又一次的伤害。

小哑转身，走出了巷子。

矮胖混混对着她的背影挥手道："再见了，女侠。"

就在小哑走出这七八百米的短短时间里，她反复想，到底救不救她们？如果这个事儿落在阿琛头上，他肯定会见"死"不救的，但是如果是小雨呢？她会救的吧，她那么傻。如果是余晨阳呢？他应该也会救吧，毕竟他跟乔绒是发小，而且他身为班长有责任有义务。

自己呢？我们仅仅是同学，充其量是同班同学，而且是刚刚算计构陷过自己的同学……

她不确定了，理智上她劝自己就当作没听见没看见，但是良知上她过不去。因为，她骨子里就是一个善良的人，即使是遭遇到了那么多的不公平，即使是经历过那么多次的绝望。

小哑立刻转身，用力奔跑回去，她一边跑一边想，时间没有过去几分钟，一切都还来得及，一定没有出事。

小哑跑回巷子，幸好乔绒她们还在。

"嘿，放开那两个女孩！"小哑站在巷子口，插着腰，喘着气再次喊道。

两个小混混回头看见又是那个女孩，莫名其妙。

小哑拉开一点拉链，让文身能稍稍露出来一点，但是又没有露出来太多，不然容易穿帮。

"我说你是不是虎？你觉得你真是女侠？你就算有当女侠的心，你有这个实力吗？"高个子混混特别不耐烦，指着小哑就走了过来。

小哑把背包脱下来，扔到一边，因为大大的书包会妨碍她的行动。

矮胖混混倒是饶有兴趣，"那就杀鸡给美女看，让她们知道咱哥俩不是吃素的，是吃天鹅肉的。"

"真是有眼无珠。"小哑装作很轻蔑的样子。

两个混混一头雾水，这时高个子混混看到了小哑脖子下的文身，小声对同伴说："这个女的有文身，似乎满身都是。"

"文的什么？"另一个混混问。

"看不出来，不知道是花还是龙，还感觉有一把刀的部分，看不出来啊。"

"问问？"

"问问。"

"你是混哪儿的？"高个子混混问道。

在小哑生活的那片棚户区从来没有见过这两个人，于是说道："西街。"

"跟谁的啊？"矮胖混混又问。

"东哥。"小哑信口胡诌了一个名字。

"哪个东哥？"两个混混互相看了一眼。

小哑摇摇头叹了口气："哪个东哥都不知道，你们还好意思在棚户区这一片混。"

"你说的是忠哥？"高个子混混疑惑道。

小哑就坡下驴："对呀，忠哥嘛，你们什么耳朵？"

## 第五章 嘿，放开那两个女孩

两人嘀咕了一会儿，忠哥可不是什么好惹的角色，于是说道："今天给忠哥面子，下次别让我们再撞上。"矮胖把刚才管乔绒和李诗"要"的钱拿出来，"这些物归原主。"

小哑立即拦住，"敞亮，不过两位哥哥出来一趟也挺辛苦的，就当辛苦费了，收着收着。"

矮胖混混笑嘻嘻地把钱掖了回去，"小姑娘懂事，不愧是跟忠哥混的。"

看着两人走远，小哑赶紧招呼乔绒和李诗："赶紧走啊，一会儿等他们反应过来，我们就走不了了。"

乔绒的腿都点打晃儿，得靠李诗扶着才从巷子里走出来。然后，小哑带着她们七拐八拐，在一棵老树下停下。

"你们在这里缓一会儿吧。"小哑道。

乔绒靠在树上，惊魂未定。李诗有些不好意思地看了看小哑，最后也不知道说些什么。

"没什么话对我说吗？"小哑问道。

"……谢谢。"李诗从嘴里挤出这两个字。平时话很多的人，现在倒是惜字如金了。

小哑道："我说的不是这个，其他事情，你们好好想想。"

乔绒和李诗装作不明所以，茫然地看着对方。

"那我提醒一下你们，比如说，红色。"说完这句话小哑就后悔了，提醒有什么用，只要她们咬死不承认，再怎么问也没用。

两人摇头表示不明白，其实小哑只要注视其中一个人的眼睛，偷取一小段时间就可以轻而易举知道——乔绒带了两个男性朋友，和李诗一起来给小哑好看。泼油漆这种力气活当然是两个男生干的，但是由于是第一次没有经验，也弄了不少在身上，所以两个男生提前离开了，剩下乔绒和李诗留在棚户区，她俩还琢磨着有什么法子能更让小哑难堪，就是在街上闲逛的时候遇见了两个小混混，被堵在小巷里。小混混一眼就觉得这两个学生挺有钱的，便实施了抢劫，那个矮胖混混觉得两人的姿色也不错，便起了歹心。接下来便是小哑听到呼救声赶了过去。

"算了，算了。"小哑无奈地说道，"这里情况很复杂，你们以后还是不要来了，这不是什么周边游的好地方。"这绝不是什么危言耸听，她偷过那么多时间，天堂和地狱小哑都切身"经历"过。

"别以为你救了我，我就可以原谅你。"乔绒道。

小哑觉得好笑，"你说反了，明明是你对我做了不可原谅的事情，我只是以其人之道还治其人之身，你还觉得自己受到多大伤害似的，我承认，确实有点，但是……算了，我已经原谅你了，我不希望自己有仇人。"

乔绒道："你永远是我的仇人。"

小哑无奈，"随你便吧。"良久，见她们不说话小哑又说道，"我送你们出去。"小哑的话刚落音，突然身后传来的一个声音，让她再次紧张起来。

"哪儿也别去小妹妹，哥哥有个问题不太明白，特地回来问问。"

小哑不用转身也知道，是那两个混混。

矮胖混混问道："忠哥不是西街的啊，忠哥是东街的啊，我看不是我们耳朵不好使，是你唬我们啊。"

高个混混慢慢逼近她们，"我最恨别人拿我当傻子了，我看起来很蠢吗？"

小哑把乔绒和李诗护在身后，死死盯着两个混混，预判着他们的动作。

## 第五章 嘿,放开那两个女孩

"记住,如果你遇到坏人,一定要以最有效的方式让他们丧失战斗力,用你能想到的任何方式,利用手边任何能利用的东西。如果对面是坏人,一定要先发制人,你是女孩,你在速度、力量上面一点都不占优势。"这是阿琛曾经教小哑和小雨面对坏人应该怎么办时说过的话。

"你们觉得自己很聪明,但其实笨得要死,你们现在还不知道你们惹错人了吗?"小哑一边分散他们注意力,一边抓了一把地上的土。

"那你到底是谁?"矮胖混混问。

小哑又把拉链往下拉了一些,露出更多的文身,"你们看到全部的图案就知道,但是别怪我没提醒你们,是会付出代价的。"小哑主动去靠近他们。

两个混混凑过来研究文身,小哑趁他们放松警惕瞪大眼睛的时候,以最快的速度把手中的土直接抹进两人的眼睛里。与此同时,小哑耳边再次响起阿琛的话:"其实冲着人眼睛撒灰效果不是很理想,人凭着自己的本能反应基本上能在第一时间闭上眼睛。"

接着,两人发出一阵哀号,弯下身来揉眼睛。

小哑不罢休,看了看周围没有任何可以利用的东西,于是三两下爬上了那棵老树,双手死死抱住一根粗树干,然后一只脚着力,一只脚腾空,对着一根婴儿胳膊粗细的小树干用力踹,一下、两下、三下、四下,终于踹断,树干掉到地上变成了趁手的棍子。这一套动作,小哑做得游刃有余,也许这些举动对于一个在城市幸福家庭里长大的孩子来说会很难,但是对于小哑这种人,简单得如同剥鸡蛋。

乔绒和李诗都看傻了,她们面对坏人时可没有脑子去应对,刚才被两个小混混吓得智商集体下线了。

小哑跳下树,捡起棍子,用力在每个人的背上抡了一棍子,两个人哀号着站起来揉着背。小哑又从身后对着两人膝盖打弯的位置用力给了两下。

"噗通!"

两个小混混直接跪在了地上。

"快跑。"小哑拉着乔绒和李诗,"他们一时半会儿没法追咱们。"

小哑带她们抄最近的路,三人一路狂奔。

可是就在要跑出棚户区的时候,还是被两个小混混追上了。

"小妹妹,你真拿我们哥俩当傻子耍啊……"高个子混混话音未落,两人一起冲了过来,这次是直接下黑手,不给小哑想对策的时间。

小哑挨了好几下,虽然她看起来很瘦弱,但还是很抗揍的,让两个小混混惊叹。

小哑擦掉嘴角的血,说道:"你放她俩走,现在是我惹了你们,跟她俩无关。"

"哎哟,侠女还挺仗义。"高个子混混笑着说道。

小哑赶紧对乔绒和李诗摆摆手,两人对视了一眼离开了。

两个混混再次逼近小哑,看来要在小哑身上好好出这一口恶气了。对方是两个人,而且是两个男人,而且是两个被自己激怒的男人,小哑知道自己彻底没有反抗的余地了,她蜷缩起了身体,护住了头。

"缩头乌龟?刚才耀武扬威的劲儿呢?"高个子混混举起了刚才从小哑手里夺来的棍子,直接打了过去。

一声闷响,小哑吃痛,但是她咬着牙不让自己发出声音,这是她最后的倔强。

第六章

# 未来时间与枪

我爱着,什么也不说;我爱着,只在我心里知觉;我珍惜我的秘密,我也珍惜我的痛苦;我曾宣誓,我爱着,不怀抱任何希望,但并不是没有幸福——只要能看到你,我就感到满足。——缪塞

也不知道挨了多少下,小哑忽然听到一个声音,"滚开"。

这个声音太熟悉了,听到这个声音,她终于不再用尽力气抱着自己了,因为这个声音让她感到无比安全。

小哑偷偷露出一只眼睛,看着阿琛跟两个小混混缠斗。阿琛实战经验太丰富了,以一敌二完全不落下风。阿琛的力气很大,每落到他们身上一拳,他们就多了几分害怕和退缩,气势慢慢地减弱。

但终究对方是两个人,阿琛还是吃了一些阴招的。

混混跑了,阿琛把小哑抱起来,说道:"没事了,我们回家。"

她看着阿琛嘴角的血,在想,如果这个时候是余晨阳过来救自己,会是什么样呢?

也一样很帅吧。

到了家,阿琛找出来跌打药油扔给小哑:"自己涂。"

偷时间的女孩

"你没事吧？"小哑问。

阿琛有点生气："你先问问你自己有没有事吧。这次怎么回事？"

小哑弱弱地说道："见义勇为。"

"我看你是死性不改。上次是帮人家偷回钱包，这次是直接替人家挨打，你这叫见义勇为？"阿琛的态度很不好，是因为心疼小哑。

"那也总不能见死不救吧？"小哑道。

"我真该把报警电话写在你脑门上。"阿琛无奈了。

小哑抿抿嘴，给自己涂药油，不再与阿琛争辩。

阿琛继续训斥小哑："我告诉你，从今天起，你跟小雨少给我惹事，以后见事儿躲着走，明白吗？"

小哑乖乖地点点头。

"等小雨回来你告诉她。"

小哑再次点点头。

"我能每次都在你们身边吗？小时候我们形影不离，我每一分每一秒护着你们，你们终究会长大，会有自己的生活的，我能护在你们身边的机会也越来越少。"最后阿琛不厌其烦地又扔下了一句。

小哑老实了好几天，乔绒也老实了好几天，学校又恢复了平静。小哑有意无意总是躲着余晨阳，这让余晨阳很苦恼。他不明白小哑为什么会疏远自己，更不明白自己哪里做得不好。

或许以后余晨阳会明白这个道理——有时候女孩疏远一个人并不是他做得不好，而是做得太好。

余晨阳想找机会跟小哑聊聊，但他一直找不到合适的机会。

## 第六章 未来时间与枪

小哑已经在心里给自己计划好了，从今天起，绝不再惹事，安心等寒假，等过年。当然也包括要克制自己"羡慕别人的欲望"，尽可能不使用自己的"特殊"能力。

生活总是事与愿违，并不是小哑不去"惹事"就会太平的，因为那两个小混混的事情并没有完。

这天放学，小哑接小雨一起回家。进了棚户区后，辗转了几条小巷，小雨忽然尖叫了一声，小哑立刻护住她，问道："怎么了？"

小雨钻进小哑的怀里，一只手指着垃圾桶的方向，颤颤巍巍地说道："那边……好像有个人……"

小哑仔细辨别，看到了一双脚，其余部分都被垃圾遮盖上了。她脑海里跳出的第一个想法便是不要多管闲事了，棚户区最不缺的就是闲事了，报警就好。

"我们走，回家报警。"小哑带着小雨离开。

可是走到半路，小哑的步伐却越来越慢。小雨问道："姐姐，你是不是想回去看看？"

小哑道："不知道他是什么情况，死的还是活的，我怕他还活着，就差这么几分钟因我们没有救而死掉，我余生都会不安的。"

"那我们回去吧。"小雨很果断。

小哑继续犹豫，报警警察赶过来也要时间的，再管一次闲事好了！

最后一次！最后一次！

小哑带着小雨又折了回去，站在距离远一些的地方问道："喂，你还活着吗？"

突然，那个人的脚动了一下。小雨叫道："他还活着。"

小哑立即冲了过去,刨开他身上的垃圾,当他的脸露出来的时候小哑吓坏了,然后眼泪止不住地往下淌。

"姐,怎么了?"小雨看到她的肩头耸动忙问道。

小哑没有回话,而是用力咬住自己的衣服,身体止不住地颤抖。

小雨慢慢走过去,看到一张满是血的脸,先是吓了一跳,然后辨别出了这张脸正是自己哥哥——阿琛的脸。

"哥!"小雨喊了一声扑到他身上。

小哑把小雨拦住:"别用力,不知道他骨头断了没有,别压。"

小雨已经慌了,眼泪夺眶而出,她第一次见阿琛伤得这么重。之前小时候阿琛每次回来身上多多少少的都会带着伤,小雨以为自己习惯了,不怕伤,不怕血,可是现在她的脚软了,站不住了,直接倒在了地上。"怎么办……怎么办……姐,我哥不会死掉吧……怎么办啊姐,你救救阿琛,救救他啊……他不是说自己是金刚嘛,怎么受这么重的伤啊,他这个骗子……"

小雨已经语无伦次了,小哑没空理会她,大脑飞速运转着,她尝试抱起阿琛,但是她的力气太小了。

"怎么办,怎么办,怎么办……"小哑掩面,把眼泪擦去。

余晨阳。

这个名字忽然跳进了小哑的脑海里。

此刻,她是多么需要他。

小哑立刻摸出手机拨出了余晨阳的号码,接通后急忙说:"余晨阳,你在哪儿?你可以帮帮我吗?"她忍不住再次哽咽起来,"求求你帮帮我好吗?你快来,快来呀,我好怕,我扛不住了,我好累,好冷,好怕……"最后小哑泣不成声了。

电话那头的余晨阳从没见过这么撕心裂肺的小哑。"你在哪儿？我马上去。"他边出门边拿了一件外套。

"余晨阳，我需要你。"

这是余晨阳在电话里听到的最后一句话，便匆匆挂了。

小哑，感谢你需要我。

打完电话小哑冷静了不少，她安慰着小雨："没事了，没事了，余晨阳很快就来了，你还记得他吗？你跟阿琛还去他家里接过我。"

冷静后小哑终于理智了，她发了一条补充信息给余晨阳：阿琛受了很重的伤，需要人抬，需要车辆，需要医生。这里进不来车，我去桥上等你。

然后小哑让小雨在这里守着，一步也不可以离开。小雨哭着点头。

余晨阳是直接带着帮手、司机、医生过来的。小哑带他们进去，医生初步简单地检查了一下，让人把阿琛抬上担架，上了车，直接开往医院。

在医院走廊里等着的时候，余晨阳坐到小哑身边，久久不知道说什么话好，他想安慰她，但是怕她好不容易止住的眼泪再次决堤。

小哑主动开口道："我没事。"

余晨阳攥住她冰凉的手，柔声说道："我知道你没事的，你很坚强。"

小哑没有把手抽回来，仍旧被余晨阳握着，她贪恋着他掌心的温度。"谢谢你，我欠你的，我以后会想办法慢慢还上的。"

"你已经还我了。"

"我还你什么了?"

"你那句话什么都抵了。"

"哪句?"事实上,小哑也确实忘记了她都说了些什么,当时她太慌了。有那么一瞬间她觉得天都塌了。如果没有了阿琛,小哑会觉得自己就是一只流浪在外的松鼠,尾巴受了很严重的伤的松鼠。

"没什么。"余晨阳道。这时候医生出来,小哑和小雨赶紧迎上去,问情况怎么样。

医生不紧不慢地说道:"没什么大事,断了一根肋骨,其余的都是皮外伤,不过皮外伤也挺严重的,可能会留下很多疤。"

小哑和小雨长舒一口气,抱在一起,小雨的泪水再一次打湿小哑的肩头。

距离阿琛上一次受很严重的伤,已经过去三年了。

三年前,阿琛卷入了地盘划分的纷争。当时是东街和西街要明确地盘界线,恰好老火车站就坐落在东街和西街的交界处,这里人员密集,是他们眼中的大菜。东街和西街对赌,在12小时之内,哪边偷到的钱多,老火车站就归哪边,且地盘明确之后双方不得到对方的地方作业。

阿琛年少轻狂,好胜心极强,他"大展拳脚",到后来有点偷红了眼,只盯着对方的钱包鼓不鼓。他偷的最大的一笔是十万块,是在一个穿着并不体面的中年男人的背包里偷来的。这笔钱在这场对赌里绝对起关键性作用。

正在阿琛沾沾自喜时,关离出现了,他偷偷找到阿琛,告诉阿琛,他偷到的那十万是那个中年男人的救命钱。中年男人的妻子,得了骨髓衰竭,这十万是丈夫借遍了身边所有人凑出来的。

## 第六章 未来时间与枪

阿琛把钱还回去了,但是激怒了东街,其一是因为他们只想赢,其二是西街的人转手把这笔钱又偷了回去。

最终结果,东街输了,老火车站的地盘归了西街。阿琛不关心输赢,他只关心那十万块救命钱。

阿琛去找西街的人交涉,推搡之间阿琛摸走了西街老大随身携带的账本。阿琛以此要挟,要回了那十万块救命钱,还给了"失主"。

自此,西街的人开始三天两头找阿琛的麻烦,跟踪小雨和小哑,堵在家门口,方奶奶担惊受怕。

阿琛去找过东街求助,他们并没有伸出援助之手。

一天,阿琛满头是血回来,吓坏了所有人,小哑和小雨手忙脚乱地帮阿琛包扎,方奶奶心疼地看着这几个孩子,唉声叹气。阿琛说他休息休息,头不晕了就去跟西街做个了断,不会再连累大家。

后来,方奶奶找到了阿琛的师父关离,舍下老脸,求他出面,帮阿琛一次。

关离出马了,解开了西街与阿琛的梁子,可是自那以后,关离便消失了。阿琛知道,他向西街表明了身份,西街才肯给关离或者说他的世家面子。

奶奶说:"如果不是关离,你会铸成大错,背负一生的枷锁,永远都不会被原谅。"

阿琛道:"奶奶,我知道了。"

奶奶说:"他离开也是希望你以后能走一条正道。"

阿琛道:"奶奶,我明白了。"

奶奶道:"记住你说的话。"

127

阿琛道："奶奶，我保证，我会走正道。"

可是，阿琛后来食言了。他想，等以后大家搬离棚户区，住上暖和舒适的楼房，他们会原谅自己的吧。

三天之后，阿琛出院，回家休养。小哑煮了猪骨汤，当然，食材是余晨阳送来的。她最近一段时间经常会想，她欠他的越来越多了。

她害怕一直还不了，更害怕他不要她还。

"姐，余晨阳为什么对你这么好？"小雨帮阿琛盛汤的时候问道。

小哑用手点了一下小雨的额头："八卦。"

小雨不依不饶地问道："说说嘛。"

如果小哑不回答，小雨就会一直追问，小哑最受不了她这样了，于是答道："扶贫。"小哑把汤拿过来给阿琛端过去。

阿琛接过汤，"不用给我端，我又不是腿断了。"

"慢点喝，烫。"小哑道。

忽然响起一阵敲门声，小雨边去开门便问道："谁呀？"然后意味深长地看了小哑一眼，"不是余晨阳还是谁。"

小雨打开门，一个高大的身影堵在门口，几乎完全遮住了光。小雨抬头看去，发现这个男人的皮肤更黑，看起来非常瘆人。

"你找谁？"小雨问道。

老黑推开小雨，自己先进来，然后闪开门口，后面的人迈步进来。小哑歪头一看，这个不是酒吧那个皮肤黝黑的男人吗？上次自己偷偷跟踪阿琛差点被这个人发现。

小哑立刻转身闪进了卧室，一定不能让他看见自己，不然就

## 第六章 未来时间与枪

穿帮了，这帮人不是什么好人，没准还会给阿琛带来更大的麻烦，更会给余晨阳带来麻烦。

她本来就跟余晨阳不是一个世界的人，说什么都不能把他拖入地狱。

进来的那个人小雨看了更害怕，不仅长得凶，脸上还有一道很长很长的刀疤。

"小雨，快进来。"听到小哑在卧室喊，小雨赶紧跑了回去。

小哑把门关上，小雨刚想问点什么，被小哑捂上嘴巴，"别出声，等这些人走了再说。"

外面的人开始跟阿琛聊一些事情，开始是基础的问候以及伤势之类的话，然后阿琛带刀疤和老黑去了卧室，就再也听不到什么了。

小雨好奇地问："他们是谁啊？"

小哑道："不清楚，但是不要去管你哥哥的事情好不好？不要去问，有些事情交给姐姐去做。"

"好神秘啊。"

"一点都不神秘，不许好奇，知道了吗？"

"知道了。"

他们聊了很久才离开，小哑这才让小雨出来。一出来小雨就忘了小哑的嘱咐，张口就问："哥，那两个人是谁啊？好凶啊。"

小哑举起了手要打小雨："不长记性是不是？"

小雨吐吐舌头，逃了出去："不理你们了，我去看花猫了。"

阿琛看了小哑很久，小哑一直忙前忙后，准备药，收拾换洗衣服。

"你就不好奇吗？"阿琛问。

"好奇什么？"小哑道。

"你没什么想问我的吗？比如小雨问的问题。"阿琛知道瞒不住了。

"你自己心里有数就行，要记得答应过我的事情，做什么之前一定想想小雨，一切要为了她，别把她置于危险的境地。"

阿琛若有所思地看向窗外。小哑把一切都归置妥当，回到房间写作业。

又是三天，小哑早上去上学的时候再次遇见了那两个抢劫乔绒和李诗的小混混，也就是打断阿琛肋骨的那两个混混。

他们一直在附近打转，似乎在找什么人。小哑赶紧藏在一堵墙后面，但是躲闪得不及时，被发现了。

两个混混猛跑过来，很明显是直接冲着小哑来的，小哑拔腿就跑，幸好今天就她一个人，论逃跑她非常自信。

矮胖混混很快便气喘吁吁："你别跑，站在那儿。"

不跑？不跑是傻子。小哑跑得更快，但是无奈高个子混混腿长，体力也不错，一直紧跟在后面。

"小祖宗，你站住，站住……"

小祖宗？这绝对不是对"猎物"的称呼。小哑问道："你们究竟要干吗？拿了钱打了人，没完没了吗？"

"小姑奶奶，这次不是……"高个子混混也跑不动了，停在路边扶着墙喘。

小哑渐渐停下："不是什么？"

这时候，矮胖混混终于跟了上来："你好好看看我们，我们不是来找麻烦的。"

小雨这才仔细打量着他们，矮胖混混的右臂打了石膏，高个子混混左臂打了石膏，两个人一高一矮一胖一瘦手臂断了一左一右，特别滑稽。

"刀疤哥让我们过来道歉的，我们找不到你们住哪儿啊，只好一直在这儿转圈。"高个子说道。

"谁是刀疤哥？"小哑问。

"我的好妹妹，您就别玩我们了，您早说是跟刀疤哥混的，我不就早放您跟同学走了嘛，何必搞出这么多事呢，弄得阿琛断了根肋骨。都是我们不好，我这不是来登门道歉了么？"矮胖混混手里拎着各种营养品礼盒。

看来是刀疤那伙人干的。阿琛是有仇必报的那种人，无论是亲自动手还是借他人之力。

"行了，回去吧，我转告阿琛，说你们来过了，东西也拎走。"小哑道。

"别呀小姑奶奶，必须登门致歉才显得我们有诚意。"高个子欲哭无泪。

小哑经不住他们一直磨，带他们到了家门口，"你们自己叫门吧，我该去上学了。"

其实，小哑并没有敢走远，而是躲在一个隐秘的位置观察着，她怕那两个人急了再对阿琛做点什么暴力的事情。

他们叫门叫了好久，阿琛都没有让他们进去的意思，他们就一直在门外道歉，就这样大概持续了将近半个小时，两人才放下东西离开了。

小哑回去把东西放回家里，又赶紧跑去学校。生活重回正轨，让小哑着实松了一口气。

这段平静的日子只维持了非常短暂的一段时间，因为，一个月零三天之后,她会非常后悔,后悔当初去跟踪阿琛,后悔跟小雨说那句话——不要去管你哥的事情,不要去问,有些事情交给姐姐去做,不许好奇。

这是小哑一生都无法渡过的劫。

在这段平静的日子里,乔绒约过余晨阳一次,在樱北甜品店。

"有什么事情不能在家里说,不能在学校说?"余晨阳身处这样具有约会气息的环境里感到很不自然。

"跟我单独出来就这么不乐意吗?"乔绒单独面对余晨阳的时候姿态放得很低,本来是一句埋怨的话,却用很柔弱的语气说出来,"我只是想跟你单独待一会儿,没有同学,没有老师,没有小哑。"

"跟小哑有什么关系……"余晨阳说道,"你如果不进入正题,我就走了。"

"你要是敢走我就告诉阿姨,说你欺负我,不照顾我,让你妈给你打电话。"乔绒威胁道。

乔绒的蛮横余晨阳是从小领教的,原本站起来的他听到乔绒这句话又无奈地坐下:"好,你狠,今天我就耗着了。"

乔绒露出甜美的笑容:"我一会儿说完你陪我去逛街。"

余晨阳点点头。

乔绒这才说道:"我马上要转去国外读书了,爸爸妈妈已经在帮我走手续了。"

余晨阳一言不发等着她的下文。乔绒道:"我们一起去国外读书吧,这样你也可以跟你爸爸妈妈在一起,将来我们也可以在一起。"

余晨阳果断地说道:"我不去,我留在国内挺好的。"

"可是国内就你一个人啊,现在他们在那边站稳了脚跟,有能力把咱们接过去了,为什么不去呢?"

"那里不是我家。"

"你是舍不得一个人吗?"

"没有。"

"她有什么好?"

"她是不好,满身缺点,脾气古怪,封闭自己,家境不好,偷东西,但是她善良。"余晨阳着重补充道,"善良很重要。"

"她善良?她是小偷!"乔绒冷哼道。

"她从没有偷过钱,也没偷过贵重东西。"

"你竟然相信一个小偷的话。"

"她没有做错过什么,一切都是时间的不对。因为,她也无法选择她降临在这个世界上的时间,她也无法选择不被父母抛弃,她更无法选择不是自己的东西不可以吃。"余晨阳曾经偷偷试过,他坚持了两天没吃东西,那种滋味太折磨人了,就算是看见垃圾桶里火腿肠的塑料包装都想刨出来塞进嘴里,而且还是以跪着的姿势。

没饿过肚子的人没有资格谈论小哑,更没有资格嘲笑、鄙视她。

乔绒的眼睛微微有些红了:"余晨阳你没良心,我在你眼里就不善良?就一无是处?就连一个人人避而远之的小丑都不如?"

余晨阳道:"你很好,你很漂亮,也很优秀,但是我从小就拿你当妹妹。"

乔绒怒视着他:"可是你亲过我,你是个不负责任的混蛋。"

余晨阳一脸不可思议:"我……我什么时候亲过你,别瞎说……"

乔绒道："三岁的时候。"

余晨阳转移话题，跟女人胡搅蛮缠是不明智的，"你什么时候走？"

乔绒白了余晨阳一眼："很着急？我走了就没人针对她了，她就能过得舒服点是吧？"

余晨阳道："我没有这个意思，我是说送送你，给你办个派对。"

"好啊，我元旦过后就走，那你帮我准备一下吧，新年加送行。"

"好，我一定办到。"

"我还是希望你再考虑考虑，一起去国外读书才是长久之计，那里的未来才属于你。跟一个棚户区的小女孩在一起没有任何意义。"

乔绒站起来准备走了，余晨阳问："不逛街了？"

"不逛，没心情了。"说完，乔绒便离开了。余晨阳感到莫名其妙，他一直搞不懂乔绒在想什么，从小就不懂。

一个月的时间阿琛恢复得差不多了，可以戴着胸带四处去逛了，只要不进行剧烈的运动基本上不会有什么大碍。

养伤的这些时间里，阿琛收到刀疤送的不少吃的用的，似乎阿琛对刀疤很重要的样子。小雨贪吃，总是跟在阿琛屁股后头，一是更好地照顾阿琛，二是几乎所有的好吃的都被小雨吃完了。

小哑总是调侃她："你少吃点，回头变成小胖妞。"

"胖就胖，我就赖着我哥，他不嫌弃我。"每次小雨说完就会抱着阿琛的胳膊撒娇。

最近经历的事情太多了，从学校到棚户区，一浪比一浪大。小哑很喜欢现在平静的生活，她一点都不奢求像阿琛说的，住进大房子里，有空调，有暖气，有冰箱，有电视，更不求阿琛有什么大作为，只要一家人在一起，平平安安，平平淡淡，永不分离，比什么都好。

把欲望降到最低，是聪明的选择。

这天晚上，小雨一直在床上翻来翻去，搞得小哑无法入睡。小哑问道："你身上长虱子了？"

小雨身上确实长过虱子，那是很小时候的事了，在这里长大的孩子，这点事儿都太小芝麻了。

"我睡不着。"小雨叹了口气。

"你来我床上。"小哑说道。

小雨立即跑到小哑的床上，钻进她的被窝里，缩在小哑身边。"姐，我心里有事。"

"跟我说说。"小哑拍着小雨的背。之前小雨睡不着小哑经常这样哄她，一般情况下不出半个小时她就能安然入眠。

"我觉得哥哥有事瞒着我们。"小雨说道。

"别多想，如果真有事，也是好事。"小哑继续安慰着。

"我觉得不是好事。"小雨忧心忡忡。

小哑当然知道阿琛有事瞒着大家："我不是说过嘛，不许好奇，你不听话，我可是要打屁屁的。"

"小哑姐，我发现了一个事儿。"小雨的声音有些微微的颤抖，让小哑警觉起来，问道："什么事儿？"

"我看到枪了，黑色的手枪。"小雨比画着。

小哑心中一惊："你在哪儿看到的？"

枪，这可不是小事，她心里祈祷着，千万别跟阿琛有关。

小雨道："在那个脸上有刀疤的人的身上。"

小哑的心开始狂跳："你什么时候看见的？"

小雨道："昨天，哥出门忘带手机了，我追出去给他送手机，他上了一辆车，我敲开车窗递给哥手机的时候，瞥见了那个脸上有刀疤的人腰间别着一把枪。"

小哑焦急地问道："他们知道你看见了吗？"

小雨道："不知道。"

小哑又问："你哥知道你看见了吗？"

小雨摇摇头："也不知道。"

小哑道："那就好，千万不要说，千万不要让他们知道，明天我去问阿琛。"

小雨紧紧抱住小哑的胳膊："我好害怕啊，哥不会有什么事吧？"

"不会，我们会一直在一起，只要我们三个人在一起就会一往无前，什么都不用怕。"小哑继续拍着她的背，"乖，睡吧，明天过后一切都会好的，不用担心。"

接着，小哑嘴里哼起一首歌谣，那是福利院老院长经常哼的歌谣。

小雨经常听着这首歌入眠，在熟悉的旋律中小雨逐渐放松，脑子也沉了，很快进入梦乡。

小雨是睡着了，可是小哑却睡不着了。她了解小雨，她是真的看见枪了，才会偷偷跟自己说的，不然，这种玩笑她是不会开的。

小雨是一个分得清轻重的人。

小哑暗暗发誓，她一定会保护好小雨，保护好阿琛，三个人永远在一起。

她从枕头下面拿出了那块一直伴随着自己的机械怀表，老院长说她捡到小哑的时候，小哑手里便抓着它。小哑在台灯下仔细观察这块表，除了看起来有些年头以外，并不能看出有什么特别之处。

哦，对了，非要说特别的话，倒是有那么两点。第一，时间不准，得经常调。小哑以为是经常偷别人时间玩坏的。第二，表盘中间有一串很长的数字，不知道有什么意义，是生产编号吗？

是什么不重要，重要的是这是她的"武器"。她想，可以利用自己的能力阻拦一些事情的发生吧？既然能偷过去的时间，那么未来的时间是不是也能偷？不能偷的话，窥探一下可以吗？

想到这里小哑兴奋了一下，那么得找个人实验一下。她第一个想到的人是余晨阳，她确实想看看她和他的未来是什么样的，比如，毕业之后是各奔东西，还是有缘分考取同一所大学？比如，工作之后，各自从事的都是什么工作，双方的关系又是什么样的呢？

想着想着小哑出了神，不知道余晨阳穿西装会是什么样子？

小雨又搂紧了小哑一些，把她从异想天开里带出来。小哑看着小雨，这不就是一个现成的实验对象吗？其实也等不及明天再去找余晨阳了，因为，枪可能下一秒就会响。

小哑叫醒小雨，小雨睡得正香，被打扰后紧闭双眼，皱起了眉头。

"小雨，有鸡腿。"小哑在她耳边说道。小雨的鼻子动了动，并没有睁开眼睛。

"有一个大蛋糕，全是奶油。"小哑又说道。

小雨迷迷糊糊地睁开眼，问道："在哪儿呢？哪儿呢？"

小哑托住她的下巴，然后注视着她的眼睛，"你睁开眼睛一下，看着我，只需要几秒钟。"

小雨睡得恍恍惚惚，眯着眼看着小哑。小哑另一只手顺时针拨动时针，让时间来到明天：

明天的清晨跟其他时候的早晨并没有什么两样，小雨依旧睡不醒，被看日出回来的小哑硬拽起来。阿琛做的早饭依旧那么难以下咽。清晨在三个人的拌嘴嬉笑中度过，小哑和小雨去上学，阿琛也出了门，原本热闹的家瞬间变得静谧。

上午小雨正常上课，下午却翘课了。她乘公交车到了郊外，又走了很久，发现了一个仓库，然后慢慢走过去，边走还边四处张望，似乎怕被人发现。

这是她从阿琛手机上获悉的地址。阿琛用的是智能机，上面有一个定位功能，可以显示去过什么地方，以及在那个地方停留的时间。

这个地点便是阿琛最近经常来的地方，虽然停留的时间不长，但是很频繁。

小雨轻手轻脚靠近仓库的后面，她没有从正门方向走，因为那里被发现的概率很大。仓库后面有一扇窗户，但是被木板钉得死死的，小雨只能继续绕，看看有什么地方能看得见里面。

按照阿琛近日的规律，这个时间应该就在里面。她太想知道阿琛在干什么了，她在心里打定了主意，如果阿琛跟那些人要做些什么坏事的话，她一定要带阿琛走。

一定。

"小妹妹，做什么呢？"

忽然一个低沉的声音在小雨身后响起。这个声音小雨听过，是那个被叫作老黑的人。

"我……"小雨的话还没说完便被老黑拎了起来，带进仓库。

忽然进来一个女孩，吸引了所有人的注意力。小雨看到了刀疤，看到了老黑，还看到了一个胖子和一对兄妹，就是没有阿琛。

刀疤打量着小雨："原来是阿琛的妹妹，你来这里做什么？"

小雨道："我……我来找我哥。"

刀疤问道："你是怎么知道这里的？"

小雨如实回答："我偷偷在我哥手机上查到的。"

刀疤又问："你还知道什么？"

小雨摇摇头。

刀疤笑了笑："最好什么都不知道。"

"我哥呢？"小雨壮着胆子问道。

"办事儿去了。"

"你们是不是让他去做坏事了？"

"怎么能是坏事儿？是好事儿。别什么事儿都分好坏，这个世界上的事情不分好坏，只分值得与不值得，你哥明显认为他做的事情是值得的。"

"他什么时候回来？我要把我哥带走。"小雨注意到他们围着的长桌上铺了地图，地图上分别用蓝色和红色的笔做了标记，至于标记的哪里小雨完全看不清。

"小姑娘挺厉害。"胖子呵呵笑起来。

"走吧小妹妹，你要不是阿琛的妹妹，今天出不了这个门。"刀疤道。

139

老黑对两兄妹说道："这个阿琛太不小心了，欠收拾。"

"你们别欺负我哥！"小雨喊着。

刀疤继续道："放心吧，我们不会欺负你哥的，我们都是好朋友，你先回家去吧，改天我带着好吃的去看你。"

"不等到我哥我不走。"

刀疤示意了一下胖子，胖子走到小雨面前，"我开车送你回去。"

"不走。"小雨向后躲开。

胖子一把抓住小雨，把她扛在肩头，出了仓库，然后把小雨扔进一辆面包车里，并锁上车门。

车开到有公交站牌的地方停了下来，这里距离市区还有很长一段路。车内胖子扭头说道："自己去马路对面坐车回家，别再跟来了，你要是再跟来我就打断你的腿，让你坐一辈子的轮椅。"

小雨被这句话吓坏了，她不想坐轮椅。

胖子帮她把车门拉开，让她下来，"回家去，听话。"

"你们到底在策划什么事情？"小雨终于问了出来。

胖子警告道："小屁孩，我可告诉你，今天的事情你就当从来没有发生过，看见的事情和人也权当没有看见过，更不能告诉别人，包括你的同学、老师，明白吗？不然谁知道谁遭殃。"

小雨机械地点点头，又问道："那我哥不会有事吧？"

"没事，说了多少遍了……"胖子很不耐烦。

小雨忽然抱住他的腰，但是胖子太宽，小雨根本就抱不住。"你带我回去等吧，我哥应该快回来了吧。"

胖子不再废话，一把推开小雨，然后开车扬长而去。

小雨被推倒在地，爬起来，拍拍身上的土，然后又拍了拍自己的口袋，因为口袋里多出了一把手枪，就是刚才她抱住胖子从他身上摸来的。

好事？坏事？值得与不值得的事？刀疤把小雨绕蒙了，前面的好事坏事小雨能理解，但是这个值得的事和不值得的事她就有点糊涂了。但是她认为他们做的不是什么好事，不然怎么可能见不得人？她要把证据"枪"带回去，跟小哑一起去报警，这样就可以把哥哥带回来。

她觉得哥哥是被胁迫的，因为，哥哥是天底下最好的人。

小雨边琢磨边过马路，忽然响起一阵急促的鸣笛声，就近在耳边，像一个炸雷一样。小雨下意识面向声源，一辆半挂车直面冲了过来。小雨的尖叫声淹没在震耳欲聋的鸣笛声里，她被撞出去的那一刻，觉得世界好慢好安静，再也听不到那刺耳的鸣笛声了，自己在空中飞了好久。

小雨觉得自己好疼，又好困。

是不是要在空中睡着了？她想，小哑我爱你，哥哥我爱你。只是，以后不能再爱你们了。

小雨躺在地上，身体不停地抽搐。胖子又返回来，从小雨身上拿走枪，匆匆逃离。

小哑满身大汗，现在仍然感觉到浑身巨疼无比，跟全身的骨头碎了似的，无法呼吸。她知道在小雨最后的时刻想的是阿琛，想的是自己。

小哑抑制不住地哭泣，包含着刚才切身体会到的死亡的感觉，以及自身因小雨意外而产生的悲伤情绪。她把自己埋进被子里，无论怎样都停止不了眼泪的涌出。

141

> 偷时间的女孩

　　小哑从来不知道自己的眼泪会这么多，她以为随着自己长大变坚强，眼泪已经没有多少了，因为最糟糕的那些年都已经流得差不多了。

　　"姐，你怎么了？"小雨不知道什么时候醒了，揉着眼问道。

　　小哑看着鲜活的小雨哭得更厉害了，眼泪模糊了眼睛，一切变得虚幻，她始终不愿意、不敢去相信刚才看到的未来是真的，可是无论是真是假她都输不起。

　　"姐，你怎么了？怎么好好的哭了？"

　　"姐姐，别吓我……"

　　"做噩梦了吗？姐，你别哭了，你别难过了，小雨陪着你呢。"小雨紧紧抱住小哑，眼泪滴到小雨的脖子里，冰凉。

　　"姐，你哭得我也好难过。"

　　"姐，你别哭了，我唱歌哄你……最繁华的城市，为何带来最寂寞的北极熊，最纯洁的孩子，如何走过最肮脏的垃圾场……"

　　小哑紧紧抱着小雨，好像下一秒她就要消失一样。她不忍心错过任何一秒，现在的每一秒都是奢侈的，她愿意付出任何代价来交换小雨的时间，哪怕是自己的生命。

　　"姐，我喘不过气来。"小雨挣扎道。

　　小哑这才松开她。小雨帮她擦着眼泪，可是越擦越多，浸湿了所有衣服和整个被角。

　　小雨看着如此伤心的小哑也终于流下了眼泪，她们再次抱在一起，泣涕如雨。

　　然而小雨的哭声越来越大，外面的狗都跟着叫了两声。

　　卧室的门被敲响了，阿琛在门外问道："你们怎么了？是在哭吗？"

没人回应,只是哭声继续。阿琛又猛敲了一阵门,仍旧没人回应。

阿琛一急,抬脚就往门上踹,棚户区的一切都跟纸糊的一样,阿琛一脚便踹开了,冲进房间看到姐妹俩抱在一起痛哭,然后迅速翻遍房间里的每一个角落,并没有发现坏人。

"你们抽什么风?"阿琛问道。

小雨擦了擦眼泪,开始泣不成声地讲述:"我也不知道,我睡得迷迷糊糊感觉有人在哭,我就醒了,看到小哑哭得稀里哗啦的,我问她怎么回事,为什么哭,她不理我,一直哭一直哭,特别伤心,可能是做了什么可怕的梦,我就抱着小哑安慰她,后来我也就跟着她一起哭,我也觉得特别伤心,越哭越伤心……我不知道小哑怎么了,停不下来,我也跟着停不下来,好伤心,一直哭一直哭,好多眼泪……"

阿琛挠挠头,想不明白。

渐渐地,小哑终于停了下来,但还是处于失神的状态。

"小哑没疯吧?"小雨担心地问阿琛,小哑这种癫狂的状态,只能用疯来解释了吧。

当然,如果小哑说她窥探了小雨明天的时间没人会相信。这样才会被认为是真的疯了吧。

"小哑……"阿琛试着探了探她的额头,并没有发烧。

小雨补充道:"她哭得手脚冰冷。"

"你不会是失恋了吧?"阿琛忽然说道。

小雨立马凑到小哑身边:"姐,你真谈恋爱了?是余晨阳吗?他甩了你?"

阿琛道:"一定是那小子,第一次见那小子就知道他不是什

143

么好人，明天我就去找他，好好跟他谈谈。"阿琛握紧拳头，咯咯作响。

小雨道："哥，下手的时候轻点，毕竟他给过我好吃的糖。"

"你个没出息的，糖就把你收买了？放心吧，轻不了，敢这么欺负我妹妹我阿琛不答应，小哑的眼泪不能白流。"阿琛把牙咬得咯吱作响。

小哑抽泣着好不容易才挤出两个字："不是。"

阿琛已经执拗地认为就是余晨阳的锅了，"你别袒护那臭小子，我第一次见他就不喜欢他，虽然他算是救过我，但是也不能伤我妹妹的心。"

小哑急得打枕头。

小雨忙道："哥，小哑的意思是让你像她打枕头一样揍余晨阳。"

小哑把枕头朝小雨扔过去："你别添乱了。"

良久，小哑终于停止了哭泣，但是五脏六腑俱疼，"你们不许去找余晨阳的麻烦，跟他没关系。"

阿琛问："那你为什么哭？"

小哑不知道该怎么回答，尤其是面对阿琛的时候，因为就在刚才她亲身"经历"了小雨的死亡过程。

"过了明天一切就都好了。"小哑用坚定的眸子看着阿琛说道。

阿琛和小雨不明白她说的话什么意思，似乎有什么巨大的波浪在暗涌，带着极低的温度，裹着坚硬的沙子，带走所过之处的所有温暖，磨平所过之处的所有突出的棱角。

阿琛用力抓抓头发："算了算了，我给你演个节目逗你笑。"

小雨忙道："我配合你。"

兄妹俩一起演节目逗小哑开心,看着他们故意滑稽的样子,小哑终于笑了,阿琛一看更加卖力起来。

虽然小哑脸上笑着,心里却更加悲伤,因为她谁都可以不在乎,唯独不可以不在乎小雨和阿琛。她谁都可以失去,唯独不可以失去小雨——

你们啊你们,感谢你们出现在我的生命,但是你们根本不知道明天要发生什么。小雨,放心吧,我一定会阻拦未来的死亡;阿琛你放心吧,我一定还你一个完整、活蹦乱跳、贪睡贪吃的妹妹。

## 第七章
# 早已写好的结局

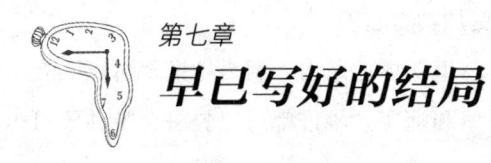

我渴望随着命运指引的方向,心平气和地,没有争吵、悔恨、羡慕,笔直走完人生旅途。——保罗·魏尔伦

小哑一夜未眠。这漫长的一夜异常难熬,小哑觉得自己每一块骨头都在疼,疼中还伴随着轻微的痒。一整夜,她眼前都是挥之不去的小雨出事的画面,如凌迟一般痛苦,但又忍不住不去想。

天光照进来的那一刻,她终于从地狱中爬了出来。

小雨还在睡,小哑先起床准备到卫生间去洗漱,但小哑穿衣服的时候发现内衣小了一号,难穿了一些,胸口有些发闷。她很疑惑,昨天穿着还挺合适的,怎么一夜之间就小了呢?不过小哑没有在意这些细枝末节,有什么事情能比一个人的生命更重要呢?何况这个人还是对自己非常非常非常重要的人。

可是当小哑穿上校服裤子的时候,奇怪的事情又发生了——校服裤子竟然短了一指宽!

缩水了吗?不可能的!校服面料都是混纺的,从来没有过缩水的现象。

内衣小了!裤子短了!而且感觉身上有些疼,是那种骨头缝隙之间的疼。

小哑匆匆跑到卫生间，看着镜子里的自己，并没有什么变化。她带着疑惑洗漱完走出卫生间，经过客厅衣架的时候，发现目之所及的位置比之前提高了一些，如果不是刚才奇怪的事情，并不容易发现。

我一夜之间长高了！

小哑得出这个结论之后立刻拿尺子去量，确实比之前高了一些。变小的内衣、变短的裤子就是她一夜之间长高发育的证据！

怎么回事？究竟发生了什么？

小哑想不出个所以然，看一眼时间，索性出了门。

养老院里的老人们大部分起得都很早，小哑进入养老院大门的时候，护工刚好扶着方奶奶到院子里看日出。

小哑让护工去忙，她陪着奶奶向着长椅走去。

"小哑来了，今天不上学吗？"两人坐下，方奶奶问道。

"上的，这不是还很早嘛，我陪您一会儿，说说话，一会儿就回去。"小哑尽量让自己的语气平和，但还是被方奶奶听出了细微之处的焦灼。

"情绪不太高，你怎么了？"方奶奶又问道。

"我……"小哑犹豫了，方奶奶年纪太大了，很多事情，尤其是令人担忧的事情还是不让老人家知道为好，而且这些年来方奶奶操持着这个临时家庭，身心太累了。

"我没事。"小哑笑着说。

方奶奶看着小哑，忽然说道："小雨，有什么事就跟奶奶说，是不是阿琛又欺负你了？"

小哑一怔，小雨？奶奶认错人了？她刚刚才喊了自己的名字。

147

奶奶的病情……

"奶奶，我是小哑。"小哑强调道。

"又故意逗奶奶，奶奶虽然老了，但是你跟小哑奶奶还是分得清清楚楚的。"方奶奶刮了一下小哑的鼻梁。

小哑妥协，不再与方奶奶犟："奶奶，我最近可乖了，上学不迟到，认真完成作业，认真做家务，也不跟同学闹矛盾了。"

方奶奶拉起小哑的手："真乖，我最喜欢的就是小哑了。"

小哑惴惴不安，奶奶的病情看来又反复了："奶奶我是小雨，您刚才喊我小雨。"

方奶奶笑着说道："你又骗奶奶，你这么高，怎么可能是小雨？而且，小雨哪里能起这么早？她不赖床不迟到我就谢天谢地了。"

说着说着，方奶奶睡着了，鼾声轻微响起。小哑叹了口气，开始帮方奶奶整理鬓角花白的散发。

"奶奶，最近阿琛总跟一个脸上有刀疤的坏人混在一起，我担心他，但是他的性格又那么硬，回头您再劝劝他，他一定听您的。

"奶奶，其实我一直有一个秘密，跟谁也没有说过，也不敢对别人说起，别人肯定会觉得我是个说谎精，是个骗子，因为我的秘密太不切实际了，我更害怕被别人误会，虽然我表面上无所谓，可是我不想活成别人嘴里的样子……

"奶奶，我能偷别人的时间，我偷了很多人的时间，那些快乐温暖的时间令我贪婪，我有时候会有点讨厌这样的自己。

"我还发现我能偷窥别人未来的时间，我实验了，偷窥了小雨未来的时间，但是我看到的一切令我无法接受，您和阿琛也没办法接受，因为，我看到小雨发生意外，我多希望我没有这样的能力，我多希望我什么都不知道，可是，不知道就不会发生吗？

"奶奶，虽然我不愿意相信我看到的一切，但是我的直觉告诉我……

"奶奶，我绝对不会让小雨有事，绝对不会让您失去一个孙女……"

小哑说了好多好多，似乎比一年说的话都多，她压抑了太久了，尤其是昨晚，她冷、她疼、她喘不过气、她经历炼狱……

从养老院回来的路上小哑一直在想，自己为什么一夜之间身体变化这么大？除了昨晚偷窥了小雨的未来时间跟往常并没有什么不同，难道跟偷窥未来时间有关？

除此之外没有其他解释了，毕竟这些变化都不是外力所能左右的，除了未来！

小哑一时之间也梳理不明白，眼下最重要的是小雨，她回到卧室叫小雨起床，每次小雨都是闭着眼睛坐起来准备起床，但是不出三秒钟又倒在床上，瞬间进入深度睡眠。

"你怎么睡这么沉啊……"小哑拉她都拉不动。她又在小雨耳边大叫，"世界末日啦！"

小雨无动于衷，无所谓，继续睡，如果世界末日来了那就在世界末日中新生。

思考良久小哑终于想到一个绝妙的办法，她开始挠小雨的痒，小雨开始没有反应，几秒钟之后便止不住地笑。"……我错了……我醒了，真醒了……"

"立马起床。"小哑把衣服扔给她。

小雨爬起来看了一眼表："才六点四十，平时你都是七点或者七点半才喊我。"说完再次躺下。

小哑道:"你没有时间了。"

小雨问:"我什么时间?"

小哑差点说漏嘴,慌乱着圆回来:"我是说,我没有时间了,我有很重要很重要的事情要做。"

小雨忽然困意全无,问道:"你要去做什么?是跟余晨阳有关吗?"

小哑无奈地点点头,小雨倒是显得很兴奋,乖乖地起了床。

早饭阿琛已经做好了,两个炒青菜和粥。

小雨洗漱完开始吃饭,青菜吃进嘴里,脸立马僵住了:"哥,太难吃了。"

"嫌难吃以后你做啊。"阿琛用筷子敲了一下她的头,"快吃,都给吃完。"

小雨艰难地咽下去,然后拿起粥:"我不饿,我喝粥。"

吃完早饭小哑收拾好东西送小雨去学校,阿琛也出了门,他还是去找余晨阳了。

余晨阳家阿琛去过一次,路还是记得的,不过上次是晚上,周围看不清楚,白天一去更为震惊,原来富人区真的是把有钱摆在明面上的。

他来到余晨阳家的大门口,按了门铃,保姆来开门,阿琛开门见山地说道:"我找余晨阳,让他出来。"

"您是?"保姆礼貌地问道。

阿琛一愣,这是第一次被称作您,他特别不适应,态度缓和了许多:"我叫阿琛。"

"您稍等。"保姆道。

很快,余晨阳出来了。

见到余晨阳,阿琛的第一句话便是:"你家这个大门好气派啊,这得多少钱啊?"

余晨阳感到莫名其妙:"我不太清楚。"

"这两个小象呢?"阿琛指着门口一边一个摆着的精致的石雕小象。

"我也不清楚……"余晨阳如实说道。

"看得出来,很贵,摆件贵,大门贵,房子贵……"阿琛往里望去,"盆景贵,窗帘贵,什么都贵……"

"阿琛,你在说什么?"余晨阳对阿琛的突然到访感到突兀。

"这样的房子我、小雨、小哑,三个人加起来,一辈子也买不起,三辈子都买不起。"阿琛继续说道。

"你到底在说什么?"余晨阳一句也听不懂。

阿琛道:"我想说的是,你很优秀,天之骄子。"

余晨阳更加莫名其妙:"先进来吧。"

突然,阿琛挥动拳头,砸到余晨阳脸上。余晨阳吃痛,后退了几步,他的嘴角立刻冒血。

"但是我的拳头很硬。"阿琛道,"有钱人家的公子哥就可以随意欺负没钱人家的女孩?"阿琛又揪住余晨阳,"所以,这样的故事都是你们喜欢的吗?"

"你在说什么?"余晨阳忍着痛。

"听清楚,小哑只有我可以欺负,除了我,任何人都不可以,包括她喜欢的人。"阿琛用力点着余晨阳的胸口说道。

余晨阳忙问:"小哑怎么了?出什么事了?"

"你还好意思问?要不是你伤她的心,她能哭一晚上?"

151

"她哭了一晚上?"

"装傻是不是?"阿琛又扬起了拳头。

余晨阳下意识闭上眼睛:"小哑究竟怎么了?我听不明白。"

阿琛命令道:"你现在就去学校,跟小哑说你这辈子跟她在一起,不会离开她。"

"啊?"余晨阳吃惊得下巴都要掉下来了。

阿琛觉得不妥,那样太虚了,于是又说道:"不行,你得当着全校人的面跟小哑保证,不然我就当着全校人的面揍你,让你再也抬不起头。"

"阿琛,我真的不明白你在说什么。还有,小哑昨天晚上哭了一夜吗?"

"跟我装糊涂?"阿琛恍然大悟,"啊,你们这种人最会装糊涂了,反而像我们这种不会装糊涂的人总吃亏。"

"我……"

"你什么你?你只需要照做,明白了吗?今天我去你们学校验收成果。"

余晨阳点完头阿琛才放开他。"吃早饭了吗?"阿琛又问道。

余晨阳全程是蒙的:"没有。"

阿琛道:"那别吃了,快去学校吧,小哑已经走了。"

"哦……"余晨阳仍处于混沌之中。

小哑并没有送小雨去学校,在半路上小哑拉着小雨偏离了路线。

"姐,你带我去哪儿?"小雨好奇地问。

"翘课,今天我们去玩。"小哑道。

小雨兴奋得原地跳起:"真的吗?平时你可是不允许我翘课的。"

小哑心想,你翘得还少吗?

尤其是今天,小哑一定要阻止今天的事情发生,只要不让小雨出现在那个郊外仓库,只要不遇上那伙人,一切都会好起来。然后小哑去劝阿琛退出,无论那是一个什么组织,无论他们要做什么事情,即使那件事情百利无一害,阿琛也必须退出,也必须放弃,因为是他们导致了小雨的死亡。

必要的时候,就像阿琛教给小哑的,报警。

"今天是个例外,我们好好玩一天,天黑再回家。"小哑道。

"姐姐我爱你。"小雨整个抱住小哑。

"肉麻,中午请你吃大餐,阿琛做的饭太难吃。"小哑宠溺地刮了一下小雨的鼻子。

"姐姐,我爱死你了。"说着,小雨便在小哑的脸上亲了一口。

"不许说那个字。"刚才还温柔的小哑板起了脸。

"哪个字?"

"死。"

"死怎么了?"

"不吉利,总之不许说。"

"姐,你什么时候这么迷信了,死死死死死死死……"小雨一连说了一串,然后跑开了。

小哑的心脏随着她说死字的频率突突跳着。突然,铃声大作,让小哑的心加倍收紧。小哑拿出手机,是余晨阳的来电,想了想,她还是挂了。

"小雨,你别跑那么快……"小哑追了上去。

"你要带我去哪儿玩?"小雨问道。

"一个绝对绝对好玩的地方。"其实小哑心里想的是一个绝对安全的地方。只要她在安全的地方度过今天,她就不用出意外了。

小哑带小雨来到了游戏厅。这里是小雨一直想要来的地方,不过一直被小哑禁止,因为她怕不安全。而如今,却成了小哑认为的安全地带。

小雨异常兴奋,她像只小蜜蜂一样冲进去,小哑到前台买币,她从身上拿出所有钱,共计七十二块五毛,一咬牙留了十二块五吃午餐,剩下的全买了币。

当小哑拿着一小篮游戏币出现在小雨面前的时候,小雨高兴地抱住她,"以后你在我心里排名第一。"

小哑稳住手中的游戏币,问道:"那之前排名第一的人是谁?"

小雨笑着说道:"之前也是你。"

小哑把游戏币交给小雨:"好,去玩吧。"

从娃娃机,到街机游戏,再到篮球、钓鱼等等,小雨玩了个遍,而小哑一直安静地陪在她身边,看着她一个人狂欢。小雨好几次拉小哑一起玩,她每次都摆手拒绝,说她玩不转的,在旁边看着就挺好。

其实小哑特别不喜欢热闹,她更愿意一个人待着。有时候她会想,上辈子自己是不是一株植物,只要有太阳有露水就够了。

可能上辈子花开得不鲜艳吧,不招人喜欢,导致这辈子仍旧是被遗弃的命运。

小雨的最后几个币花在了跳舞机上,跳完最后一个动作,她满头大汗地下来:"太好玩了,你也应该来玩。"

"你高兴我就高兴,你玩了就等于我玩了。"小哑道。

本来非常高兴的小雨忽然有些沮丧,"可惜,我一个娃娃都没有抓到。"

小哑道:"我明天送你一个。"

"果然是亲姐。"小雨笑成了一个小傻子。

虽然小雨很想留下来继续玩,但是游戏币已经没了,在克制方面她还是做得很好的,除了吃和睡。

两人又在附近的街道逛了逛,很快磨到中午,路过一家卖打卤面的小店,小哑要拉着小雨进去,小雨拒绝了:"今天这么开心,你第一次主动带我翘课,咱们吃大餐。"

小哑道:"我只剩十二块五,这就是咱们的大餐了。"

小雨眯起眼睛:"我请你。"说完拉着小哑一路小跑,最后在一家商场门口站定。

"你有多少钱我很清楚,除非你做了什么我明令禁止的事情。"小哑担心小雨再次用阿琛教会的"生存技能"去获取一些不义之财。

"我没有钱,但是我绝对没有做你担心的事情哦。"小雨神神秘秘的,不说破。

两人来到三楼的一家韩式炸鸡店,小哑瞥到门口放着的菜单上面的价钱的时候,整个人都崩溃了,她很清楚,这个三位数的价格是她们无论如何也消费不起的。

"昨晚你流了太多眼泪,给你补补。"小雨硬拉着小哑落座,然后叫来服务员,点了两份炸鸡、三个零食拼盘以及两杯饮品和一份果盘。

小哑咬着牙说道:"你疯了。"刚才点餐的时候她心算了一下价格,要七百多块。可是小雨一副胸有成竹的样子,似乎这顿饭

155

可以免单似的。

"你快说，怎么回事？"小哑急得额头冒汗。

小雨不紧不慢地拿出一张卡片，放在桌上。那是一张储值会员卡，里面有钱。

"谁的？"小哑很生气，确实是没有偷钱，偷的卡，卡不是钱么！

"姐，你别生气，真不是我偷的。"小雨在说到偷那个字的时候只张了嘴没有出声。

"哪来的？"小哑冷冷地问道。

小哑嘟着嘴小声说道："余晨阳的，前段时间他不是经常借着看阿琛的名义来看你嘛，他送给我的，他说他之前从跟你聊天中知道我爱吃肉，但是他要是带我和你来吃你肯定是不来的，于是就送了我一张卡。"

小哑生生把气憋回了肚子里："给你你就要啊……"

"我没吃过嘛……"小雨委屈巴巴地说道，"他送给我的……"

"记住，以后他给你的东西不许收，听到了吗？"小哑欠余晨阳的越来越多了，她真的很担心哪一天多到她这一生都无法偿还。

小雨又笑了起来："反正他昨晚让你哭得那么伤心，咱们刷他的卡，多吃点，给你解气。"

"我看是给你自己解馋。"小哑决定今天过后，就把她可以偷时间这件匪夷所思的事情告诉小雨和阿琛。他们是她最亲的家人，应该知道，他们是她最坚实的后盾，也有权利知道。

炸鸡和小食上来，小雨开始大快朵颐，可是小哑没什么胃口。她一直在看时间，距离小雨的死亡时间还剩三小时零四十三分钟，每距离小雨的死亡时间近一秒，她心里就多没底一毫。但是她又

## 第七章 早已写好的结局

想让今天的时间迅速过去,因为过完今天就成功地阻止了小雨的死亡。

她从来没有像今天这样如此迫切地想要时间快一点,再快一点。

半个多小时的用餐时间,小雨几乎吃掉了四分之三的量,而小哑只是在小雨的反复劝说中吃了一些水果,剩下的小雨打包给阿琛带回去。

"啊,撑死了撑死了。"小雨瘫坐在椅子上。

小哑再次敏感地捕捉到了那个对今天来说绝对是禁忌的字,"我不是说了嘛,不要提那个字。"

"我错了,不提死这个字,我再也不提死这个字了……"小雨立刻捂住嘴巴。

午饭过后的阳光正好,外面没有上午那么冷了,小雨和小哑沿着街边慢慢悠悠地散步。

接下来去哪里消耗时间呢?这把小哑难住了,平时她几乎没有娱乐时间,要么在学校,要么回家学习,要么去店里帮忙。

"接下来,你想去哪里?"小哑问道。

小雨托着下巴,眼睛向左上方看,努力想着。"对了,我们去探险吧,你想不想知道阿琛最近经常去哪里?我发现了一个手机上的功能,隐私定位,可以知道带着手机的人去过哪里,停留了多久,我们可以……"

小雨的话还没说完,小哑气急败坏地打断她:"不可以!"她今天所有的努力都是为了小雨不去那个仓库。

"不去就不去嘛,这么生气干吗……"小雨的声音越来越小。

小哑意识到自己有些过激了,安慰道:"对不起小雨,我的情绪一直不好,从昨晚开始,就一直……"

"哼,都怪余晨阳。"小雨黑色的眸子一转,说道,"姐姐,不如我们去你学校,把余晨阳叫出来,带他一起翘课。"

小哑憋得脸都红了,妥协道:"……好主意。"或许没有比这样更能拦住小雨的办法了吧。

"看我不好好捉弄一下他。"小雨自言自语道。

"什么?"小哑没听清楚。

小雨道:"我是说我要当面感谢一下他远程请客的炸鸡。"

小哑和小雨手牵着手,朝着学校的方向,大步地向前迈去。这条小路上车很少,很静谧,是小哑经常走的一条路,因为这条路上夏天会开满月季,很香。

小雨沉浸在夏天的回忆里,相对于冬天的寒冷来说,她确实更爱夏天。就连夏天的空气都是甜的。

"姐,小心!"

忽然传来小雨竭尽全力的喊声。小哑下意识看向小雨,只见小雨直接朝着小哑撞了过来,小哑被撞出去很远,倒在地上,手擦破了皮,微微的疼痛感顺着神经传到小哑的大脑。

一声巨响,一大块花岗石板砸了下来,而小雨就在石板之下。小哑瞪大了眼睛不敢相信眼前的一切。"小雨……"

花岗石板太大,小雨撞开小哑后,自己的一半身体被压住,而被压住的恰恰是上半身。

小哑撕心裂肺地喊着,跌跌撞撞地跑过去,由于太急,脚步凌乱,自己绊倒了自己,摔在离小雨近在咫尺的地方。小哑根本不顾及膝盖的疼,直接爬到了小雨身边。"小雨,小雨,你回答我,小雨……"

## 第七章 早已写好的结局

小哑边声嘶力竭地喊着小雨的名字,边用尽全力拼命抬开石板,可是石板太重了,小哑的力气根本抬不动半分。

她的眼泪打在了石板上,洇开成一朵正在盛开的花。

"谁能帮帮我……"小哑看向四周,发出求助的哭声,但是路过的三三两两的人纷纷避而远之。

"我抬不动,求求你们帮帮我……我抬不动,求求你们了……"

小哑跪在地上向着路人们磕头,额头砸在水泥地上,砰砰作响,地上瞬间沾满了血,黏稠的血与小哑的额头连着丝。

有人开始报警,但是并没有人敢上前。

"求你们了,也许我妹妹还活着……我不能失去我妹妹。"小哑继续用力抬着石板,忽然手向上一滑,掀掉了自己右手中指和食指的指甲。

"啊……"

十指连心,但是这点痛比不上她心里痛的万分之一。

小哑继续哭喊着:"救救我妹妹……"

终于有人动容了,其中一个中年人上前来帮小哑,或许是想到了自己也有女儿吧。

"谢谢你。"小哑的嘴里已经含糊不清,"谢谢你……"

接着,其他人也一起来帮忙,终于移开了石板。小哑扑过去,一把抱住半身是血的小雨,她的头似乎是凹进去一块,就像自己的心也凹陷了一块,喘不上气。"没事的,没事的,你不会死,你不可以死,你别丢下我,别抛弃我啊……"

小哑一只手放在小雨的脖子上,"小雨,我们去买玩偶,买很多,摆满咱们的房间。小雨,我不许你离开我,我们说好的,要

159

一辈子在一起的。"她感受不到她脖子上的脉搏，"阿琛说，我们将来要搬离棚户区，去住楼房，有空调有暖气有冰箱有电视，有很多很多好吃的，炸鸡、牛排、蛋挞……"

小哑又冲着路人吼叫："打120了吗？打120呀，你们快打呀……"

旁边有一个头发花白的老爷爷，说道："孩子，打了……"说着老爷爷背过去了身子，抹眼泪。

"姐……"小雨无法睁开眼睛，用极其微弱的声音说道。

"我在，小雨，没事的，救护车很快就来了，你别说话，别用力气……"

"姐，我想吃花生酱……"

"你别说话，你怎么从来不听我的话呢……我叫你别说话了！"小哑冲着小雨失控地喊道。

"姐，你听我说，我想说……"小雨的声音越来越弱，小哑把耳朵贴在她嘴边才勉强能听清楚。

"姐，我还好看吗？"小雨努力让自己的嘴角上扬，但是一丝力气都用不上。

小哑一直点头："好看，你最好看，你比你所有同学都好看。"

"姐，告诉你个事，有一次我问哥哥，如果他只能选一个妹妹他选谁，哥说选你，因为你乖，我不乖。"

"你乖，你最乖了。"

"我总不听话，总不听你的话，对不起我不是故意的……"

"不要你听话，只要你活蹦乱跳的，你想怎样就怎样，想干什么姐陪着你干，哪怕是坏事……"

"姐，我好疼啊，你帮帮我，我好疼……"

小哑帮不了她，只能紧紧抱着她，脸贴着她的脸，贴得紧一点，再紧一点。

"对了姐，在床底下有一个铁盒子，你记得帮我收好。"

"好，我帮你收好。"

"还有，帮我拦住阿琛，别让阿琛做坏事，他是好人，不应该做坏事。"

"我绝不会让阿琛做坏事……"

"姐，我好困，我先睡了，我那么爱睡觉，我明天一定早起，你说要给我买娃娃的……"

"别睡，小雨，我求你了，别睡啊……"小哑觉得自己心肝脾肺正在被一把锋利的刀一片一片切下来，"小雨，你不可以睡，你先撑过今天，今天过后我再也不叫你早起了……小雨，你听得到我说话吗？别睡，你别睡，小雨，姐求求你，别睡……"

小哑早已泣不成声，"我给你唱歌，你最喜欢的歌——最繁华的城市，为何带来最寂寞的北极熊，最纯洁的孩子，如何走过最肮脏的垃圾场……"

"别睡，别睡……"

然而再也没有回应了。

远处传来的救护车的鸣笛声，其实早已晚了，或许小雨的结局早就写好了，只是小哑提前看到了，还天真地以为自己可以干预小雨的死亡，没想到小雨的死亡来得更早一些，更惨烈。

她后悔，但如果不做也后悔。两头都后悔，她觉得自己生在这个世界上就是个错误。

为什么老天给我这样的能力，却让我承受最无力承受的痛？

小哑的身体一直在颤抖，她又感觉到了彻骨的寒冷，就像很

161

小很小的时候蜷缩在角落里,浸泡在无尽的冬日黑夜里。那种身体上的记忆是刻在皮肤上的,永远都忘不了。

救护人员把小雨抬上担架,推进救护车。小哑随车一起去了医院。

其间,她给阿琛打了电话,让他来医院,但是并没有告诉阿琛是什么原因。通知阿琛的时候,小哑非常冷静,说话的声音不抖了,只是手还在无意识地抖动着。

她看着小雨清秀的脸上流淌的血,就像刚下过大雪的操场上一串又一串的脚印,破坏了原有的平静美,撕裂了完整的雪的团聚。

小雨,对不起。

对不起,小雨。

她在心底反复道歉,一遍又一遍,一直到医院。

"余晨阳,还需要再麻烦你,我在医院,你方便过来吗?"在医院走廊等着的时候,小哑给余晨阳打了电话,她的嗓子已经哭哑了,变成了名副其实的小哑。

余晨阳挂了电话之后第一时间出发了,全然不顾正要去给老师送收上来的试卷。因为余晨阳从小哑无力的声音里感受到了巨大的悲伤,这次跟上次不一样,完全不一样,小哑越是平静说明事情越严重。

余晨阳先是快步走着,然后跑起来,然后越跑越快,撞倒了走廊里的花盆,花盆摔到地上,土和花分崩离析,余晨阳继续奔跑,没有回头看。

出了学校余晨阳打了个车,从学校到医院的主路还是比较通畅的，但是到了医院附近就开始堵了，余晨阳等不了，干脆下车跑。平时他很注重体育锻炼，所以这两条街的距离对于他来说根本不算什么。

赶到的时候小哑正在抢救室前站着，似乎是在祈祷什么。

"小哑。"余晨阳在身后叫她，但是她好像没有听到。

"小哑。"余晨阳又叫了一声，然后把手轻轻地放在她的肩膀上。

小哑转身看到他，好不容易止住的眼泪又流了下来，她立即冲进余晨阳的怀里，紧紧抱住他。

余晨阳张着双臂不知道怎么办才好，良久才开始轻轻地拍着小哑的背，"我来了，没事了，没事了……"余晨阳浑身紧绷着，一动不敢动。

突然，急救室的门打开，小哑回头的同时医生正好走出来。

"怎么样医生？"小哑急忙问道。

医生摇了摇头："抢救无效。"然后叹了口气离开了，是在叹这个花季少女生命的凋零吧。

"谁在里面？"余晨阳问道。

小哑有些站不稳了，余晨阳去扶她，她直接昏倒在余晨阳的怀里。

然后是警察到了医院，由于当事人小哑已经昏倒，警察对余晨阳进行了简单的关于当事人的了解之后便离开了，等小哑醒了之后再作询问。

阿琛赶过来的时候，小雨已经被推进了太平间，而小哑也住进了病房。

"怎么回事？"阿琛红着眼睛问余晨阳。

163

"我只比你早到二十分钟,我来的时候医生宣布小雨抢救无效,小哑昏倒,然后是警察,再然后是你。"余晨阳如实说道。

"你去陪小哑吧,我去陪陪小雨。"阿琛说完朝着太平间走去。推开门,他拎起一把椅子,来到小雨身旁,然后在她左边静静地坐着,一言不发。阿琛记得夏天的时候总是这样,夏天蚊子多,小雨的体质招蚊子,睡不着,阿琛就坐在她旁边一夜不睡帮她赶蚊子。眼下,小雨睡着了,不用再驱赶蚊子,永远不会再醒过来了。

"睡吧,睡吧,你总是睡不够,这下可以多睡一会儿了,想睡多久睡多久,哥哥不会叫你起床,姐姐也不会叫你起床。

"我们小雨是最乖的,从不主动惹祸……

"你再问我一次吧,再问我如果我只有一个妹妹我选谁,我一定选你啊小雨,选你啊……"


一直到天彻底黑下来,阿琛才站起身来,说了一句话:"小雨,睡个好觉吧,其他事情交给哥哥。"

阿琛回到小哑的病房,余晨阳正守在床边。

"医生说小哑怎么样?"阿琛靠在门框上问道。

"悲伤过度,晕了过去,应该很快就能醒来。"余晨阳道。

阿琛点点头:"你好好照顾她,她醒来通知我。"他急切地盼望着她能早点醒过来,因为只有小哑知道真相。

余晨阳道:"放心吧。"

之后阿琛便离开了。

今日的养老院仿佛比平时更热闹一些,充满了欢声笑语,阿琛走进来之后才发现是有慰问团来表演,台上表演着相声,一捧一逗,一来一回,台下的老人们笑得开怀,似乎这个天底下无论发生什么国际新闻或者灾难,都跟这些安详的老人没有任何关系。

阿琛找到方奶奶的位置,蹲在她的身边,安静地待着,似乎在奶奶的身边他才能感到一丝丝的平静,就像小时候陪着奶奶一起晒太阳,懒洋洋,暖洋洋。

台上的人出了洋相,逗乐了台下的观众。方奶奶低头看阿琛,发现他眼睛红红的,问道:"你怎么了?"

阿琛揉了揉眼:"我没事,奶奶,就是缺觉。"

奶奶道:"你可得注意身体啊,壮小伙子可不能垮掉,不然小哑和小雨怎么办?"

阿琛点头:"是。"

奶奶忽然问道:"小雨怎么样?我觉得好久没看见她了。"

阿琛迟疑了两秒:"她……"但是方奶奶没有觉察出阿琛的异样,"她很好,在睡觉。"

奶奶啰唆道:"又在睡觉,叫醒她,每天吃了睡,睡了吃,对身体不好。"

"好的,我一会儿回去就叫醒她。"可是阿琛知道,小雨永远都叫不醒了。

"你不用总是往这里跑,耽误你工作。"奶奶又说道。

"我没事,我有时间。"

"有小哑呢,她总来的,再说了这里条件那么好,你放心吧。"

"小哑……"阿琛的喉咙翻了一下,声音有点沙哑。

……

小哑昏迷了三天。很多年以后她在回忆这一刻的时候就在想,当时一定是自己不愿意醒来,不愿意面对小雨死亡的事实。她把错都归在自己身上,背负一生。因为人要用一辈子才能习惯分离。虽然小哑热爱孤独,但她并不喜欢一个人。

## 第八章
# 偷时间的女孩

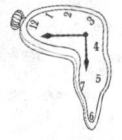

当一个人不再以自我为中心的时候,青春结束了;当一个人为别人而活的时候,他开始成熟了。——赫尔曼·黑塞

阿琛就坐在床头,削着苹果,随后警察走进来询问整个事情的经过。

小哑脸色苍白,整个人特别憔悴,余晨阳喂了小哑一口水,小哑深呼吸一口气缓缓开口:"三天前的早上,我和小雨去上学,那天也一样。可是走在半路上,我带着小雨翘课了,先是去了游戏厅,然后在中山路上商场里的一家韩式炸鸡吃的午饭,再然后我们散步回去,走了一条小路,走着走着上面掉下来一大块石板,小雨先反应过来的,她撞开了我,自己被砸中了……"

警察问道:"还有其他的补充吗?"

小哑摇摇头。

警察道:"我们会去一一核实,这期间还会需要你的配合。"

小哑点点头。

警察走后,阿琛把门关上,然后转过身面向小哑,问道:"这是真相吗?"

那一刻,小哑感受到了距离,跟阿琛的距离感,不知道是自己的心理作祟还是距离已经产生。其实无论是哪种原因，小哑都清楚，以后这个距离感会越来越强。

"是。"小哑说道，"我能再去看小雨一眼吗？"

余晨阳连忙说道："医生不建议你这样做，怕你情绪再次激动。"

"我要去。"小哑平静地说。

阿琛道："我带你去。"

自从小哑醒来的那一刻，整个病房里出奇地压抑，确切说应该叫作冰冷，兄妹之间对话的氛围也很微妙。

阿琛带小哑来到停放小雨的地方，"你们单独待一会儿吧，我在门外等你。"

余晨阳一直没有进去，阿琛出来后跟他一起安静地杵在门口，互相都不知道开口说什么。

小哑在里面待了半个多小时，一直在说些什么，阿琛和余晨阳在外面隐隐约约能听见，但听得不真切。

谁也不知道那半个小时里小哑说了些什么，以后也没有机会知道了。

阿琛接小哑出院了，回去的路上阿琛说不打算举办任何仪式，把小雨的骨灰撒进河里，就是小哑每天看日出的那座桥下的那条河，让太阳每日与小雨做伴，让月亮每夜陪小雨入眠。而且，那个地方离家近。小哑同意按照阿琛的想法来。

路过一家布偶店，小哑停下说道："哥，你去帮小雨买个娃娃吧，她想要，我答应她的。"小哑又补充道，"火化的时候娃娃也一起烧掉。"

"好。"阿琛说完进了布偶店，仅仅是二十几秒的时间，他便出来了,手里却拿着两个娃娃。

"这个给你,粉色的给小雨。"阿琛道,"小雨喜欢粉色。"

"好。"小哑问道,"放钱了吗?"

"放了。"阿琛淡淡地回道。

然后两个人继续往家的方向走,一路少话。

他们表面上看起来很平静,就好像小雨此时正在家里等着他们回去一样,但各自的悲怆却是两个极端。一个是痛失至亲,一个觉得自己是"罪魁祸首"。

回到家中,小哑默默回了房间,她从床底下拿出小雨说的那个铁盒子,打开发现里面是很多钱和一张纸条,纸条上写着:小雨、小哑和阿琛的机票,丘吉尔镇。

这应该就是小雨最想去的地方吧。小哑想,这次,你终于可以去了,不用攒钱买机票了,你先去,看看那个地方漂不漂亮,然后在梦里告诉我。

小哑把铁盒紧紧抱在怀里,就像抱着小雨一样。忽然,她想家了,想她那个从来没有感情,没有记忆的家。小哑拿出自己的怀表,看着表盖上刻着的那个地址——翡亭镇178号。

这应该就是家吧。

或许,该回去看看了。

这么多年,小哑一直不敢有这个念头,她总是压抑自己,反复告诉自己,不可以,你是被抛弃的,你是可有可无的。

但是小雨的死让她重新面对自己藏在内心最深处的渴望——家。或许,这是一种本能。

就算是找到了,也不会回去。可是,看看总是可以的吧。

去看看吧。那里是个什么样的地方呢?毕竟自己偷时间的能力源于这块表，小雨的死也是因为自己的特殊能力。

找个机会去看看吧。

小哑下意识地去擦眼泪，不知何时流在脸颊上的眼泪已经干了。

小哑出了房间，阿琛正在客厅沙发上发呆，见小哑出来便说道："我没事，你不用安慰我，相反我都不知道该怎么安慰你。"

"你也不用安慰我，太闷了，我想出去走走。"小哑道。

"注意安全，我就剩你这一个妹妹了。"阿琛还是下意识地关心她。

"我就在咱家附近。"小哑出了门，无目的地走着。她走了很久很久，直到天彻底黑下来，直到感觉到脚疼才停下来。

小哑抬起头，不知不觉间走了这么远，竟然到了余晨阳居住的别墅区。

这个时间他应该在家吧。

她忘记了带手机，直接走进小区，凭借着上次发烧来过的印象寻觅着路，终于在一扇感觉很熟悉的大门前停下。

小哑按响门铃，门口的可视电话自动打开了，保姆看了一眼外面的小哑，是少爷的朋友，便按开了门。

小哑进到院子里，保姆把她迎进屋子，说道："在二楼书房。"

小哑对保姆说了一声谢谢，来到书房，余晨阳正站在高高的移动梯子上整理书架上层的书。

"我一时下不去就没有去接你。"余晨阳把怀里的书插进缝隙里。

"本来就是我打扰了。"小哑道。

"我本想等你适应一段日子再去看你，学校那边我可以帮你请

## 第八章 偷时间的女孩

假,你多休息休息。"余晨阳把最后一本书放好。

"谢谢你,我没事。我今天来有一件事情要跟你说。"

余晨阳从高高的梯子上下来:"你说吧。"

小哑道:"你去把门锁上。"她丝毫没有意识到这句话有什么不妥,可是余晨阳竟然微微有些脸红了,"我知道你伤心过度,我觉得这个时候不太适合……我们……"

小哑自己过去把门关上,然后研究了一下锁,"啪嗒"一声,反锁上了:"我有非常重要的事情跟你说。"

余晨阳尴尬地摸摸后脑勺:"我去让阿姨倒点果汁上来。"

小哑道:"我之所以锁门就是不能让除你之外的任何人知道。"

余晨阳尴尬地笑笑,笑自己面对小哑竟然会智商下线。尤其是阿琛找过他后,他每次面对小哑开始有了莫名的慌张。

接着,两人相对而坐,小哑认真地说道:"在我说这件事情之前,你还是先做好心理准备比较好,比如深呼吸。"

余晨阳下意识皱了一下眉头,不明白小哑这是什么操作,还怪严肃的。不过话说回来,自从小雨出事之后小哑变了,变得跟之前不一样了,更冷一些了,不爱笑了,也不再躲闪他人的目光了。

余晨阳做了三个深呼吸,然后说道:"开始吧。"

小哑倒是显得很平静,就在小雨生命逝去的那一刻,她已经决定要告诉阿琛了,不过在此之前她要先告诉余晨阳,因为她其实并没有现在表面上看起来那么坚强,她需要先预演一遍,而余晨阳是她第二信任的人。

"我是一个小偷。"小哑开口了,"这你已经知道了……"

余晨阳急忙打断她:"我理解你,这不是你的本意,而且你偷东西是有原则的……你跟我说过小时候你没有选择,但是现在你有选择了,你选择……"

小哑再次打断余晨阳:"这些都不重要,重要的是我后面的话。"余晨阳点点头,小哑继续说道,"我是个小偷,我偷过很多东西,包括时间。"

"包括什么?"当偷和时间组合到一起的时候,余晨阳开始不明白这是什么意思了。

"时间,别人的时间。"小哑解释道,"我偷别人的时间。"

"你说的时间是这个时间吗?"余晨阳指着角落的落地钟。

小哑点点头:"是。"

"这是个冷笑话吗?"

"我是认真的。"

余晨阳不明所以,看着小哑等待她的下文。

"你以为上次乔绒整我,我是怎么能那么痛快地报复的?我是神仙吗?"小哑反问道。

余晨阳摇摇头。

小哑道:"我偷了乔绒的时间,知道了她对我所做的一切,然后偷了她的手机,把证据公之于众。"

余晨阳示意小哑停一下,"等一下,先让我自己理一理逻辑。"他抱着头思考着刚才小哑的话,始终无法信服。

"你怎么偷时间?"余晨阳问道。

小哑拿出随身的机械怀表:"你见过,就是它。我只要盯着对方的眼睛,然后拨动指针,就能偷取对方的时间,但是一个人只能偷一次,上限是二十四小时,被偷掉时间的人这一天就会消失,对方关于这一天的记忆也随之消失,而我可以切身经历偷来的那

## 第八章 偷时间的女孩

一天的时间，发生了什么，快乐或者悲伤，如果受到心理创伤的话我也会同样受到，如果是身体上的创伤则不会……"

余晨阳思考了良久，她没有理由骗他，而且是拿一个听起来那么像编的故事来骗。他凑近小哑，注视着她的眼睛，"你偷我一天时间。"

越靠越近，余晨阳的呼吸打在小哑的脸上，痒痒的。小哑伸出手臂触碰到余晨阳的肩膀，把他推远一点，支撑住后说道："这个距离就好。"

然后小哑让余晨阳指定一个时间。余晨阳让小哑挑她昏迷的那三天中的其中一天，那时她躺在病床上，一定不会知道自己在家独自一人的时候做过什么。

小哑注视着他黑色的眸子，久久不能进入状态，面对余晨阳的时候她的心总是不平静。或许对她来说充满意义的人没有几个，阿琛、小雨算，余晨阳也算一个。他对她照顾太多了，她欠他的也太多了。

总有一天我要还给他的，小哑你不可以欠别人，这是她反反复复告诉自己的话。因为她觉得自己是一个被抛弃的人，不欠任何人，也不可以欠任何人。

"偷到了吗？"余晨阳问道。

"安静。"小哑逆时针转动机械怀表的指针，然后继续让自己努力平静下来。

忽然，眼前一道白光，许多个画面瞬间塞进小哑的脑袋里。时间来到小哑昏迷的第二天，是个周末，早上八点，余晨阳还在睡觉。

闹钟响了，他伸出一只手来在床头一通乱摸，摸到闹钟后关

173

掉，然后用被子把头蒙住。

一直到九点多钟，余晨阳才从床上爬起来，进卫生间洗漱。

余晨阳在楼下吃早餐的时候乔绒来了，让小哑感到好奇的是，她有余晨阳家的钥匙。不过又一想，人家父母原本就认识，余晨阳和乔绒两人又是一起从小长大，两小无猜，现在双方父母都在国外，两个孩子互相有钥匙、互相照应也是无可厚非的。

"今天去游乐场吧。"乔绒拿起一根油条说道。

"不去，今天我得去医院。"余晨阳随口说道。

乔绒紧张道："你怎么了，哪里不舒服？"

"啊，没什么，就是小检查。"余晨阳反应过来，千万不能让乔绒知道小哑的事情，以及自己是去医院陪小哑的，不然她情绪过激起来很难办。从小到大她都是一个非常情绪化的人，晴天暴雨毫无征兆。

乔绒执意说道："小检查也不是闹着玩的，你从小身体就弱，总生病，虽然后来你坚持锻炼身体越来越好，但是突然出毛病也是不能马虎的，我陪你去。"

余晨阳只能生硬地拒绝："你去游乐场玩吧，不用跟着我，真不是大事。"

"我就要跟着你。"

"那我还是陪你去游乐场吧。"

"必须去医院。"

余晨阳无奈，不再接茬，埋头吃饭。这时候阿姨拿着保温饭盒过来，放在餐桌上说道："少爷，带去医院的饭都准备好了。"

余晨阳赶紧摆手让阿姨去忙。他每天去医院都要带上小哑爱吃的饭菜，万一她突然醒了就能第一时间吃点东西了。

"等一下。"乔绒站了起来，绕到余晨阳身后，双手放在他的肩膀上，问道："不对，你有事儿啊余晨阳，你去医院检查带什么饭啊？检查一天啊？老实交代，去看谁？"

"没谁。"余晨阳否认。

乔绒的双手用力："没谁就是有谁。"

"真没谁。"

"看来是真有谁。"

"这样这样，我上午陪你去游乐场，好不好？"余晨阳想，一个上午的时间不算长，下午再去医院也应该没什么问题。

"小哑。"乔绒忽然抛出这个名字。

余晨阳身体一僵，而乔绒放在他肩上的双手也感受到了余晨阳的变化，也无疑是说明乔绒猜对了。

"小哑怎么了，生病了？"乔绒故作轻松地问道。

"她……昏迷了。"余晨阳道。

乔绒发出了一声笑声："昏迷？没有公主的命得了公主的病？是不是还需要一个王子吻醒她？"

余晨阳道："你说这种话就过分了。"

乔绒不以为然："我过分，她不过分？她一有个头疼脑热大事小事你就鞍前马后。她是没有家人吗，需要你一个同学来照顾着？哦，对，我忘记了，她确实没有家人。"

"乔绒，你真的太过分了！"

"她把你从我身边抢走，她就不过分吗？她凭什么？"

"她没有抢我，我也不属于你。"

"我们的爸妈关系那么好，我们从小一起长大，你跟她才认识多久？"

"878天。"

乔绒冷笑道："哼，算得很清楚啊，多少分多少秒算了吗？"

"乔绒，你别无理取闹了。"

"我是无理取闹吗？我是理所当然。你忘了你答应过我什么吗？七岁的时候我们去球场上玩，我摔了一跤，脚崴了，肿得很厉害，你背我回家，我一直哭，你说你会好好照顾我，不再让我受伤。我问你要照顾我多久，你说要照顾我到十八岁，我问十八岁之后呢，你说，我愿意的话你十八岁之后也继续照顾我。余晨阳，你全忘记了。"

"那不是你受伤了么……"

"我现在也受伤了。我刚才把你跟我说过的话又告诉了你一遍，你现在可以再对我说一遍。"

余晨阳沉默不语，乔绒坐回到他对面，等着他。

最终，余晨阳还是没有开口。乔绒站起来，最后看了余晨阳一眼，然后转身离开了。

"游乐场不去了？"余晨阳问道。

"等小哑醒了你带她去吧。"乔绒甩下这句话离开了。

余晨阳叹了口气，也没有胃口再吃早饭了。他换了身衣服去了医院。

小哑依旧没有醒，他问了医生情况，一切都很正常，她现在都不醒目前还不知道具体原因，需要进一步观察。

余晨阳守在小哑身旁，拿出一本书来开始读，看一会儿书看一会儿小哑，时不时会不经意间流露出微笑。

他想起第一次见到小哑的时候，她穿着跟自己同样的校服，不过她身上的是老款式了。那是878天前，余晨阳路过一家老书店,他去里面淘书,在这种老地段的老书店,余晨阳总能找到惊喜。但是这次,他空手而归。

余晨阳推着自行车继续往前走,路过一家甜品店的时候买了一个冰淇淋,可是刚拿到手,突然后面窜出来一个小女孩抢了余晨阳的冰淇淋就跑。余晨阳还是第一次遇到这种事情,光天化日朗朗乾坤抢东西,虽然被抢的只是一个冰淇淋,但也是抢啊。

余晨阳骑上自行车开始追,女孩跑得飞快,再借助对街道的熟悉,余晨阳在后面追得很吃力。

几个街角轮换,余晨阳已经跟丢了。

算了,别跟抢冰淇淋的女孩一般见识了。余晨阳掉转自行车准备回去了,就在经过一家杂货店的时候,他又看到那个熟悉的女孩的身影。

这下你可跑不掉了,他再次跟上那个"抢劫女孩",最后在一条很窄的巷子里发现了她的身影,但是却被三个穿着奇装异服看起来流里流气的男孩堵住了。

"偷东西都偷到我头上来了,有魄力啊,也不打听打听我是谁?"其中一个混混说道。

余晨阳暂时躲在拐角处,想看清楚这究竟是怎么回事,隐隐约约能听到他们的对话。

"还想跑?我的地盘你跑得了吗?"

女孩用手护着头说道:"对不起,各位哥哥,我知道错了,你们放了我吧,我再也不敢了。"

另一个混混说道:"大哥,别听她的,她就是个骗子,上次也是这么说的。"

第三个混混说道:"我看就是欠揍。"

女孩更害怕，蹲在角落里，"你们别打我，我真的知道错了，各位好哥哥，你们就放了我吧，我有个弟弟饿了三天了。"

"放屁，你上次不是说有个妹妹？"有人揭穿。

"我有妹妹也有弟弟，都饿着呢。"小女孩解释。

但是没有人相信她。为首的混混拿出一把剪刀，握在手里咔嚓咔嚓地一张一合，吓得小女孩瑟瑟发抖。

混混说道："今天放过你也行，但是你总得让我们哥几个出出气吧，不然憋在心里会憋出问题的。"

"你们想干吗？"小女孩问。

"把你的头发剪了。"这句话说完，三个人都笑了。他们大概是体会到了强者的感觉，可以决定一只蝼蚁的死活。

余晨阳大概是听明白了，这个女孩之前偷过这三个小混混的钱，今天被抓住了，现在他们要拿小女孩出气。刚才听小女孩的意思，她之前还被打过。余晨阳犹豫了，虽然她是一个"强盗"，但是也是一个活生生的人，现在被三个男人堵在角落里羞辱打骂，或许心底小心翼翼藏好的最后一点尊严也会瞬间分崩离析。

这已经不是肉体上的伤害那么简单了，精神上的伤害是伴随终生的。

余晨阳想冲上去，但是理智告诉他，他是打不过这三个人的。事实上，余晨阳从来没有打过架，充其量有点看武侠小说的经验。

最终，正义感战胜了他的理智，他把自行车停好，想四处捡一些趁手的"武器"，可是挑来挑去什么都没有找到。

只好硬着头皮上了，余晨阳给自己打完气就要上前制止，但是他刚迈出一步却被一个人拦住了。

"你就打算这样去见义勇为？"

余晨阳这才发现,拦住自己的也是一个女孩,跟自己年龄相仿。

"想救人得用脑子。"她说完把背包塞进余晨阳怀里,然后打开背包的拉链,边找东西边说,"帮我拿着,一会儿咱俩得配合,黑帮电影看过吗?"

"警匪片看过。"余晨阳道。

"也行,里边也有坏人,一会儿跟我演戏,你演一个坏人。"女孩找出几张文身贴。

"那你演什么?"余晨阳问。

"另一个坏人。"女孩抬起头笑着说。

"等一下,我们要演坏人吗?"余晨阳不理解,不知道这个女孩这是什么路数。

"不然呢?像你那样冲出去然后面对三个比我们高比我们壮的人?再然后呢?你知道结果吗?挨一顿打,我可不想挨打。"女孩说着,把从背包里拿出来的文身贴撕开,往自己的手臂、脖颈、脚踝上贴。

"这是什么?"余晨阳问。

"武器啊。"说着,女孩把文身贴贴在余晨阳身上。

"他们手里拿着棍子,那才叫武器,你这个文身,还是贴纸,算什么武器?"本来余晨阳没那么慌,让这个女孩这么一弄他反倒是慌了起来,"你这行不行啊?"

"行,一会儿咱俩出去,你就大喊一句:放开那个女孩。"女孩道。

"这不是正面角色的台词吗?"余晨阳问。

"反面角色也可以说,有人性的反派最迷人了。"女孩道。

余晨阳还没反应过来就被女孩拉着出去了，然后小声对他说："说台词。"

"哦。"余晨阳回应完深吸了一口气，感觉底气不足，又深吸一口气。

女孩看着余晨阳问道："你干吗呢？"

"我找找那种气势的感觉。"余晨阳道。

"放开那个女孩！"突然，女孩喊道。余晨阳在旁边有点吃惊，这个小小的身体竟然能发出这么有力量的声音。

三个混混看了余晨阳和女孩一眼，发出轻蔑的笑声，其中一个混混说道："滚，没长眼睛啊，没看到大爷们正忙着么？"

女孩冷笑一声："我看你们才没长眼睛，把那个女孩给我，她也偷了我大哥的钱，我得带她回去交差。"

"你大哥是谁啊？"其中一个混混问。

"要不说你们不长眼睛呢！左转有个诊所，去看看眼睛。"女孩说得有恃无恐。

三个混混很奇怪，这个女孩竟然不怕他们。一个眼尖的混混注意到小哑的文身，小声对其他人说："那个女孩身上有文身。"

"什么图案？"

"看不清楚，不过看起来像冯老大的人。"

"问问？"

其余两人点头，为首的人问道："是冯老大的人吗？"

女孩笑起来，竖起大拇指："嘿，还是这位哥哥有眼力，太厉害了，我回去一定告诉冯老大，是三个哥哥给的面子，冯老大一定会给三位哥哥点什么作为谢礼的，到时候我再给三位哥哥送过去。"

## 第八章 偷时间的女孩

三个混混被捧得很舒服,便放了那个女孩,然后又说了几句客套话便离开了。

女孩示意余晨阳赶紧带小女孩走。余晨阳去扶小女孩,然后一回头,那个"侠女"已经不见了。他都没来得及问她的名字。

就在一个星期之后,余晨阳所在的班里新来了一个同学,正是那天那个贴文身贴的侠女。老师介绍新同学:"这是小哑,以后是大家的同学。"

小哑站在老师身旁,向大家鞠了个躬。

原来她叫小哑。余晨阳看着她,产生了浓厚的好奇心,她现在安静乖巧的样子跟一个星期前的侠女形象完全判若两人。然后老师帮小哑安排了座位,开始上课。

整整一节课余晨阳都在走神,他在想,这个小哑究竟是不是那天他见到的女孩呢?因为今天看起来完全不是一个人;他在想,或许小哑有个妹妹或者姐姐?他在想,她到底是什么样的人呢?太有意思了。

终于到了下课,余晨阳来到小哑的座位旁:"你好,我叫余晨阳,咱们班的班长。"

小哑点点头。

"是你吗?"余晨阳又问。

小哑摇头否认,然后低头整理自己的课本不再理他。余晨阳更加一头雾水,认错人了?不可能啊……

很快,便上课了,余晨阳感到有人在踹他的凳子,转头是后桌传过来一张纸条,余晨阳打开后看到上面写的是:帮我保密好吗?

字迹娟秀,一看就是女孩写的。余晨阳下意识转头去看小哑,发现她正在看着自己，然后余晨阳的手在下面比了一个OK的手势，小哑用口型说道：谢谢。

　　余晨阳回忆到了这里，他的手机忽然响了，是妈妈的来电。余晨阳接起来，开始只是简单日常的交流，吃没吃饭、学习成绩怎么样、身体状况等等。

　　这些进行完之后余晨阳的妈妈才进入了正题："我跟你爸爸商量了一下，我们还是决定把你接过来在我们身边读书。"

　　"为什么？"余晨阳的情绪开始出现波动，"我在国内很好，我的成绩也很好，我不想去。"

　　妈妈道："国外的环境更好，世界名校更有利于你的学习。"

　　余晨阳不耐烦了："国内也很好，在这里，我也会是名校研究生。"

　　妈妈的火也上来了："我们这么努力就是为了给你最好的，现在爸妈有能力把你接过来了，我们可以一直在这里，不会再分开了。"

　　余晨阳的声音更高："不，你们只是为了你们自己，从没有考虑过我，如果你们考虑过我的话，那么五岁那年你们就不会双双远走，把我一个人丢下。"

　　妈妈的语气缓和了下来，安慰道："这件事妈妈一直很内疚，但是从现在起，不会了，你来美国，妈妈会好好弥补你。"

　　"你不用内疚，也不用弥补我，这些年我自己一个人挺好的。"

　　"在生活上我们确实疏忽了你，你的童年我们没有陪伴你，每每妈妈想到这里的时候就很难过，以后让我们一家人在一起好不好？"余晨阳沉默。片刻，妈妈又说道，"我希望你陪在妈妈身边，我需要你陪在爸爸妈妈身边。"

余晨阳的眼圈渐渐红了，但并不是因为感动，他的身体一直紧绷着，看起来是在跟自己较劲，是在生气，是在抑制自己的愤怒，"你们现在需要我了？为什么当初我需要你们陪在我身边的时候你们却缺席呢？一缺席就是十几年！"

电话那边良久的沉默，余晨阳微微叹了口气，说道："没什么事我就先挂了，你们那边也挺晚的了，早点休息吧。"

余晨阳又等了几秒钟，那边没再说话，才终于把电话挂了。

余晨阳长长舒了一口气，觉得很累很累，就像跑了八百米一样。他坐回小哑的床边，看着她安静的脸庞，只有这个时候她才能感到平静吧。

"小哑，你快点醒过来吧，你还记得你说要带我探寻棚户区吗？你说那里就是你的乐园，你的冒险乐园，你醒来吧，我们一起去，去发现宝藏。

"你跟我讲，你们在棚户区大大小小的隐秘地方都藏了宝藏——方便面、各种零食，总之是很多很多保质期比较长的吃的。你们最爱玩的游戏就是找其他人藏的宝藏，只要找到就归自己所有。我听着好有趣。你跟我说了那么多有趣的事情，你的妹妹，你的哥哥，你们的生活，你们的兴趣爱好……你知道我有多羡慕吗？"

余晨阳伸出手帮小哑整理了头发，继续说道："你承受的太多了，也太累了，好好休息休息吧。"

说完余晨阳一直看着小哑，他想吻她的额头，可是探出了身子却僵住了，这岂不是乘人之危？小人，小人。

余晨阳重回座位上继续看书。

小哑从余晨阳的时间中抽离出来,脸有些微红。余晨阳也回过神来,看到小哑脸红红的,便问道:"你怎么了?身体不舒服吗?"

小哑打掉他伸出来的手:"你心里不清楚吗?"

余晨阳无辜地问道:"我清楚什么?"

小哑道:"我看你不仅学习成绩好,装傻充愣也一流。"

"我不明白。"余晨阳一脸茫然。小哑这才想起来,被她偷掉时间,对方也会忘记相应的记忆,他那天早上起床之后,吃早饭,去医院,接到妈妈电话以及想要吻自己,都已经不记得了。

"没事。"小哑道。

"你偷了我的时间了吗?"余晨阳问。

小哑点点头,开始讲她偷来的他的时间,从早上起床的每一个细节,再到乔绒过来的每一句对话,接着是妈妈来电,唯独故意忽略了挂了电话之后的事情。

虽然余晨阳已经失去了被偷走的那一部分记忆,但是小哑讲的确实符合他跟妈妈的日常对话,其中的矛盾是余晨阳从来没有跟别人说过的,因为他从不向任何人提及自己的父亲母亲。

他和父母之间很生疏,毕竟从小没在他们身边长大,别说陪伴的时间,这十几年来就连打电话的时间加起来才一万多分钟,这也是余晨阳跟小哑有共鸣的地方之一。

"我相信你。"余晨阳说道。

"真的吗?"小哑问道。

余晨阳认真地点点头,不单单是因为小哑还原讲述,还因为自从遇见她之后他的生活里充满了奇迹,所以她的奇迹他选择相信。

"谢谢你相信我。"小哑说道。她的内心再次被余晨阳温暖,

## 第八章 偷时间的女孩

上次是在所有人都唾弃自己的时候,偷东西的视频证据满天飞的时候,他仍然相信自己,"我今天过来告诉你我的秘密,一是因为我也完全信任你,二是我想提前验证一件事情,验证完我需要告诉阿琛事实的真相。"

"什么事实的真相?"余晨阳又有点被小哑说糊涂了。

小哑顿了顿,说道:"我不仅可以偷过去的时间,还可以窥探未来的时间,我看过小雨的未来。"

余晨阳更为震惊,"所以……在未来,小雨……"

小哑点点头,"对,你猜得没错,在未来小雨也会出意外死掉,是被一辆车撞死。我先是看到了未来她的意外,所以我想阻止。现在我觉得是我的干预,导致结局提前。我还是太天真了,是我杀死了小雨。"

"这只是你的猜测,小雨的死是意外,你别那么自责。"

"我没办法不自责,就是我的错。"

"就像你说的,如果都成立,即便你不干预小雨也会出意外,她的命运已经写好了,强求不来,你也别强逼自己,这不是你该承受的。"

"本来那块石板掉下来应该砸到我的,是小雨推开了我……"小哑已然泣不成声。

余晨阳把手放在她的肩膀上:"……不是你的错,不是你的错。"

"所以,我要验证我的猜测,如果是,我必须告诉阿琛,他是最有资格也是最应该知道真相的。"

"如果一切如你所想,你有没有想过告诉阿琛会是什么后果?"

"什么后果我都认了,他们两个对我太重要了。"

"好，无论怎样我都陪着你。"

小哑擦掉眼泪，轻轻抱了一下余晨阳："我很感谢上天待我不薄，让我能认识你。"

余晨阳轻轻擦掉她的眼泪："不，是这个世界亏欠你太多，世界以痛吻你，你却要报之以歌。"

小哑道："总之，我很幸运。"

余晨阳陪着小哑去验证，在两人商讨后约定，要用一些简单的小事情去验证，不可以给人添麻烦，不可以影响他人的人生。

他们一起回到棚户区，第一个实验对象是快餐店的阿姨，小哑看到半个小时之后阿姨不小心打碎了一个盘子。小哑偷偷把盘子藏了起来，藏在了小吃店外一堵墙的墙缝里，这样保证了没人能碰到那个盘子，剩下的只需要静静等待。

半小时一到，阿姨并没有打破店里其他盘子，小哑和余晨阳来到藏盘子的地方，顺着缝隙看过去，发现盘子已经碎了。

两人互相看了一眼，失败，结局提前到来。

继续下一个实验。

第二个实验对象是曾经福利院里的，一个比小哑小五岁的小弟弟，叫阿金，他的运气还不错，被领养了，当时可是人人羡慕。

他们在一家汉堡店见面，阿金告诉小哑他过得很不错，简单的嘘寒问暖之后，小哑偷窥了他的未来时间，在他们见面的期间阿金会吃掉三个汉堡，其实是一共点了三个汉堡，但是未来时间里小哑和余晨阳没有吃，阿金把他们的也吃掉了。

就在小哑和余晨阳把汉堡吃完之后，阿金的养母却忽然进来了，说是要带着阿金去参加一个补习班，然后很自然地问阿金有没有吃饱。小哑瞬间提了一口气，当听到阿金说吃饱了之后才放心。但是阿金的养母还是又买了两个汉堡给阿金带上，让他中间饿了吃。互相告别之后，阿金他们先出了汉堡店，小哑看到阿金已经打开了其中一个汉堡……

失败，结局提前到来。

第三个实验对象是徐波尔，他在球场上训练，小哑看到他在训练的过程中会扭伤脚。小哑硬着头皮跟徐波尔聊天，就是为了拖过那个脚受伤的时间。徐波尔讲到他绝杀隔壁学校那场比赛，非常兴奋地手舞足蹈，小哑让徐波尔坐下说，可是刚说完这句话，徐波尔不小心踩在一个凹凸不平的地方，崴了脚。

失败，结局提前到来。

三组实验已经够了，小哑要回去告诉阿琛真相。余晨阳提出陪她一起回去，被小哑拒绝了。就在小哑转身的时候余晨阳忽然叫住了她："小哑，你等一下。"

"怎么了？"小哑转过身来。余晨阳靠近小哑，仔细盯着她，从头到脚，就好像忽然不认得她似的，余晨阳惊讶的表情和好奇的眼神让小哑心中异样。

"怎么了？干吗这样看我？"小哑问道。

余晨阳伸出了手，摸着她的头发，小哑向后微微撤了一小步，然后缓缓低下了头。

"你的头发怎么变长了？"余晨阳的语气变得有些不确定，声音慢慢变小，"我记得刚才你的头发还是短的……"

小哑下意识去摸自己的头发，在手指碰到头发的时候突然感觉到自己的指甲也好像变长了，她伸出手放在眼前，指甲真的变长了很多。小哑深呼吸了几口，这个时候才反应过来从刚才到现在自己越来越胸闷，内衣又紧了几分。

在极短的时间内，自己的新陈代谢和发育竟然如此迅速！

小哑也陷入一种莫名的惶恐中。因为，此时小哑已经基本确定，偷窥时间会给自己带来一些生理上的变化——长大。至于其他"副作用"现在还不能确定。

"你的身体没事吧？"余晨阳伸出手去试了试她的额头有没有发烫，"有没有哪里不舒服？"

"我没事，我一直明白任何事情都需要付出代价，无论是偷东西，还是偷时间，无论是过去的还是以后的。"小哑看向远方的天色，灰暗中透出一丝光来，那是光在挣扎。

与余晨阳分手后，小哑到商场去买了新内衣和一把剪刀，然后到卫生间，自己修剪了指甲。再然后，小哑对着镜子，左手握起头发，右手拿起剪刀，深吸一口气，剪断了头发，头发散落下来，像黑色的雪。

当小哑到家的时候，阿琛仍旧是一个人呆呆地坐在沙发上，看到小哑回来告诉她，警察刚才来过了，他们正在调查高空抛物，排查了整栋楼，但是目前还没有线索。

小哑"哦"了一声，犹豫着怎么开口。

正在经历丧妹之痛的阿琛并没有觉察出小哑的异样。

小哑试探铺垫，问道："哥，你饿不饿？我给你煮碗面。"

阿琛道："我没胃口。"

小哑道："你好几餐没有吃了，这样下去你的身体会垮的。"

阿琛摇摇头："你给自己做点吧，不用管我。"

"哥，我去煮两碗面，然后我们坐下来吃，我有一件事情要跟你讲。"小哑下定决心。

## 第八章 偷时间的女孩

阿琛再次摇摇头。

"关于小雨的。"

阿琛看向小哑:"小雨?"

"是,哥,你去洗把脸,面很快就好。"小哑转身进了厨房。

很快,面煮好,两人对坐。阿琛没有动筷子,平静地说道:"说吧。"

小哑道:"先吃,吃完说。"

阿琛拿起筷子,快速吃面,嘴里还没有咀嚼下咽,又塞进一筷子,然后呛得咳嗽,喝了口汤,继续吃。

阿琛把空碗放在小哑面前:"我吃完了。"

小哑却一筷子没有动:"哥,我们交换一个秘密吧。"

阿琛不解:"什么?"

小哑道:"我告诉你小雨的死亡真相,你告诉我你跟刀疤那伙人在策划什么事情。"她还记得小雨临死前的嘱托。

阿琛道:"你的意思是,小雨不是意外?"

小哑深吸一口气:"是意外,也不是意外。"

"你这句话是什么意思?什么叫是意外也不是意外?"阿琛的情绪有些激动,原本小雨就是他的软肋,现在小雨的离开让他更加敏感脆弱。

"我们交换。"小哑道。

"我在问你,小雨究竟怎么了?"阿琛的眼睛通红通红的,布满血丝,好像要吃人。

小哑道:"哥,你要做好心理准备,因为我接下来要说的事情听起来像是编的。"

阿琛道:"只要是你告诉哥的,就算是假的,哥也信。"

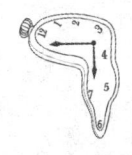

## 第九章
# 只有黑暗与寒冷愿意拥抱她

在芸芸众生的人海里

你敢否与世隔绝

独善其身

任周围的人们闹腾

你却漠不关心

冷落

孤寂

像一朵花开在荒凉的沙漠里

不愿向着微风吐馨

——雪莱

小哑是从她发现自己有偷时间的能力开始讲的：

都说人在三岁之前是不记事的，我却记住了一件事，确切地说应该是一种感觉，那种感觉叫寒冷，彻骨的寒冷，绝望的寒冷。我记得我被裹在襁褓里，躺在浓稠漆黑的夜里，那一定是一个冬天，风是冷的，空气是冷的，就连路灯的那一点微光都是冷的。三岁之前，我只记得这些，后来就是所谓的能记事儿之后了，我在孤儿院，长得又瘦又小，总被欺负，当然到了外面也一样。当

## 第九章 只有黑暗与寒冷愿意拥抱她

每次有人来领养的时候，我会特别乖地坐在一个小板凳上，用渴望的眼睛看着他们，谁把我带走都行，哪怕是去扫地去搬东西去做任何事情都可以。但是没有人领养我。我羡慕，羡慕那些被领养走的孩子，羡慕那些街上露出笑容的人，羡慕所有快乐的人。据老院长说，捡到我的时候我怀里抱着一块怀表，我偷时间的能力就源于这块老旧的机械怀表。

我是无意间发现自己有这个能力的，那天我爬到一棵树上躲着，后来就在树上睡着了，醒过来的时候天已经黑了，我所在的位置正好能看到一家人的窗户，有爸爸妈妈和女儿，女儿的年纪和我一样大吧。他们一家在橘黄色的灯光下，吃饭、聊天、笑，我觉得我都能听到他们的笑声，笑声越大我心里越难过。

这是我第一次觉得笑声刺耳，但是心里又羡慕得不得了，羡慕得我的情绪很低落，羡慕得我全身异常难受。后来我才知道，那种羡慕其实叫嫉妒。

当时我在想，原本我也有这样的家庭，也能感受如此的温暖吧。

我在树上待了一宿，那天的天气很不好，没有月亮也没有星星，只有我自己陪着我自己。第二天女孩出来倒垃圾，发现了树上的我，仰着头问我在做什么。我说我没有家，在树上睡了一宿。她又问我是怎么爬上去的。我从树上下来，给她演示了一遍。她很高兴的样子，问我饿不饿。我说饿，她就邀请我去她家吃早饭。我去了。

很好吃，真的很好吃，那是我这辈子吃过的最好吃的早饭，他们一家人都很好，看我穿得少，她妈妈还帮我找了几件衣服。走的时候，女孩送我，我注视着她的眼睛对她说谢谢。当时我手里捏着我的那块机械怀表,犹豫要不要送给她当礼物,犹豫的时候,手不小心拨动了指针。我偷走了她的一点时间,那个时候我才发现了我的这个能力。

后来,只要我悲伤难过的时候,我就会偷别人的快乐时光,那会给我一些安慰。但毕竟那是不真实的,不属于我自己的,再能感同身受又能怎样?

再后来,我遇见了你,认识了小雨,有了哥哥和妹妹,有了家。这才是属于我的开心,所以你和小雨对我来说是最重要最重要最重要的人,所以我必须要保护好小雨。前一段时间她好像知道了你们的事情,但并不清楚究竟具体是什么事情,我告诉小雨不要去好奇,不要去问,哥哥心里有数。

我很后悔我告诉她不要去好奇,她是多么好奇的一个人啊,越是阻拦她她越会忍不住去做。

出事的前一天晚上,也就是我痛苦的那晚,我发现了我还有偷窥未来时间的能力,我看了小雨的未来,我看到她第二天去了郊外的一处仓库,被刀疤一伙人发现,他们知道是你妹妹,没有对小雨怎么样,一个胖胖的人把小雨送回去。小雨在过马路去公交站牌的时候被一辆车撞倒,当场死去了。

我想,我要阻拦这一切,让这一切都不发生。所以,第二天我带着小雨逃课了,带她去玩去吃东西,然后高空坠下一块石板,小雨推开了我,自己被石板砸中,死亡比我看到的提早降临……都怨我,为什么我非要去干预呢?我痛恨我自己,我一直在想,大概是我提前"杀"死了小雨……

小哑已经说不下去了,泪水挂满了脸颊。每次一想到小雨,她的心就会一阵一阵地痛,就像被一根烧红了的铁杵洞穿心脏那种痛。

阿琛沉寂了好一会儿:"我相信你说的,相信你有这种神奇的能力,尽管确实天方夜谭,但我知道在小雨的事情上你不会骗我,更何况她已经不在了。但是……"阿琛脸色一变,"为什么关乎到小雨死亡的事情你不告诉我?如果你事先跟我说,小雨或许就不会死,如果你不去干预,小雨没准也不用死的!为什么不告诉我?多离谱的事情我都会相信……"

"哥,我很后悔,我也不知道会发生这样的事。"小哑掩面而泣。

"你说的没错,是你亲手'杀死'了小雨。"阿琛浑身颤抖,但是一直在控制自己,"是你亲手'杀死'了小雨。"

"哥……"小哑张了张嘴,但是没有叫出声音。

"你别喊我哥,我们本来就不是兄妹,我唯一的亲妹妹已经死了。"阿琛无比艰难地说出这句话。

"哥!"这次小哑喊了出来。

"你走吧。"阿琛指着门口。

"我走?"小哑没想过阿琛要赶走她。

"对,你走吧,以后你不是我妹妹,我也不是你哥,我只有小雨一个妹妹。"

"哥,你别赶我走,你赶我走了我又没有家了,哥,你怎么拿我出气都行,打我骂我都可以。"

"有用吗?小雨能活过来吗?我不会打你也不会骂你,我只要你走,离开这里,离开小雨的房间。"

"哥……"

"别再喊我哥。"阿琛终于喊了出来,平静之后的暴风雨杀伤力更大,"滚!"

小哑站起来:"阿琛,不管你认不认我,当过你的妹妹,我很幸运。"小哑离开了,走在臭味熏天满是污水和垃圾的羊肠小道上,眼泪抑制不住地往下流。她以为自己的眼泪早就流干了,没想到还有这么多。

这里环境虽然差,但却是小哑长大的地方,生存的地方,与小雨和阿琛嬉戏打闹的地方,这里承载了她太多的回忆。

小哑被赶了出来,相当于被赶出了棚户区,没有一个地方属于她了,阿琛有资格有权利收回一切。

她记得去年夏天,她和小雨一起躺在废弃工厂大院里那辆双层大巴车的车顶,双腿垂下去,随意晃着。阳光洒在身上,脚下开了一车的鲜花,空气里满是花香和阳光的味道。当时小雨问:"姐,你以后会找男朋友吗?"小哑说:"不找,我有你就够了。"小雨说:"我才不要跟你过一辈子呢。"小哑说:"不行,我不放你走。"小雨说:"姐,将来你嫁人的时候我给你当伴娘,咱们就在这里举行婚礼,这里多漂亮啊,有花有鸟有秋千有滑梯,咱们身下这辆开满花的大巴车就是你的婚车,到时候我再把整个工厂院子里种满各种各样的花,花开的时候,我们都被花香包裹着……"

她再也听不到小雨跟在自己身后姐长姐短地问各种奇怪的问题说各种没有逻辑的话了。小哑知道跟阿琛的缘分就此断了,但是她不后悔,如果她瞒着阿琛,心会不安一辈子。

小哑的心太痛了,不仅仅失去了小雨,现在连哥哥也不要自己了,她又是孤零零一个人了,没人接纳她,只有黑暗与寒冷愿意拥抱她。她有些崩溃了,她想起第一次遇见阿琛的时候,阿琛说:以后你管我叫哥,我管你吃饱。

而现在,他不再愿意当她哥哥了,他收回了这个称呼,他恨她了,相当于亲手又把小哑推回了黑暗无边的地狱。

此时她就站在无边黑暗的入口,除了地狱,小哑无处可去。

晚上十一点钟,余晨阳是在樱北路一家甜品店找到小哑的。店已经打烊了,她坐在门口台阶上,双臂抱着腿,头靠着门,望着街对面的路灯。

余晨阳也坐下来,顺着她的目光看过去,除了那一团光,什么都看不见。

"你在看什么?"余晨阳问道。

小哑不说话,继续保持着她的姿势。

"你吃过晚饭了吗?"余晨阳又问。

良久,小哑还是不开口。

"我猜你应该没有吃晚饭,你饿不饿?是不是没有胃口?我带你去一家餐厅吧,环境很好,很放松,是杭帮菜,比较清淡,吃不下的话喝点汤也是好。还是不理我?好,那我就陪你在这里坐着,你要是一会儿想吃东西了,我就陪你去吃东西,你要是要坐到天亮的话我就陪你等天亮。

"我觉得吧,这个点等日出还是有点早……

"这个时间已经很冷了,再晚会更冷……"

无论余晨阳跟小哑说什么,小哑都不回应。余晨阳把身上的外套脱下来,披在小哑身上。

小哑下意识紧张了一下,余晨阳连忙道:"别怕,是我。"

小哑看着余晨阳,眸子里含着泪光,忽然扑进余晨阳的怀里,"我哥不要我了……"

余晨阳拍着她的背，一时间竟然不知道该怎么安慰。

"他不认我了，他不要我了……"小哑此时的伤心跟小雨意外死亡时的伤心相比，有过之无不及。短短时间内，她生命里最重要最重要的两个人都离开了小哑身边，一个永远见不到，一个永远不相认。

"我要你，你还有我。"余晨阳道。

"你也会丢下我的。"小哑曾经谁也不相信，后来遇见小雨和阿琛后变得谁都愿意去相信，可是如今，她又重回小时候的恐惧之中，被丢弃的恐惧。

"我绝对不会丢下你不管，就算所有人都离开你，不要你，我也不会丢下你，除非我死了。"余晨阳笃定地说道。

听到死这个字，小哑立刻摇头："不可以说那个字。"

"哪个字？死吗？"余晨阳问道。

小哑瞬间哭得更厉害了，好像余晨阳下一秒就会死掉。

余晨阳想，如果哪一天你也真心为我流下这些眼泪，那我死而无憾。

"好好好，以后我绝对不会提那个字好吗？"

小哑用力点点头："那我们是最好的朋友吗？"

余晨阳道："当然是最好的朋友。"

小哑又问道："你会为我紧张吗？"

余晨阳道："我会，你一个眼神，一声咳嗽，我都会紧张。"

"那你会凶我吗？"

"永远不会。"

"那我可以凶你吗？"

"可以，你想怎样都可以。"

"我们做一辈子的朋友好不好?"

"好。"

此时小哑就像个孩子,不,她一直是个孩子,让人心疼的孩子,需要被人保护的孩子。余晨阳想,那么现在,就由我来守护吧。

"那你能不能背我?"小哑很怀念在阿琛背上的感觉。

余晨阳半蹲下:"上来。"

小哑跳到余晨阳背上,露出了最近一段时间以来第一次笑容。余晨阳起身的那一刻,一片雪花落在他的头上。小哑惊呼:"下雪了。"她脸上的未干的眼泪似乎也要凝结成雪花了。

余晨阳道:"是啊,今年的冬天格外冷一些。"

"我不喜欢下雪。"

"我也不喜欢下雪。"

"你为什么不喜欢下雪?"

"因为一下雪就意味着过年,而过年我几乎都是一个人。"

"你爸妈不从国外回来吗?"

"通常都是我过去几天,但是我讨厌在国外过年,没有年味。"

"你还讨厌什么?"

"你是想更多地了解我吗?"

"我了解你还不容易?只需要偷掉你的时间就可以了,但是我觉得我这种行为很自私,因为相当于我偷掉了你美好的记忆。我从阿琛那里出来的时候就想,去偷一些人的快乐时间吧,麻木自己也好,欺骗自己也好,最终我没有去做,就是因为刚才我说的,那样太自私了,我已经是一个坏人了,不能再更坏了……"

"你不是坏人,你是我见过最善良的人。"

余晨阳就这样背着小哑，走过一条又一条街，说了一句又一句话。然后，余晨阳听到了小哑的呼吸声，她睡着了。

到家已经很晚了，余晨阳把小哑背进客房，放她在床上，然后小心翼翼地脱去她的鞋和外套，再给她盖上被子。

余晨阳直接累倒在地，坐在地毯上，靠着床边。他拿出手机给妈妈发了一条信息：不用再劝我了，我意已决，不会去美国。

然后直接关掉了手机。

第二天很早，小哑的生物钟便叫醒了她自己。她看到这间熟悉的客房之后才想起来，昨晚是余晨阳带自己回来的。

她刚从床上下来，便看到余晨阳睡在地上，虽然家里很暖，但小哑还是怕余晨阳着凉生病，帮他盖了一条毯子。

毯子落到余晨阳身上的时候，他刚好醒了，看到小哑露出微笑："休息得还好吗？"

小哑道："很好，谢谢你。"

"饿不饿？阿姨应该准备好了饭。"

"好。"

两个人从同一间屋子醒来都有些尴尬，再加上小哑一直有意疏远余晨阳，且昨晚由于她的崩溃跟余晨阳聊了很多，现在小哑有些进退两难。

今天周末，昨晚下了雪，院子一片雪白。吃完早饭余晨阳让小哑在家里看书看剧或者玩游戏，随意就好，他要出去一趟。

小哑提议跟余晨阳一起，余晨阳第一次拒绝她。

余晨阳之所以拒绝小哑，是因为他要去找阿琛，然而阿琛并不在家，余晨阳在家门口等到了将近中午才等到他。

阿琛看到余晨阳眉头紧皱，问道："你来做什么？"

余晨阳气势汹汹："我来当然是因为小哑。"

阿琛根本不打算理他，随口"哦"了一声。

"哦就完了？"

"不然呢？"

"你怎么可以不认她？你知道她有多伤心？"

"跟我有关系吗？"

"你知道你对小哑来说有多重要吗？她把你当家人的。"

"我跟她说过，我只有一个亲妹妹，已经被她害死了。她一个'杀人凶手'为什么要伤心？凭什么伤心？"

"不是小哑害死的，是原本就已经注定了的。"

阿琛突然发怒，青筋暴起："那也是她提早结束了小雨的生命！"

余晨阳被暴怒的阿琛吓到了，一时说不出话来。

"我说得不对吗？"

"小哑也想改变她提前看到的结局啊，她也不知道结局会提前到来。"

"说这些有用吗？我妹妹能活过来吗？有人站在我的角度替我考虑吗？"

阿琛的三连问把余晨阳问住了，余晨阳只是想来找阿琛谈能不能不要跟小哑断绝关系，没想到却因为双方心里都有火僵成了这样。余晨阳不知道怎么回答了，原本他在路上已经想好了应该怎么说，可是一进行实际操作便全忘光了。

阿琛道："对了，你转告小哑，她的东西我都帮她打包好了，她如果想要随时回来拿，不想要的话也告诉我一声，我就给其他那些还徘徊在温饱线上的孩子了。"

余晨阳转身准备离开，就在这时，阿琛又喊了他一声。余晨阳回过头来，迎面撞上了阿琛的拳头，脸上的疼和鼻子的酸一起涌来，余晨阳久久睁不开眼睛，也说不出话来。

阿琛道："这是我送给你和小哑的礼物，带回去让她也看看。"说完阿琛便拿出钥匙来开门。

余晨阳捂着脸站起来，趁着阿琛还没有完全进家，一个健步冲上去，揪住阿琛衣服的领子。阿琛的"实战经验"太丰富了，弯腰转身便压住了余晨阳的胳膊。

两人很快扭打成一团，可是余晨阳这个好学生怎么可能是从小在街头混饭吃的混混的对手？

余晨阳的脸上又多了几块瘀青，胸口被阿琛踹了好几脚，最终余晨阳彻底败下阵来，被阿琛摔倒在地上。昨晚下了一夜的雪，现在临近中午化了一些，地上斑斑驳驳全是泥水，沾满了余晨阳全身。

"这算是额外送的礼物。"阿琛丢下这句话回了家里。

余晨阳从地上爬起来，浑身疼，然后擦了擦脸上的血和泥，离开了棚户区。

回到家的时候更让余晨阳头疼，因为乔绒和小哑同时在客厅里。小哑在看书，乔绒在吃水果，两人看到满是泥水和伤痕的余晨阳都吓了一跳。

"你这是怎么了？打架了？"乔绒惊呼，然后赶紧去扶余晨阳。

小哑没动，因为她一眼就看明白了，他是去找阿琛了，这些伤和狼狈也是阿琛给的。

余晨阳道："我没事，下雪滑，摔了一跤。"

"骗鬼呢？摔能摔成这样？你赶紧去洗个澡，我去楼上喊阿姨准备药箱。"说完乔绒便往楼上跑。

余晨阳冲着小哑挤出一丝笑容："真没事，不疼。"

小哑抿着嘴，一只手使劲掐着另一只手，掐出了血印子。余晨阳并没有注意到小哑这隐秘的动作，进了浴室。

等余晨阳洗完澡出来的时候乔绒已经准备好了医药箱，帮他处理脸上的伤口，疼得余晨阳乱叫，刚才挨打的时候可没这么惊天动地。

"我来吧，我有经验。"小哑说道。

乔绒迟疑了一下，还是让开了位置。

小哑先用棉球清理他脸上的伤口，然后一点一点地涂药，"疼吗？"

余晨阳摇摇头："不疼。"

"为什么要瞒着我去找阿琛？"小哑问。

"我只是想……"余晨阳的话没有说完。

"下次不要去了。"小哑道。

乔绒在一旁听出了猫腻："瞧这意思，打余晨阳的人你认识？"

小哑道："因我而起。"

乔绒的脸就变了，余晨阳赶紧纠正："不，跟小哑一点关系都没有，是我欠考虑，头脑一热做了一些不理智的事情。"

"小哑，之前晨阳嘱咐我不要再针对你了，我看你过了几天舒服日子就不知道自己是谁了！上次我那件事我不欠你了，你最好给我小心点，别再惹我。"乔绒自然是指的小哑救了她和李诗的那件事，"还有，离开晨阳家，现在！"

"不是的，乔绒乱说，你一定不要走。"余晨阳拉住小哑的手腕。

201

小哑用力挣脱开来:"非常抱歉,打扰了。"

余晨阳立刻追了出去,昨天晚上还在信誓旦旦说绝不可能丢下她不管,今天就被赶了出去。他再次拉住小哑的手腕,把她拉回了屋子:"这是我家,没人可以替我做主。"

"余晨阳,你是不是脑子进水?你因为她受了这么重的伤却还在维护她,你斯德哥尔摩综合征啊!"乔绒快要气炸了,她觉得再多待一秒钟都会原地爆炸。

乔绒出了余晨阳的家,路过院子里的一盆花的时候抬脚踢倒了它。乔绒被彻底激怒了,小哑,你凭什么?抢走属于我的快乐,属于我的温暖。

总有一天,我要你好看!她暗暗发誓。

而那边屋内,小哑却执意要离开,她觉得自己给余晨阳添了太多麻烦了。

"以你现在的状态,我绝对不会让你离开。"余晨阳道。

"我的状态很好,我可以做一个自私的人,偷别人快乐的时间,冲洗我的悲伤,自私的人都会很快乐。"小哑边说着边走到门口。

余晨阳追上去,说道:"我们可以打个赌,如果你偷了别人快乐的时间能够使自己快乐起来的话,那我就听你的,你想走想留随你。如果你不会快乐起来,就听我的安排。"

"好。"小哑同意,继续帮他处理伤口。

伤口都处理完毕之后,小哑开始了今天的"第一次作案",被实施对象是余晨阳家的阿姨。

小哑随便找了一个让阿姨帮忙看看眼睛里有没有进东西的借口,偷到了阿姨的片段时间。小哑看到的时间是阿姨的女儿考上理想大学的那天，一大家人其乐融融，阿姨做了一桌子好菜来庆祝，爸爸下班回来也带回了礼物，爷爷奶奶给了红包。女儿开心，爸爸爷爷奶奶开心，妈妈更开心……

虽然小哑感同身受了阿姨的开心，但是脸上并没有笑。第一回合小哑输了，但是她不死心，她要再找别人试一次。

出了院子，正好遇见一个遛狗的大叔，小哑跑过去，装作冒冒失失不小心撞了大叔一下，然后注视着大叔的眼睛说了一声对不起。

就在这个几秒钟的瞬间，她偷了大叔的一小部分时间。那是一个凌晨，大叔加班回家，老婆带着孩子已经睡下了，大叔轻轻地开门，换鞋，然后和衣躺在沙发上，准备就这样凑合到天亮。可是他刚躺下闭上眼睛，就感觉到了微微的亮光。大叔睁开眼睛，发现那团亮光竟然是烛光，然后房间内响起了生日快乐歌的伴奏，接着是儿子的声音唱道："祝你生日快乐，祝你生日快乐，祝你生日快乐，祝爸爸生日快乐。"

他都忘了今天是自己的生日。然后一家三口，开开心心快快乐乐过了一个生日。小哑也忽然明白，原来生活就是由一小个一小个的惊喜组成的。

小哑替大叔一家开心，但是自己却依旧无法开心起来。

小哑认输了。

余晨阳道："在你状态好之前，你就住在那间客房里，如果状态一直不好，就一直住下去。"

小哑点点头，愿赌服输。

忽然，余晨阳想到了一个方法："小哑，或许我找到了一个你自我救赎的方法。"余晨阳知道，虽然小雨的事情本质上不是小哑

203

的错,但是小哑主观上认定小雨的死就是因为自己,所以她需要救赎自己,只有这样她才能从泥泞的沼泽里抽身出来,不然那片沼泽迟早会没过小哑的头顶。

"什么方法?"小哑忙问。

余晨阳道:"去偷掉那些有着一生都无法释怀的秘密的人的时间,这样他们就会忘记被偷走的时间,没准心病就好了;他们的心病一好,没准你的心病也有所改善,也就不会那么难过了。"

小哑提出了一个关键性的问题:"可是从哪里找这样的人呢?他们也不会把无法释怀的秘密写在脸上。"

余晨阳想了半天没有思路。

小哑道:"我们认识的人太少了。"

余晨阳道:"你这句话提醒了我。我们虽然不认识什么人,但是我们有我们熟悉的环境——学校。"

"对呀,学校里到处都是人。"说着小哑的脑海里闪现出一副又一副的面孔。

余晨阳提醒道:"注意那些平时里很低调的人,成绩不拔尖,但也不会垫底,朋友少或者没有朋友……"

小哑忽然想起一个人来,"杜婉绸。前一段时间我看她的情绪非常低落。"她对杜婉绸还是很有好感的,是她在学校里为数不多能说上几句话的人。

余晨阳道:"我去换衣服,咱们去她家,我想周末她应该是在家的。"

半个小时之后,小哑和余晨阳出现在了杜婉绸家楼下,他们上到三楼,敲响了门。

过了很久,里面才有声音问道:"谁?"

## 第九章　只有黑暗与寒冷愿意拥抱她

余晨阳道:"是我,余晨阳。"

"班长?"里面的杜婉绸问道。

"对,还有小哑。"

杜婉绸打开门,家里有点冷清,也没有其他人的声音。小哑问道:"只有你自己在家吗?"

杜婉绸点点头,让大家随意坐,然后去倒水。尽管她表现得跟往日并没有什么不同,但她略显慌张的眼神还是没有逃过小哑的眼睛。

"我可以借用一下卫生间吗?"小哑问。

"当然。"杜婉绸帮她指明方向。

余晨阳在外面跟杜婉绸简单地聊着,说自己偶然路过,看看杜婉绸在不在家,想着可以一起去图书馆。

杜婉绸婉言拒绝了余晨阳,表示一会儿还有事情要出门,然后问及余晨阳脸上的伤是怎么回事。余晨阳刚要回答,小哑便从卫生间出来,手里拿着一枚白色的小药瓶,杜婉绸看到顿时有些慌了,想要抢夺过来,但被小哑轻而易举地躲过了。她晃了晃药片,发出哗啦哗啦的响声,听起来有小半瓶的样子。

"安眠药,这种药我很熟,绝对不会认错。"小哑道。

杜婉绸承认了,那确实是安眠药,是她昨天刚刚收到的。

"你为什么要这么做?"余晨阳问道。

杜婉绸平静地回答:"因为,我想死啊。"

"为什么?"余晨阳问。

杜婉绸道:"今天妈妈告诉我爸爸找了很优秀的律师,他们要离婚,我很可能会和我爸爸一起生活,我死也不愿意。"

小哑道:"我不会拦着你,因为我理解你。"

这句话把余晨阳惊到了："小哑，你在说什么？你这是在把她往死亡的边缘线推。"

小哑继续对杜婉绸说："我只想知道，你是从哪一天产生要自杀的念头的？"

此时杜婉绸对小哑是完全没有防备的："四天之前。"

小哑道："婉绸，你看着我的眼，我眼睛里有奇迹。"

杜婉绸不解，但还是看向了小哑的眼睛，"你知道吗？小哑，我一直觉得你的眼睛特别好看，明眸剪水。"

小哑微笑，手里偷偷拨动指针。一道刺眼的白光淹没了小哑眼前的一切，白光退去之后是几天前的中午，对杜婉绸来说是近几年最灰暗的一天了：

食堂里，杜婉绸打完饭在寻找座位，人满为患的食堂已经没有单独的座位了，她坐到两个男生的对面。杜婉绸低头吃着，忽然听到对面的两个男生小声议论："都这么胖了，还这么吃，也不说减减肥。"

杜婉绸全程不敢抬头，直到对面两个男生走掉也不敢抬头，盘子里的饭没有再动过一口。她的眼泪滴在米饭里，消失在米饭的缝隙里。因为，对面坐着的那两个男生中的高个子是她特别有好感的人。

一直到下午上课，杜婉绸都沉浸在刚才的悲伤中。下午的第二节课是体育课，起了些风，杜婉绸以身体不适为由向老师请了假，可以不用跑圈。

她到不远处的台阶上坐着，拿出一本书来读。

忽然不知道哪里来的一股风，吹开了杜婉绸贴在左脸上的头发——杜婉绸前面的头发留得比较长，常年遮着左脸——正好有个女同学看到了她的脸，尖叫了一声。

杜婉绸瞬间便知道怎么回事了，连忙用书遮住脸，然后她逃进了卫生间里。

然而紧接着进来了几个同学，杜婉绸又躲进隔断间，不敢出来，她不知道外面有没有看见她左脸的那个人。

砰砰……

有人敲响了杜婉绸所在的隔间，外面的同学问道："你好了吗？其他的隔间都被占用了。"

"我……我尽快……"杜婉绸打算拖延时间。

"快一些哦，我很急。"外面的人说道。

短短的三分钟时间，外面的人已经催了四次了，杜婉绸也不好意思占太长时间，于是理了理头发，打开了隔间的门。杜婉绸还没来得及反应便被外面三个女生拉了出来，拉到盥洗台前，其中一个人控制她的胳膊，另外两个人一个抬着她的下巴，一个撩起她左脸的头发。

杜婉绸尖叫起来，她闭上眼睛，拒绝看镜子里的自己。左脸上那道十字形的伤疤像极了古代重刑犯脸上的烙印。

"哇，大开眼界啊。"

"吓人。"

"是啊，拍张照片。"

咔嚓两声相机的声音，杜婉绸彻底崩溃了，身子瘫软，任由三人架着。然后三人松开杜婉绸，笑着跑出了卫生间。

杜婉绸瘫坐在地上，一直哭一直哭。她摸着左脸上的十字形伤疤，内心深处的恨意与绝望又多了一分。这个伤疤是爸爸的"杰作"，小时候杜婉绸总是生病，刚好了没几天就又生病了，爸爸不知道从哪里知道了一个偏方，说是在左脸上划十字刀放血，就能不再生病。

于是，杜婉绸多了这个伤疤，她永远都记得当时被放血的时候，那种让她撕心裂肺万念俱灰的疼。

杜婉绸翘课了，她想回家把自己锁在房间里永远不出来，永远不见人。可是，当她到门口的时候听到了屋内爸妈的争吵声。她已经掏出了钥匙，犹豫着进去还是不进去。

忽然，杜婉绸听到妈妈喊了一句："姓杜的，我告诉你，咱俩离婚这事儿绝对不能让婉婉知道！"

晴天霹雳！今天真是幸运的一天啊，连续中奖！

"可是她早晚是要知道的。"爸爸说道。

"我宁愿她晚知道，越晚越好。"妈妈的声音。

"但是婉婉以后一定是要跟我生活的，经济上我比你好太多，而且她爷爷奶奶也能照顾她。"爸爸据理力争。

"不可能，姓杜的，你绝对不能再抢走我的婉婉了！"妈妈的声音忍不住提高了三度。

杜婉绸再也听不下去了，把钥匙插进锁孔的那一瞬间，里面安静了。杜婉绸推门进去，妈妈立刻紧张地问："刚回来吗？"

杜婉绸嗯了一声。

妈妈道："刚才我跟爸爸因一些小事吵了两句，你没听到吧？"

杜婉绸摇摇头，然后进了房间。

妈妈在门外小心翼翼地问道："今天怎么回来得这么早？是身体不舒服吗？"

杜婉绸早已趴在床上，把头埋进被子里，与泪水做伴了。过了一会儿，她听到爸妈好像出了门。杜婉绸爬起来，坐到书桌前

## 第九章　只有黑暗与寒冷愿意拥抱她

打开上锁的抽屉，拿出一本笔记本，她有记日记的习惯，可是今天却迟迟不能落笔。

杜婉绸把笔记本收了起来，打开手机随便看看，搜索了一下"死法"这样的关键词，忽然QQ里有一个新的好友请求，头像是一只白色的小羊，名字叫作"LK重生游戏"。

这算是什么名字？恶作剧吗？谁能有她此时的衰呢？杜婉绸点了同意的按钮。

LK重生游戏主动发来了信息：嗨，杜婉绸，很高兴认识你。

杜婉绸怔了一下，随即反应过来，这应该是某个认识的同学的恶作剧吧？

杜婉绸回：你是哪个班的？

LK重生游戏：我不是你的同学，我是来指引你的人。

杜婉绸：指引我的人？

LK重生游戏：对，我是来指引你的人，指引你走向光明。

杜婉绸：什么意思？

LK重生游戏：你身高一米六二，体重六十一公斤，你爸爸在证券行上班，妈妈是一家公司的主管经理助理。

杜婉绸有些紧张了，如果是某同学的话，对方应该只知道自己。杜婉绸继续问：你究竟是谁？

LK重生游戏：你可以称呼我天启者，我是来帮你，帮你解脱。

杜婉绸：你究竟是谁，为什么能知道我这么多信息？

LK重生游戏：我是天启者，我无所不知。

杜婉绸：我不信！

LK重生游戏：你暗恋的男生叫里琦，你最喜欢的鞋子品牌是耐克，因为里琦喜欢。你最爱吃的零食是日本Royce生巧克力，你的爱好是拍照，你喜欢在网上查拍摄技巧，你有一个加密的网络相册，里面都是你的作品。

杜婉绸：够了！

LK重生游戏：你爸妈已经离婚了。他们不爱你了。

杜婉绸：别再说了，我要拉黑你了！

LK重生游戏：你的脑子里一定冒出过关于死的想法，别再自欺欺人了，你可以骗别人说你没事，你很好，不需要关心，不需要爱，但是你能骗得了你自己吗？你很孤独，你很恐惧，你想过死亡，不止一次冒出过这样的念头。

今天发生的事情再次映在杜婉绸的脑海里，一遍一遍循环播放——被偷偷喜欢的男生议论胖，被人发现脸上的十字刀疤并被拍了照，父母离婚——如同三根沾了冰水的鞭子，一下一下抽在她的背上，钻心地疼。

杜婉绸的手指放在拉黑的位置，微微颤抖着。

LK重生游戏：我是来帮你的。

杜婉绸把手指从拉黑的位置移开，问道：你怎么帮我？

LK重生游戏：我会帮你惩罚那些伤害过你的人，你需要告诉我他们是谁，一些简单的信息就好，比如手机号、身份证号等等。以及，我会带你来到一个新世界，给你重生。

杜婉绸：重生？

LK重生游戏：对，就像凤凰一样，涅槃重生。我会给你寄一瓶药，你只需要服下就行，剩下的交给我们。我们会第一时间找到你，然后救活你，你真实地体验过濒临死亡的感觉，但又被我们救活，这就是重生。我会带你来到我们的世界，一个新世界，你会成为天启者，掌管一切，甚至那些曾经伤害过你的人的命运。

## 第九章 只有黑暗与寒冷愿意拥抱她

杜婉绸的手指放在手机键盘上，久久没有敲下字。

LK重生游戏：机会只有一次，你自己选择，继续做一个小小的蝼蚁，一个失败者，还是像我一样成为天启者，掌控他人的命运？

说完这句话，LK重生游戏的头像变灰了。

杜婉绸问：还在吗？

无人应答。

今天的杜婉绸太绝望了太崩溃了，只要一静下来她就感觉身后有三根鞭子不停地抽打自己。

"我做错了什么？为什么要这么对我？为什么？为什么？"杜婉绸大喊道，眼泪也不知不觉跟着流下来。她从抽屉里拿出一面小镜子，然后撩开左脸的头发看自己的十字形刀疤，她以为自己看了十几年已经足够熟悉了，但事实上是每次都那么触目惊心。

我恨你们，我恨你们所有人！杜婉绸在心里呐喊，我要重生！

她重新抓起手机，打开QQ，LK重生游戏的头像仍旧是灰色的。自己已经丧失机会了吗？

突然，杜婉绸收到一条短信，是快递的发货信息，从隔壁城市发出了一个快件，提醒她注意查收。

那瓶可以让人重生的药寄出了吗？只要选择吃下它，就可以重生成为天启者了吧……

小哑从杜婉绸的时间中抽离出来，余晨阳过去环住她的肩膀，她好伤心，尤其是当那三个同学控制住杜婉绸撩开她的头发拍她伤疤的时候，小哑也是真真切切地感受了全过程的，包括杜婉绸每一秒的心理变化。真的是想去死了，除了死亡，没有什么能让自己解脱的。

偷时间的女孩

　　无数双手把自己推入地狱的感觉，没人可以体会到是什么滋味。

　　偷完杜婉绸的时间，小哑体会到了，再加上小哑本身的经历，更加能理解杜婉绸被研磨成粉末的心。

　　杜婉绸丢失了那天的记忆，感觉整个人都断片了，她看着小哑手中的那瓶药，问道："为什么会有人给我寄一瓶药？"

　　余晨阳道："兴许是恶作剧吧。"

　　小哑艰难地从杜婉绸的痛苦中抽离出来："婉婉，我忽然想起我还有事儿，不能去图书馆了。"

　　杜婉绸说道："没关系，下次再一起去。"

　　两人从杜婉绸家出来，余晨阳很高兴："你很棒，救了她。"

　　小哑长舒一口，疲态尽显，问道："你家里人有做律师的吗？"

　　余晨阳道："我表哥是国内非常非常牛的律师，他有一家事务所。"

　　小哑道："能不能帮她帮到底？"

　　余晨阳心领神会："明白，我会帮杜婉绸的妈妈联系一个更优秀的律师。虽然我不知道其中是什么原因，但这对杜婉绸一定很重要。"

　　余晨阳很高兴能帮上小哑，"治愈"杜婉绸算是对小哑的一种安慰和救赎吧。

　　接着，小哑带着余晨阳去公安局报了案，把已知的关于这个诱导他人自杀的组织的信息全部告诉了警察，包括小哑记下来的那串快递号。

　　不到一个星期，警察火速破获了此案，抓住涉案人员共计9人。

## 第十章
## 新年快乐

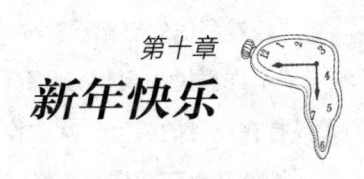

生命不可能从谎言中开出灿烂的鲜花。——海涅

小哑无数次去找过阿琛,阿琛不是闭门不见,就是不在家。她还记得小雨的嘱托,一定要拉阿琛回来,他是一个好人,不可以做坏事。即使是阿琛已经不认自己了,即使阿琛恨自己,即使阿琛会更恨自己,她都义无反顾。

小哑有阻止阿琛的办法,但前提是得见到他。

小哑每天都去阿琛回来的必经之路上等他,终于在一个飘满雪花的晚上等到了阿琛。

"要行动了吗?"这是小哑见到阿琛后的第一句话。

"什么?"阿琛被这么突如其来没头没尾的一句话弄得有点糊涂。

"我是说你跟刀疤那伙人计划做的事情,差不多要行动了吧。"小哑认定他们一定谋划着什么。

"你都知道什么?"阿琛的拳头下意识握紧,他的身体动作告诉小哑,他很警觉,这就说明他们要做的绝不是鸡毛小事。

小哑目前什么都不知道,她在诈阿琛:"我当然知道很多,还有一部分是小雨告诉我的。"

"别跟我提小雨,你没资格。"阿琛吼道。

"她看到他们有枪。"小哑一如既往地平静。

"不许再提小雨!"阿琛挥着拳头过来,小哑下意识闭上眼睛,拳风打在小哑的脸上,吹动脸上的头发。

她就是要阿琛慌,一慌就要乱说话,一乱说话就会透露信息。

"你做的事情太危险了,小雨也不希望你去,所以,明天你别去了。"小哑道。

"明天?"阿琛疑惑道。

阿琛的表情告诉小哑肯定不是明天,也就是说他们还没有部署计划,依照最近一段时间小哑的蹲点,阿琛出去频繁,说明他们部署了很久的计划很快就要实施了。

"没事,我知道你不想看到我,我走。"小哑说完便离开了。

生活再次回归表面的平静,小哑讨厌这种平静,因为不知道什么时候就会有巨浪掀起,把你拍在地上,一遍一遍地拍打,直到你不再挣扎。

学校里大家都削尖了脑袋努力学习,表面上看起来大家废寝忘食争分夺秒,但是每个人的秘密都像无形的电波一样,遍布周围,与很多人交集着。

在余晨阳的帮助下,小哑的功课也追了上来,而且小哑在余晨阳那里也住得习惯,不再提出离开了。

倒是乔绒出奇地安静,最近一段时间也不去余晨阳家,在学校也不太理小哑。

越是这样小哑越是心里不安,一是他们才是一类人,二是以乔绒受了一丁点委屈都要炸掉宇宙的脾气,她绝对不会甘于如此。

事实上,乔绒确实有动作,上一次余晨阳受伤之后她的引线就已经被点燃，爆炸只是时间问题。

她在等，她在耐心地等。经过几次跟小哑作对，她也清楚，小哑的内心太强大，普通的手段根本就是挠痒痒。她要把小哑给她的伤害加倍偿还回去。

当一个人被"复仇"冲昏了头脑，是根本不会想事情的起因是因为谁，又是谁先亮出爪子的，更不会想或许对方已经"手下留情"或"出手相救"过。

第三节课的课间乔绒收到一条短信，内容是：小哑的哥哥阿琛好像现在跟小哑有很深的矛盾，他还有个妹妹叫小雨，出意外死了。

天气越来越冷，元旦将至。

最近总是飘雪，寒冷的风在雪花之间横冲直撞，让小哑十分不平静，她的心总是悬着，感觉脚下就是万丈深渊。

她的感觉一直很准，大概是因为阿琛的事情吧。

在客厅看电视的时候，余晨阳跟小哑说要在家里办一个派对，一是给乔绒送行，元旦过完她就要去国外读书了。二是庆祝新年。派对的时间就定在元旦前一天晚上，这样零点大家可以一起跨年。

"你有什么建议吗？"余晨阳问。

"这里是你家，当然是你说了算。"小哑道。

"那我从今天就开始邀请同学了。"

"你真的不用跟我商量，我只是你收留的一个房客而已。"

"当然不是，你是这场派对的主角。"

"不可以！"她原本就不喜欢人多，她更不喜欢当主角，她才不是什么主角，她没有这个资格，没有这个命，自己是什么自己心里最清楚不过了。

小哑站起来，回了房间。

余晨阳没想到小哑会突然生气，这还是他第一次见到她生气的样子。忽然他笑了一下，自言自语道："还怪可爱的。"

刚关上的门又打开了，小哑走出来，站在楼梯上说道："对不起，我不是故意的，我不是有意冲你喊，刚才我也不知道为什么没有控制住自己……"

余晨阳温柔地说道："你没有错，不用道歉，这没什么啊，你对我生气我很开心啊，起码你对我有了其他情绪。"

"你，你这人是不是有毛病，哪有别人跟你生气你还高兴的？"

"对啊，我有病。"两人一起笑了起来。

小哑再次走下楼，"派对完了之后，你和乔绒一起去美国吧。"

余晨阳脸上的笑容逐渐凝固，"你什么意思？"

"你那么优秀，值得更好的，现在你有这样的条件，也有拿得出手的成绩，为什么要浪费掉呢？"

"我不觉得浪费，我的人生可以自己做主！"一瞬间，余晨阳的语气也降到了冰点。余晨阳看着小哑也意识到了自己的失态，"不好意思，我知道你是好意，对不起，我不是故意的，我也不是有意冲你喊，刚才我也不知道为什么没有控制住自己……"

小哑笑嘻嘻地坐到余晨阳身边，余晨阳哭笑不得，"我看你才是有毛病，我生气你干吗这么开心？"

小哑道："你生气我也高兴，你应该多生我气，这样我就会不只记得你的好了，我特别害怕在我的记忆里全是你的好……"

这几天余晨阳一直在筹备派对，小哑也依旧在棚户区蹲点阿

## 第十章 新年快乐

琛,一直都没有什么收获。其间,她还去过几次养老院,方奶奶的状况时好时坏,坏的时候认错人,刚说过的话便忘记,好的时候会记得小哑,会问及小雨和阿琛的情况。小哑只好说谎,他们都好。

她讨厌自己说谎。

元旦的前一天,小哑仍旧在棚户区阿琛家附近的老树下等着,余晨阳嘱咐她晚上八点之前回来,因为派对八点钟准时开始。

可是阿琛八点零五分才回来,他一直紧皱着眉头,很反常。小哑知道自己迟到了,给余晨阳发了条信息,说就在回去的路上。然后她从树后跳了出来。

阿琛无奈道:"我越是不想看到你,你越是在我眼前晃,我每一次见你都恨不得嚼了你。"

小哑才不顺着他的话往下接,反问道:"开完会了?"

阿琛警觉地看着她,不说话。

不说话就是说对了,起码对一半。

小哑缓缓说道:"阿琛……"

阿琛打断道:"小哑,你是不是以为我跟你说的话都是玩笑?你一而再再而三地出现在我眼前是什么意思?提醒我小雨死了,还是提醒我你这个'杀人凶手'活得还挺滋润的?"

她的心不比阿琛少受煎熬,但这件事情注定是他们两个人之间过不去的坎,说再多都是苍白。小哑继续道:"有问题,不要去。"

"什么?"

"你们今晚制订的计划有很大的问题,会出事情的。"

"出事?你说说,会出什么事?"

"会失败。"小哑说了一个非常非常笼统的词。

217

阿琛笑道:"你最近一段时间堵我几乎全是在跟我说这件事儿,劝我不要去,而且你根本说不出具体的你知道什么,所以,你在套我的话。"

小哑很冷静:"我需要套话吗?你忘了,我有能力知道你的事情,甚至是所有人的事情,包括他们埋藏在心底里最见不得人最肮脏的秘密。"小哑用手指了指自己的眼睛,又指了指阿琛的。

"……无论发生什么我必须去,我做的都是为了小雨,我答应过她要让她搬离这里,住大房子,冬天有暖气,夏天有空调……"

这句话告诉小哑,他们确实在今晚部署了全部计划。

小哑注视着阿琛的眼睛:"哥,我想你。"

那一刻,阿琛的眼睛里闪过一丝柔软,那是小哑熟悉的感觉,不过这种柔软转瞬即逝,目光变得更加冷酷坚硬。

不过这短短的一瞬也足够小哑转动指针偷走他的时间了:

郊外仓库,门前停着一辆依维柯,胖子从驾驶位下来,刀疤从副驾驶下来,剩下的老黑、两兄妹和阿琛从后座下来。然后,所有人一起进了仓库。

仓库中间的空地,摆着一张长方形桌子。胖子拿出一张地图来,铺展在桌子上,上面用不同颜色的笔画了区域、线路,以及其他标注。

地图上最中间的位置画了一个五角星,看来这就是最终目的了。

刀疤手拄着桌子:"下午见完面,直到行动,我们就不要再碰面了,以防万一。阿琛,你那边怎样了?"

阿琛道:"经过最近一段时间的长期蹲点,我已经弄清楚他们的规律了,只要在动手之前我把他的钥匙拿到就可以了,很简单,

## 第十章 新年快乐

放心。"

刀疤点点头,又问双胞胎兄妹:"你们手底下那些放烟幕弹的人怎样了?"

妹妹阿无说道:"没问题,他们都很兴奋。"

刀疤道:"好,老黑,你最终部署一下。"

老黑点燃一根烟叼在嘴里,然后右手拿起一根黑笔,用力敲了敲地图,"跟之前的部署差不多,但我补充一些关键的内容,大家也应该理解我们为什么会有所隐瞒以及在行动前才全盘托出。"

其余人点点头,老黑继续说:"胖子负责开车和望风,有无兄妹负责调动你们手下的那群人去制造骚乱,报警的人越多越好,让市民都看个大热闹,他们最爱看热闹了,警察越忙,市民越是看热闹,我们的行动就会越安全越顺利。阿琛负责偷钥匙,最核心的就是阿琛这里了,这样才能保证我们悄无声息地进到店里拿货。"

阿琛比了一个OK的手势,老黑拿着笔又在地图上迅速画了六个五角星,目标从一个变成了六个,在座的人互相看看,流露出各色表情。

胖子率先问道:"老大的意思是?"

刀疤沉了沉说道:"没错,我们的目标不是一家店,而是六家店。"

这句话说完,胖子和双胞胎有无兄妹显得很兴奋,阿有吹起了口哨,阿无竟然跳了一段舞。

刀疤:"所以,之前各自负责的事情就要更加用心了,有无兄妹那边负责的烟幕弹得再浓点。"

"明白,没问题。"阿无道。

阿琛有点慌了，原本是抢劫一家珠宝店，现在变成了六家，之前他好不容易说服了自己这不是犯罪这不是犯罪，只要得到这部分钱就可以带着小雨离开棚户区了，可是现在小雨永远地离开了自己，抢一家店变成了六家店。他无法再欺骗自己，这就是赤裸裸的犯罪，而且还是票大的。

行动前夜才通知阿琛是六家店，无疑是把刀直接架在他脖子上，不可以说半个不字，事到如今他要退出的话没有人会答应。

死就死吧，没了小雨他别无牵挂，这次正好刺激一下失去小雨后死水一般的生活，然后带着一堆钱去另一个地方，多远都可以。

可是，真的没有其他牵挂了吗？

"可是，我只跟了第一家珠宝店老板的行踪，其他几家我压根不知道怎么拿钥匙。"

老黑道："这点你放心，其他五家店的老板我已经跟过了，摸清楚了他们所有的习惯，我已经做好了偷钥匙的计划和顺序，这项工作由我和你一起完成。"

刀疤拍了拍手，"好，过了零点就是元旦，我们零点在事先指定的地方碰头行动，让我们好好嗨一把，给这城市过个新年。"

老黑胖子和有无兄妹纷纷响应："新年快乐！"

然后阿琛和老黑去偷六家珠宝店老板的钥匙，其他人散场。

小哑已经知道他们的计划了，也知道了行动时间，地图上的六家店以及撤退路线也都记在了脑子里。然后她尽可能地偷走阿琛完整24小时的记忆，这样只要他忘记得更多，危险系数就会更低，也就可以成功阻挡阿琛。

她不敢去看阿琛的未来，她担心稍有不慎就跟她和小雨期望

## 第十章 新年快乐

的结局不一样。阿琛绝对不可以成为坏人!

小哑偷完阿琛的时间转身便离开了,留阿琛一人在原地莫名其妙。他们都不知道在小巷的拐角处还藏着另外一个身影。乔绒从角落里出来,嘴角上扬,勾出笑容,"小哑,我要你好看。"

八点三十六分小哑才赶回余晨阳家里,派对已经开始了,音乐声很大,大到小哑需要捂着耳朵,客厅被布置得很梦幻,里面聚集了很多同学,茶几、吧台以及餐桌上摆了很多甜品和饮品。这让小哑想到小雨,她太爱吃甜食了,如果小雨能参加这样一个派对,一定会兴奋得一整晚睡不着。

小哑刚进客厅,乔绒紧随其后,她一进来好多同学跟她打招呼,她一一笑着回应,然后来到临时搭的舞台上抓起话筒,负责音乐的同学适时地拧小音乐。

乔绒对着话筒轻轻拍了两下,吸引了所有人的注意力后说道:"不好意思大家,临时有点事儿,我来晚了,我自罚十杯……"乔绒顿了一下才说道,"橙汁。"

大家一阵笑,乔绒走下台,派对继续。

小哑躲在角落里,手里拿着一块蛋糕,却一口都没有动,她还是非常担心。因为刀疤的计划太疯狂了,仅仅阻止了阿琛是不够的,他们一伙人会继续犯罪。小哑拿出手机找出孙警官的电话,她跟孙警官已经算是很熟了,第一次是处理小雨的事情,第二次是那个诱导人自杀的案子,这次又是一个犯罪团伙。

余晨阳找到小哑,帮她拿来一杯果汁,"刚才还看见你进来了,怎么一转眼就找不到了,原来躲在这里了。"

小哑不好意思地说道:"抱歉,我就住在楼上竟然还迟到了。"

余晨阳给了她一个微笑,"没事,乔绒不也刚到嘛。一起玩吧,放松放松,最近一段时间你太紧绷了。"

小哑点点头:"好,你先去,我适应适应就去。"

大家都很高兴,聊天,做游戏,活跃的氛围互相传染,每个人都能歌善舞多才多艺,而小哑就如同一个绝缘体一样,她觉得自己格格不入,这已经不仅仅是物质上的距离了,从小到大每一秒钟的成长都要算在里面。如果不是余晨阳处处照顾处处迁就,估计他们也无法相处吧。

有人起哄让余晨阳和乔绒一起合唱,看着两人在台上的样子,小哑很是羡慕,她知道能站在他身边的人,永远也不可能是自己。她已经得到了太多上天的馈赠,如果习惯这种馈赠,当有一天失去的时候,她会承受不住的。小雨是馈赠,阿琛是馈赠,余晨阳是馈赠……能认识他们,值了,那些痛苦那些艰难时刻都不值一提,她甚至愿意得到更多,只要能让他们的相处久一点,再久一点。

她还是待不住,去院子里打电话给孙警官。

"哪位?"电话里传来孙警官低沉的声音。

小哑道:"孙警官您好,我是小哑。"

"是你啊,小姑娘,有什么能帮你的吗?"

"孙警官,我想问一下我妹妹的案子怎么样了?"

"小雨的案子一直有同事在跟进,目前还没有有价值的线索,一有进展我一定第一时间通知你。"

"辛苦孙警官了。"

"这是我们的使命,放心,我们会尽最大努力的。"

"谢谢。孙警官,我还有一件事。"

"说吧。"

## 第十章 新年快乐

"我要报案,孙警官。事情比较复杂,您需要记录一下吗?"

"稍等,我去拿录音笔。"

小哑告知了自己所知的一切。孙警官问:"你怎么知道的?就像你参与了一样。"

"我可以不用说吗?我想保护一个人。"

"好,现在时间很紧迫,我先挂了。"

"孙警官再见。"

"再见。"挂了电话,孙警官立刻去部署抓捕行动。

小哑刚转身,看到乔绒从室内出来,手里拿着一杯果汁,优雅地走过来,"最近在这里住得习惯吗?"

乔绒的气场凶猛,隔十米就能感受得到,今晚来者不善。

"挺好的。"小哑尽量微笑。

"那就好,有需要你就告诉余晨阳,他一定满足你。"乔绒一反常态。

"谢谢,我没有任何需要。"

"进去吧,别一个人待着,新年派对多好玩啊,一会儿零点跨年肯定很嗨,感受一下,肯定有人准备了压轴节目,或者余晨阳给你准备了惊喜。"说完,乔绒便转身回去了。

她是故意来说这些话的,小哑虽然不明白乔绒说这些话的意图,但是能感受到绝不是简简单单的表面关心。没有人会去关心一个自己讨厌的人、恨的人,或者说是"仇人"。

小哑回了室内,音乐声和嘈杂的人声很大,小哑一阵一阵恍惚,她感觉身处一个奇怪的世界,周围都是张牙舞爪的猛兽。她知道这些猛兽都是没有恶意的,他们只是想要开心。

想要开心没有任何错。小哑只是觉得自己不好,为什么就无法融入大家？

"你是不是觉得很不自在？"不知道余晨阳什么时候出现在了身边。

"没有。"小哑道，"挺好的，我在这里看着大家开心，我也很开心。"

余晨阳脸上的表情摆明了不信，"你跟我上楼，我给你看样东西。"余晨阳带小哑来到二楼的书房，站在门口的时候余晨阳还在卖关子，"你先闭上眼睛，进去之后我让你睁开你再睁开。"

小哑闭上眼睛，问道："是什么啊？这么神秘？"

"一会儿你睁开眼睛就知道了。"余晨阳打开房门，按亮灯，带着小哑一步一步来到书房的中间。

"好了，睁开吧。"余晨阳道。

映入小哑眼帘的是一座巨大的城堡，城堡下面是一座巍峨的山，山下是平静的大海。城堡做得很精致，细节到每一扇窗，每一个房间里的小摆件。其中一间大卧室里有一个面朝大海的露台，上面站着一个头戴王冠的公主。真的是太漂亮太壮观太震撼了。

"这个沙盘你做了多久？"小哑问道。

"两个月。"余晨阳道。

"原来你一直躲在书房里也不让我进来，就是在准备这座城堡。"小哑道。

"喜欢吗？"余晨阳用期待的目光看着她。

小哑点点头："喜欢，谢谢你，可是……"

"不可以说可是，这是我送给你的新年礼物，新年快乐。"

"我都没有给你准备新年礼物。"

"现在送也不迟啊，我可以说我想要什么吗？"

## 第十章 新年快乐

"好啊，我在送礼物这件事儿上确实不在行。"

"看一下我的未来，看一下未来我们是什么样子。"

小哑犹豫了，自从干预小雨未来的事情之后，她就告诉过自己，不可以自私不可以贪心。她宁愿自己没有这种能力。

"拜托让我知道，因为……因为刚才乔绒告诉我我父母要回来，他们是回来接我的，就算我再拗，胳膊拧不过大腿，何况还是四条大腿。"

"太好了，恭喜你。"这是小哑的真心话。

可是余晨阳皱起眉头，"我想好了，我要提条件，如果让我去，也必须带你去。"

小哑连忙拒绝："我不可以去，余晨阳，我们什么关系都没有，我们只是同班同学。我很感激你最近一段时间对我的照顾，你别再对我好了，我不配。"

小哑跑出了书房，余晨阳追了出去，但是不知道她已经跑去了哪里。余晨阳看着楼下人头攒动，忽然觉得一楼的热闹跟二楼的静谧完全是两个世界。

今晚，融入不进气氛的何止小哑一个。谁不是心事重重，又其乐融融？

乔绒抬起头看到二楼的余晨阳，他的心事都写在脸上，别人或许看不懂，但乔绒一眼就能看明白。

那就让新年的快乐更燥一些，让新年的钟声敲得更猛烈一些吧。


小哑出了余晨阳家，她要回棚户区看一眼阿琛，她不想他出什么意外，去跟刀疤那伙人碰头，然后被抓。

225

小哑顺着门口那棵大树爬上去，从树上可以到屋顶上，屋顶上有一个很小的天窗，平时都用瓦片盖着。小哑轻轻挪动瓦片，就可以看到屋里。

阿琛坐在沙发上，电视机里播着无聊的节目，事实上节目内容是什么阿琛一点都不关心，他只是想有点声音。

茶几上摆着一盘花生米和十几罐啤酒，阿琛有些微醺，斜靠在沙发上，嘴里不清不楚哼着调子，听起来似乎是小时候的歌谣。

阿琛拿起一个相框，里面是小哑、小雨和阿琛的合影，然后抱在胸口，紧闭双眼。他浑身紧绷，是在用尽了力气抑制自己哭泣。

在上面的小哑的眼睛也跟着红了，她想说，哥，对不起。但是又能起什么作用呢？可是她仍旧在心里一遍一遍说着对不起。就算是无用，就算是阿琛掐着她的脖子，她也要继续说下去。

阿琛从相框里把照片取出来，然后把最左边的小哑撕下来，再撕碎一些，扔进了垃圾桶。阿琛把只剩他和小雨的合影重新放回相框，摆在茶几上。

他拿了几次啤酒都是空罐子，第六次才找到一罐，打开，一饮而尽。然后躺在沙发上，身子冲里，把头埋住。

小哑心里想着："哥，我从不奢求你原谅我，只求你不再终日与悲伤相伴，人总是要分开的，从小到大，我们经历了那么多分离，却还是习惯不了。我以为我们一出生便与母亲分离就会对分离产生抗体，可是真的与小雨分开了，却是最难接受的事情。"

最后，她用口型说道："哥，新年快乐！小雨，新年快乐！"

离开棚户区的时候已经十一点半了，她计算了一下，基本上

## 第十章 新年快乐

可以在零点赶回去。

孙警官那边都已经根据小哑听过的接头地点，提前部署好了警力，守株待兔。

街上和商场跨年的人很多，车水马龙，火树银花。小哑一路小跑，踏进余晨阳家的时候跨年的钟声正好响起，所有人开始欢呼，忽然院子里定好时的电子烟花启动，绽放升空。而小哑此时正好处在院子的中心，烟花伴在她的周围。

所有人都出来看烟花，而小哑此刻的亮相让乔绒极其不爽，似乎今晚的主角本该是她。

乔绒转身回了客厅，走上台，拿起话筒说道："各位同学，各位同学，最后我再说两句，两件事，第一件事就是我要去国外读书了，很快就走，我会很想念大家的。"

大家鼓掌恭喜。

乔绒继续说道："第二件事，我要送一个礼物给小哑，感谢她最近一段时间对晨阳的照顾，晨阳这段时间很开心。"

小哑有种不祥的预感，因为乔绒说的是反话。

此时此刻，刀疤团伙已经露面，正好钻进孙警官布下的天罗地网，除了几个混混，刀疤、老黑、有无兄妹、胖子，无一漏网。

这边，乔绒微笑着拿出手机，"之前，小哑送了我一份礼物，太惊喜了，是我这辈子收到的最让我惊喜的礼物。那天，她就站在操场讲台上，当着全校师生的面，给我奉上那份礼物，说真的当时我都不知道该怎么办，是原地转圈还是跳起来，还是疯狂给小哑鼓掌……"

小哑的心一阵阵收紧，余晨阳意识到了事情不对，立刻冲到了台上，想要拦住乔绒，不管她要做什么，必须制止。

可是乔绒已经播放出了她录到的语音：小哑，你是不是以为我跟你说的话都是玩笑？你一而再再而三地出现在我眼前是什么意思？提醒我小雨的死？还是提醒我你这个'杀人凶手'活得还挺滋润的？

原来，小哑和阿琛见面的时候，躲在角落里的乔绒不仅偷听到了他们的对话，而且还录下了音频。

余晨阳的手已经抓在了乔绒手机上，可是一切都晚了。

所有人下意识地远离小哑，小哑从刚才舞台中心的主角一下变成了瘟神。"杀人凶手"这四个字传遍了所有人的耳朵。

小哑知道，用不了多久就会传遍全校，而且还会演变出各种离奇甚至好笑的版本，她现在甚至都能听到那些版本的演绎：

"小哑的妹妹死了，他哥说凶手是她。"

"小哑杀人了，杀死了她亲妹妹。"

"小哑的妹妹死了，凶手就是小哑，她嫉妒她妹妹。"

"你们知道吗？小哑爱上了她的哥哥，为了争宠竟然杀死了妹妹……"

"小哑现在已经被抓了……"

"小哑畏罪潜逃了，据说现在已经被全国通缉了。"

"小哑自杀了！"

派对在一种诡异的气氛中散场，现场一片狼藉，仅剩下小哑、余晨阳和乔绒三人。

小哑仍旧站在原地，电子烟花还在绽放，余晨阳站在小哑的不远处，心疼地看着小哑。乔绒还在舞台上，微笑着看着小哑的脸，那张面无表情的脸。

## 第十章 新年快乐

　　三个人就这样僵持了很久。乔绒是第一个动的,她走到控制台播放了一首音乐:

自由天空中被击落
灵魂海水中被浸透
深陷孤岛上只剩下
生存的需求
It's far
It's far away
睡在夜色中都惶恐
躲在喧嚣中都寂寞
浩瀚宇宙中微渺的
像一只蜉蝣
……
这不属于我
因为沉默背后也有冲动
看大雨滂沱听风嘶吼
才会疯了一样拼命挣脱
这不属于我
谁会愿意生活都被胁迫
被卷进旋涡也不低头
It's far
It's far away
……

在音乐中乔绒走向小哑，与她擦肩的时候停下脚步，在她耳边轻声说道："谢谢你赐给我的一切，我这人受不了他人恩惠的，还给你。"然后摸了一下小哑的脸颊，径直离开。

时间一分一秒地过去，小哑甚至能听到身上机械怀表的咔咔声。烟火停了，音乐也停了，世界归于沉寂。

余晨阳终于有力气迈动了自己的腿，他一步一步艰难地移向小哑。小哑伸出了手，让他不要过来。

小哑从身上拿出那块机械怀表，翻开盖子看着盖子上刻着的那个地址——翡亭镇178号。

"我要回家了，这里是我的家，我终于有勇气回去了。"小哑自言自语道。

余晨阳又往前迈了一步，小哑道："不要过来好吗？让我一个人去，不要送我更不要陪我，我想一个人回家，那里属于我，属于我一个人。"

"小哑……"余晨阳有一种深深的无力感。

"是时候永远离开这里了，这里我没有任何留恋了，你应该跟乔绒一起去美国，那里有更好的未来等着你们。其实翡亭镇我查过很多很多遍，离这里不远，我现在出发，天亮之前就可以到家。"小哑转身向着外面走去。余晨阳还是追了上去，出了院落大门，却看到小哑站在一旁。

然后余晨阳听到了哭泣的声音，他又向前了几步，看到乔绒蹲在地上，哭得正伤心。

"你，怎么了？"余晨阳犹豫片刻还是问了一句。

乔绒扬起满是泪水的脸，扑到余晨阳怀里，泣不成声地说道："刚才我接到舅舅的电话，姥姥走了……"

余晨阳知道,那是最疼爱乔绒的人,十二岁之前乔绒一直是姥姥带大的。其实他的家庭跟乔绒类似,物质条件丰富但是缺爱,父母对乔绒的长期忽视,才造就了乔绒古怪极端的性格。

"我没能见她最后一面……"

这是余晨阳第一次见乔绒这么伤心,姥姥是她最柔弱的点。小哑看着乔绒,也能感受到她的悲伤,甚至能感受到乔绒的灵魂在加速下坠。这是小哑最拿手的,她总是能站在对方的角度,理解他人。

"或许,我可以帮你。"小哑也不知道自己是怎么想的,说出了这句话。

面对充满恶意的世界,她还是下意识选择了善良与原谅。

乔绒看向小哑,只是眼泪早已把眼前的一切模糊成了影子。"你是在看我笑话吗?"

小哑道:"没有,我说过我早已原谅你了,无论你怎么对我,我都无所谓,明天学校的事情也无所谓,因为,我要离开这里了,去翡亭镇,那里是我的家。"

乔绒冷笑道:"你怎么帮我?你能让我姥姥活过来吗?你别一副道貌岸然的样子,你现在可以尽情地看我笑话,尽情地嘲笑我羞辱我……"

"我不能让你姥姥活过来,或许我可以给她一些时间,让你们见最后一面,说上几句话。"小哑想,既然能偷别人的时间,那是不是也可以把时间送给别人?大概可以这样吧,"不过我也不确定,只有去试试才知道。"

余晨阳道:"相信小哑,她可以,这个世界有奇迹,我亲眼看见过。"

小哑来到余晨阳家的车旁,问道:"走不走?我时间不多,我还想天亮之前赶着去翡亭镇。"

余晨阳叫来了司机,然后载着他们三个去往了医院。

医院这个地方,小哑最讨厌来了,却又总是来。人生就是这样,越是讨厌越是逃不掉。

他们直接去了病房,姥姥刚走不久,还没有动地方。

小哑让其他人都出去,只留乔绒一人。虽然舅舅等人不明所以,但是也还是给了乔绒单独跟姥姥一起的时间。

"我要开始了,但是不一定会成功。"小哑道。

乔绒点点头,人在最绝望的时刻是相信奇迹的。无论奇迹究竟会不会来临。

小哑坐在姥姥身旁,拿出自己的机械怀表,深呼吸一口气。偷过去的时间是往后拨时针,偷窥未来是往前拨时针,她还不知道赠予别人时间应该怎么操作,甚至都不确定能不能把时间给别人。

表盘也与常规表盘上的东西没有两样,唯一不同的大概就是,中间那一串很长很长的数字了。

小哑一只手紧紧握着怀表,一只手握住姥姥冰凉的手,闭上眼睛,但是大脑一片空白,她真的不知道该怎么办。这个世界确实存在奇迹,只是没有那么多奇迹吧。

乔绒焦急地等在旁边,根本帮不上什么忙。

小哑睁开眼睛,她没有感受到时间如水般的流动。她再次尝试,同时拨动时针和分针,就在两针同时转动的时候,秒针停止了走动。小哑立刻抓住了姥姥的手,让两个人的手与怀表交叠在一起。

## 第十章 新年快乐

她感到怀表变得很冰，似乎吸取了自己身上的热量，疲惫感充满了她的全身，意识变得很模糊，她困了，她想睡。

这种感觉持续了大概几秒钟，然后突然戛然而止，她感到姥姥的手指似乎动了一下，小哑赶紧松开双手，姥姥的手指确实在动。

小哑又看了一眼手表，发现表盘上那一串数字锐减了很多，如果没有记错的话，大概锐减了二十五六万。小哑终于明白过来了，那串数字不是毫无意义的，那是秒数，自己的秒数，相当自己的生命，也就是说这串数字是自己所有的时间，支付给别人的时间必须是自己的，偷来的时间不会累计在上面。

刚才自己大概付出了260000秒，差不多三天的时间。

小哑无比虚弱地说道："姥姥醒了，你陪她待一会儿吧，我先出去了。"

乔绒顾不得惊讶，顾不得感谢，赶紧来到姥姥床前，姥姥缓缓地睁开眼睛，看到了乔绒，露出了欣慰的笑容："绒绒，你来了，姥姥没事……"

小哑出了病房，余晨阳赶紧迎过来："怎么样了？"

小哑道："让她单独陪她姥姥一会儿吧。"

余晨阳拧开一瓶水给她，"你脸色怎么这么苍白？"

小哑接过水："我没事。"然后抿了一口。

余晨阳扶着她到一旁的长椅去休息。

大概过了三分钟，乔绒从病房出来，乔绒的舅舅上前安慰她。

乔绒道："舅舅，我没事，你们处理后事吧。"

舅舅等人再次进去后，乔绒来到小哑跟前，伸出手："谢谢你，姥姥安心地走了。"

233

三天换来了三分钟。这个代价很大，但是小哑觉得很值。家人大概是这个世界上最重要的吧，乔绒能拥有，她很羡慕。

小哑伸出手与乔绒握了握："人生最难得不留遗憾，没什么好谢的。"她总觉得上天赋予她这种能力，一定有特殊的意义，今天晚上小哑觉得她做了一件非常棒的事情，她想讲给阿琛听，不知阿琛会夸自己，还是骂自己傻。

如果小雨在的话，她一定是站在自己这边的。

"今天那件事儿真的非常抱歉，我一定会处理好的，你放心，我会录一个道歉视频，然后发给所有人，视频中我会着重说明那段录音是我伪造的。"乔绒的语气很诚恳，她已经不恨她了，已经不拿她当仇人，如果可以，她奢望小哑能原谅她。

小哑道："真的没关系，早就说过，我已经原谅你了。"

乔绒道："是我一直揪着你不放，是我自己过不去，是我自己不原谅自己，对不起，小哑。"

小哑道："我去趟洗手间，余晨阳你陪着乔绒吧，此刻她需要你。"

小哑并没有去卫生间，她出了医院。小哑想回趟棚户区，确认阿琛真的没事之后再走。

其实小哑早就查好了路线，她步行到夜观光一号线公交站牌，乘公交可以到短途车站，在那里等到早上五点钟，坐第一班到翡亭镇的大巴车。

刚走到棚户区，她就看到余晨阳正在路灯下等着。小哑知道绕不过去，索性站在原地不动了。

"打算就这么不辞而别吗？"余晨阳问道。

小哑笑了笑："没有比这更好的结局了吧。"

## 第十章 新年快乐

余晨阳道:"一定有比这更好的结局,只是需要一些时间罢了。"

"我真的决定离开了,你拦不住我的。"

"我知道。"

"所以,让我走吧,对大家都好。"

"你都没有送我新年礼物,送完我礼物你再走。"

"你想要什么?"

"我想知道——未来。之后,你回翡亭镇,我去美国读书。"

"你有没有想过或许未来我们根本就没有交集,你上名校,毕业,有所作为,娶妻生子,或许以后你也不会回国了,毕竟我们是两个世界的人。"

"如果我的未来真的没有你,我也就死心了。"

"好。"小哑走到余晨阳面前,看着他深邃的目光,她多怕再多看一会儿,就会陷进去。小哑迅速拨动指针,偷窥余晨阳的未来时间。

空白。

刚才小哑看的是三年之后,一片空白,没有谁,没有画面,没有记忆,甚至没有余晨阳自己。

小哑调整指针,一年后,空白。

半年后,空白。

一个月后,空白。

15天之后,空白。

14天……13天……8天……空白!空白!空白!

为什么?

余晨阳消失了吗?

小哑只能窥探自己的未来时间，来到三天之后，那天下了一场很大很大的雪，整个世界都是雪白，纯净而梦幻。一片空旷的墓地，每个人的墓碑前都摆了鲜花，墓碑前一串一串的脚印很整洁。这里很平静，仿佛每一片雪花都睡着了。小哑站在一块新墓碑前，怀里抱着一束白菊，墓碑上面刻着三个字：余晨阳。上面镶着一张余晨阳笑得灿烂的照片。

这个结局来得太突然，余晨阳为什么三天之后会……

她迫切地想知道答案，可是不知为什么，她的怀表似乎出了故障，指针乱跳，难道是自己太频繁地使用这种能力了吗？

小哑把怀表合上，努力让自己平静。余晨阳回过神来，问道："怎么样？"

良久，小哑道："三年之后，我会去美国，到时候我们会见面。"

余晨阳露出开心的笑容，"真的吗？"

"真的。"小哑点点头。

余晨阳最后抱了一下小哑："三年后见。"

小哑轻声道："好。"

余晨阳离开了，小哑在路灯下站了很久很久，直到天空又飘起了雪花她才离开。

这种结局她改变过一次，结果适得其反，结局提前到来。

她无能为力，她感到很疲惫。

小哑擦掉眼泪，或许生活最难的不是面对，而是让自己接受。

最后跟阿琛告别一下吧，然后离开，然后让该来的结局按时到来，该告别的人永远留在心里。

小哑还留有家里的钥匙，她打开门，酒气熏天，看到阿琛在

## 第十章　新年快乐

沙发上睡着也算是一些安慰。

小哑回房间收拾了一些简单的衣服，然后扯下墙上贴着的一张涂鸦，那是小雨八岁还是九岁的时候画的，歪歪扭扭的三个人手拉着手，天空中有白云和太阳，地上是青草和河流。

她收起了这幅画，回到客厅。她坐到一张椅子上，跟熟睡的阿琛讲了很多。从第一次遇见阿琛和小雨，然后成了一家人，一起偷东西，一起打架，一起玩……后来又说到小雨做过的傻事，说着说着小哑自己都笑了，再然后不知道怎么就说到了今天的派对，说了乔绒和姥姥的事情，说了她发现了她关于掌控时间的新能力……

"等一下，如果我可以赠予别人时间，那么余晨阳的结局是不是就可以逆转呢？"小哑噌地站起来，"我的一天可以换来一分钟，我还有……"小哑拿出怀表看了看表盘上的数字——1,576,932,435，小哑换算了一下大概是五十年，换成赠予的分钟数，大概是18250，也就是12—13天之间。

如果成功，余晨阳还可以多活12或13天。

那也是好的，余晨阳我终于可以还你了，偷你一天，还你一生。

"我可以把我的时间都给他……"小哑自言自语道。

这时候阿琛翻了个身，他坐起来，咳了两声，小哑赶紧给他拿了一杯水，阿琛咕咚咕咚灌进喉咙。

"我就是来拿点东西，我要离开这个城市了，去翡亭镇。"小哑道。

"嗯，离开好，这是个令人伤心的地方，我也想离开。"阿琛道。

小哑多么想说，跟我一起走吧，但是她清楚阿琛不会原谅她，永远不会。

"那，我先走了。"小哑道。

阿琛点点头。

小哑刚转身便被阿琛叫住："等一下，你衣服上蹭了点灰。"阿琛站起来，过来帮小哑掸灰尘，突然，阿琛用力擒住小哑。

小哑吃痛，"放开我，好痛。"

阿琛把小哑脖子上挂着的怀表扯了下来，才松开她。

"你还给我。"小哑道。

"我睡得不沉，听见你说的话了，我不允许你去救余晨阳。"阿琛用低沉的声音吼道。

"我必须还他，我欠他的。"小哑道。

"你也欠我的，你还得清吗？"阿琛忽然情绪失控，"我只剩你这一个妹妹了。不可以，凭什么，他凭什么？凭什么你为他付出这么大的代价，你相当于把命给他！你不要命了？你的命是我给的，如果我不给你吃的，你早饿死了，你的命是我的，我！不！同！意！"

小哑的眼泪瞬间涌了出来："哥，你原谅我了？"

阿琛苦笑了一下："我从来都没有怪过你，我是怪我自己，保护不好小雨，也保护不好你。"

小哑扑进阿琛怀里，失声痛哭。

阿琛道："我陪你一起去翡亭镇，我们一起离开这里。"

小哑猛地点头。

阿琛松开小哑："我去收拾一下东西，我们现在就走。"说完阿琛转身去收拾东西，小哑则弯腰拿起了一只酒瓶，举过头顶，

## 第十章 新年快乐

照着阿琛的头直接砸了过去。

砰的一声闷响,阿琛倒在地上。

阿琛教过小哑用酒瓶砸人,那是有技巧的,可以把人砸晕,而不至于受太大的伤。小哑擦掉眼泪,"对不起哥哥,欠余晨阳的我必须还,哥,欠你的下辈子我再还你,下辈子我还当你妹妹。"

小哑拿起怀表冲出了家,冲出了棚户区,朝着余晨阳家奔跑过去。

这一路上,她感觉不到寒风,也感觉不到其中夹杂的雪花打在脸上的寒冷,更感觉不到累,感觉不到双腿。她能感觉到的是时间,时间是流动的,流淌在自己的身边,很温柔,很平缓。她感觉到了时间,包裹住皮肤很柔软。

她跑到余晨阳家,拿出钥匙来开门,然后上楼用力敲响余晨阳卧室的门。

余晨阳把门打开,看到如此狼狈的小哑,问道:"你这是怎么了?"

小哑道:"天快亮了。"

"什么?"余晨阳疑惑地问道。

"其实,我是一个魔法师。"小哑道。

"对啊,我知道,你很厉害的。"余晨阳道。

"这样,我给你施一个魔法。"小哑道。

"什么魔法?"余晨阳搞不懂小哑,既然她想疯,那就陪她疯一下好了。

小哑拿出怀表,一起拨动时针和分针,瞬间,秒钟停止不动,然后小哑抓起余晨阳的手,跟她一起握住怀表。

"怎么?"余晨阳道。

239

那种悲伤的感觉又来了,她能清晰地感觉到时间从她自己的身上迅速地流向余晨阳,顺着他的手流进他的身体里。

最后,小哑感到彻骨的寒冷,再也握不住怀表了,终于松开。

而余晨阳是感觉不到那种寒冷的,他问道:"你对我施展了什么魔法?"

小哑道:"让你永远记得我的魔法。"

余晨阳露出温暖的微笑:"你不对我施魔法,我也会永远记得你的,别忘了我们的三年美国之约啊。"

"忘不了。"小哑踮起脚尖,在余晨阳的额头上轻轻吻了一下,然后迅速跑开了。

余晨阳在原地傻笑。

出了余晨阳家,小哑按照原计划来到车站,坐上了夜观光的公交车。车上只有几个跨年的年轻人,看起来跟小哑一般大,大概也是学生吧。

小哑找了一个角落的座位,打开怀表,上面的数字变成了10000,一万秒钟,不到三个小时。

很快,公交车在短途汽车站的站牌处停下,她下了车,去找开往翡亭镇的短途车站牌。

可是找来找去,都没有找到。小哑之前来过的,一定有开往那里的车,只是当时她没有勇气坐上去。

现在为什么找不到了呢?

三圈四圈五圈六圈七圈地找下去,仍旧没有。

小哑颓然地坐在长椅上,她忽然想起什么,拿出怀表,发现表盖上之前刻着的"翡亭镇178号"消失不见了。

没有这个地址了,也就意味着没有这个地方了吗?她连回去

## 第十章 新年快乐

看一眼的机会都没有了吗？

自己终究是没有家的，这也许就是干预的代价。

小哑躺在长椅上，她感到身体的每一处都开始有一些轻微的疼痛，接着，痛感越来越清晰。她倒吸着凉气，额头上全是冷汗，直到把全身都浸透。

她蜷缩在长椅上，疼得无法动弹，就像全身的骨头都在长刺一样。一直到天亮，迎接了她生命中最后一个日出。表盘上的数字越来越少了，此时，太阳已经完全升起来，耳朵里又传来熟悉的嘈杂声和狗吠声。如果这是曾经无数个普通的清晨，小哑一定很开心，她仍旧会觉得世界单纯，一生都不会有任何波澜。就在那片万人厌恶的棚户区里跟小雨和阿琛幸幸福福地生活下去，能吃饱肚子，在棚户区里穿梭游乐。这个清晨已经不同了，向往的人生还没有开始，便要朝着朝阳走向尽头了。

尽头，一定是一片漆黑，寒冷无比，就像自己当初被遗弃的那个雪天。所以，尽头等于又一个开始吗？

痛！

小哑觉得自己快要无法呼吸了。

她咬着牙，站了起来，忽然眼前一黑，身体向前栽了过去，如同跌进一潭冰冷的湖水里，接着小哑彻底没有了意识。

## 第十一章
# 一万种未来

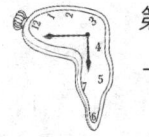

人生包括两个部分,过去的是一个梦,未来的是一个希望。——霍桑

小哑再次醒来的时候觉得浑身僵硬,就像沉睡了千年一般。她发现自己仍在原来棚户区的家,她喊了几声阿琛,但无人回应。

小哑下了床,走了出去,仍旧是熟悉的棚户区景象,小孩们打打闹闹你追我赶,跑在最前面的那个小男孩忽然摔了一跤,然后爬起来笑嘻嘻地接着跑,后面的孩子们接着追。

穿过两条小巷,小哑被一个女孩迎面撞了一跤,摔在地上,小哑揉着膝盖,听到对方问道:"姐,你没事吧?"

这个声音是……

小哑不敢相信自己的耳朵,她抬起头,看到小雨正笑着问自己。

"小雨?"小哑觉得眼前的一切都是恍惚的。那种一点点感受到小雨身体变凉的绝望感再次涌了上来。

"姐?你怎么了?不认识我了?"小雨又问道。

忽然,后面传来阿琛的声音:"小雨,你别跑。"

小雨躲到小哑的身后,说道:"姐,帮我。"小哑能感受到小

## 第十一章 一万种未来

雨手掌传来的温度，她是活生生的、活蹦乱跳的、活灵活现的……

阿琛停在小哑面前，说道："小哑，帮我抓住她，她把我给你准备的巧克力给偷吃了。"

小哑看着这熟悉的一切，时光倒流了吗？一切又回到之前了吗？

看着这一张张熟悉的脸，她觉得自己并没有失去家，这片棚户区就是她的家。

"小哑，你发什么呆啊？"阿琛伸手在小哑眼前晃了晃。

小哑回过神来，笑骂道："你当哥哥的总欺负小雨，以后不许欺负她了，她吃点巧克力怎么了？"

小雨从身后一把抱住小哑，"姐，我最爱你了。"

小哑用力拧了一下自己，疼得她皱起眉头，但脸上却挂着笑，只是瞬息，她的眼中又噙满了泪水。

是真的，这一切都是真的。

小哑的内心翻涌着，再次见到小雨，是上天对她最大的恩赐。小哑忽然想到余晨阳，然后偷偷抹掉眼泪向着不远处的一个公共电话亭走去，她要打电话过去，确认一下余晨阳怎么样了。

忽然一辆黑色的轿车驶过，小哑下意识侧目看去，坐在车里的正是那个脸上有刀疤的男人。刀疤也转头看向小哑所在的方向，那一刻小哑觉得有数十把冰刀戳向自己。

小哑第一次感到不寒而栗，那种切肤般的恐惧，就像藤蔓植物一样，爬满全身，这种恐惧不是刀疤带来的，也不是时间倒流带来的。

最终的结局真的无法改变吗？

243

小哑顺着汽车远去的方向看过去，冬日的阳光照射到她的眼睛上，恍如隔世，之前的一幕幕迅速地在眼前回放，耳边充满了阿琛、小雨、余晨阳甚至乔绒的声音……他们说过的话，他们说话时候的各种不同语气，还有嘈杂凌乱的背景声，交织在一起，织成一片巨大的网，将小哑缠绕住……

小哑继续向着公用电话亭走去，路过一扇玻璃门的时候，她瞥到玻璃上映出的自己身上的装束——一身职场西服套装——纯黑色英伦风西装外套和西裤，里面是一件淡蓝色的衬衣，时尚又得体。小哑从没见过这样的自己，她走近那扇玻璃门，看到自己的脸上不再稚嫩。

这绝对不是读大学时的自己！

就在小哑正惊讶于自己的变化之大的时候，小雨凑了上来，"姐，你怎么了？"小雨觉得今天的小哑有些古怪，只是说不上来哪里不对劲。

"我没事，有点没休息好。"小哑习惯性摸了摸小雨的头，发现她也长高了不少。

"姐，我去上班了。"阿琛站在不远处喊道，小哑看过去，他正对着自己挥手。

姐？阿琛喊谁姐？我吗？小哑又看看镜子里的自己，成熟的装束、成熟的脸庞，她感到好陌生。

小哑突然一阵头疼，很多模糊的场景一闪而过，但是她的直觉告诉她，这些场景又很熟悉，或者说曾经熟悉的场景变得陌生了。小哑觉得自己的记忆似乎出现了某种偏差。

小哑把双手放在小雨的肩膀上，认真地问道："小雨，你多大了？"

小雨更加莫名其妙,"姐,我都读高三了。"

小哑又指着自己问道:"那我呢?"

小雨道:"你都大学毕业一年了。"

"余晨阳呢?"小哑又问道。

"余晨阳是谁?"小雨眨着无辜的大眼睛,一点都不像是在说谎。

小哑怔了几秒钟,转身继续朝着电话亭走去。她拿起听筒,拨通了余晨阳的号码。电话很快通了,良久才有人接。

"喂。"余晨阳在电话那头说道。

"是我。"小哑抑制着内心的激动。

"你是?"余晨阳疑惑道。

"我是……小哑。"小哑的心瞬间跌下谷底。

"抱歉,我好像不认识你。"余晨阳平静地说道。

小哑听到自己的心掉落在谷底,摔出一道道细微的裂痕。

余晨阳接着说道:"你应该是打错了。"

嘟嘟嘟嘟嘟嘟……电话挂断的声音不断敲击着小哑的耳膜。

他不记得我了?

他不记得我了!

小哑把听筒挂上,在电话亭里站了很久很久。她的思绪凌乱,跟余晨阳的高中时光在她眼前逐一闪过,从交集到偷窥未来时间,从仗义相助到心生喜欢,仿佛过了好久好久。

小哑明白,这不是时间倒流!而是时间线乱了!她回想起之前偷窥未来时间后自己身上产生的种种变化,赠予乔绒的姥姥的时间,以及把所有的时间都"还"给余晨阳,到最后元旦夜在车站浑身疼痛难忍时的景象,都足以说明,自己遭到了时间的反噬。

小哑想起尼采在《善恶的彼岸》里写道：与恶龙缠斗过久，自身亦成为恶龙；凝视深渊过久，深渊将回以凝视。

任何事情都是要付出代价的，小哑很早很早就明白这个道理，可是又能怎样呢？人就是这么奇怪，明明是火海，也会义无反顾地跳进去。

"姐，你哪里不舒服？我陪你去医院吧。"小雨站在小哑身后，小声地说道。

小哑回过神来："我没事，我没事，我只是，很多事情不记得了。"

小雨道："你刚康复不久，医生说很多事情记不清楚也很正常，慢慢就好了。"

"我生病了？"小哑疑惑道。

"对啊，一个月前，你忽然高烧不退，昏迷了好久，医生也检查不出来你的身体哪里出了问题，只能留你在医院观察，给你退烧，但这期间体温一直反复。一个星期前你忽然醒了，给你做了个全面检查，除了有点瘦营养不良外没有其他问题，后来就出院了。"小雨忽然想到什么，疑惑道，"不过你出院之后医生们倒是很奇怪。"

"奇怪？"小哑问。

小雨点点头："对，奇怪，总有电话打到家里来询问你的情况，胃口怎么样啊，睡眠怎么样啊，有什么异样的感觉之类的，关心得有点过头了。我和阿琛都生过病发过烧，也没有见医生们这么上心过。"

小哑皱起眉头，打开自己的老旧机械怀表，木讷地看着空白的表盖，似乎明白了为什么上面的地址会消失了。周遭的一切因为时间线的错乱产生了蝴蝶效应，所有人所有事都有所变化。那么，被自己报警送进去的刀疤是刑满出狱还是怎样？他会记得发生的一切吗？

幸运的是，小哑心里最重最重的两座大山终于落了下来，一座是小雨，她还活蹦乱跳的，另一个是余晨阳。小哑看向远处，一辆全身红色的公交车前行着，她觉得她看到了未来，当她看向未来的时候，眼角滑落下了眼泪，因为一切都在，所有人都在。

这种感觉真好。

不过另一个让小哑担心的事情是，怀表上的数字已经归零了，自己为什么还活着？难道自己原本就不属于这条时间线，现在来到了这条不属于自己的错误的时间线上，怀表上的数字变得没有意义了吗？

既然现在搞不清楚，且一切又都是因"时间"而起，那就把一切交给时间，时间会诉说答案。

小哑让小雨记得去学校，然后回到家里收拾了包直接去往余晨阳家，但愿他的住址没有变，小哑在心中祈祷着。

半小时之后，小哑站在余晨阳的家门外，仍旧是熟悉的门和院落，只是他忘记了自己。

"叮咚……"小哑按响门铃，开门的竟然是乔绒，跟之前没有什么变化，只是化了妆。小哑心想，余晨阳已经不记得自己了，跟乔绒在一起也合乎情理，毕竟他们是青梅竹马。

"你找谁？"乔绒问道。显然，她也不记得小哑了。

"我找余晨阳。"小哑缓缓道。在她醒来之前，这还是个熟悉的名字，如今竟然陌生了，她单方面的陌生。

"你是谁？"乔绒问道。

小哑顿了顿，说道："我是他……老师。"只能这么说了，不然没人会同意一个陌生人进入家里的。

乔绒再次打量了小哑，一身职业套装，看起来也面善，也没有多想便让小哑进来了。

余晨阳正好从二楼下来，他脸上稚气未脱，她似乎能在他的脸上看到一万种未来。余晨阳手里捧着一本书，那是他曾经给小哑介绍过的达希尔·哈米特的作品，《马耳他黑鹰》。

余晨阳冲小哑点了点头后转而问乔绒："你朋友？"

乔绒已经重新蜷在沙发上开始打游戏了，随口答道："你老师。"

余晨阳疑惑地看着小哑："不好意思老师，您是我哪位老师，我……对您有点陌生。"

正在小哑不知道怎么回答的时候，余晨阳又说道："哦，您是教导室的老师吧？"

终于，小哑摇了摇头："其实我不是老师，我叫小哑，是你……"她不知道该怎么解释发生的这一切，任何一个正常人都会难以接受，况且他现在已经忘了她了。小哑又看了一眼沙发上专心玩游戏的乔绒，或许这对于余晨阳是最好的结局吧，自己和他终究不是一个世界的人。

余晨阳恍然大悟："我想起来了，你刚才打过电话。不过，咱们素不相识，你到底找我做什么？"

素不相识？对啊，本就不应该认识的。小哑乱了，她忽然不知道自己为什么非要跑来了。他没事，他很好，小哑你该安心了。

"对不起。"小哑下意识道了歉，转身离开，经过门口的时候，她瞥到门口鞋柜上放着的学生证，上面写着理工大学，天文系，

## 第十一章 一万种未来

二年级,余晨阳。

他现在已经大二,小哑足足大了余晨阳三岁。小哑忽然想到,是不是意味着时间线错乱之后,他的身体也是没有问题的?

目前来看,是这样的。

见小哑出了门,乔绒打趣道:"行啊你,够有魅力的啊。"

余晨阳皱了皱眉,说道:"我真的不认识。"

乔绒继续打游戏,不再理余晨阳,余晨阳重新上楼来到书房整理地上散落的书。今天发生的事情余晨阳觉得很奇怪,先是一个陌生女孩突然打电话过来,然后她又找上了门,再然后她又莫名地离开。但是他总觉得这个女孩的声音熟悉又陌生,仿佛在哪里听过,但对她又完全没有印象。

余晨阳把地上的书都捡了起来,又想到一直以来伴随着自己的另一件怪事。那是很久之前了,从高中起,他便开始做一个梦,持续、重复了好几年,现在已经上了大二,这个梦依旧围绕着他。梦里,一条满是繁星的走廊里,有一个女孩无助地站在那里。他只能看到她的背影,孤单、悲伤……

这个梦很短,内容也极其简单,但是感觉非常冗长,后面的故事也很复杂。

余晨阳摇了摇头,把怀里的书一一塞进书架,算了不想了,这么多年都没有想明白,如今也大概不会明白了。

小哑刚离开余晨阳家,包里的手机便响了,来电显示写着莫主编,小哑接通后便听到电话那头一个尖锐的女声大喊:"小哑,你在哪儿呢?快点回来啊,开天窗了!"

挂了电话之后小哑在包里找到了公司的出入证,上面有公司地址,然后打了一辆车前往。

到公司之后小哑才知道，原来自己已经成为了一名漫画作者，目前正在跟这家文化公司合作画一部叫《年华代理人》的奇幻题材漫画作品。由于之前小哑生怪病昏迷了很久，漫画暂停了一段时间，现在各个合作方都等着新剧情的连载。

小哑在办公室待了很久，她还不太适应时间带来的如此大的变化，她一会儿站在窗前一会儿去卫生间，漫画一笔都没有画。

她到楼下的咖啡馆放空一下心情，点了一杯黑咖啡。小哑旁边的一个女孩也点了一杯黑咖啡，让小哑不禁多看了两眼。那个女孩化着淡妆，穿着红白相间的条纹针织衫和水洗牛仔裤，应该还是学生。女孩喝了一口咖啡之后，眼圈变得有些红了，她看着窗外，似乎有什么伤心的事情。

小哑也不知道自己为什么会端起咖啡坐到女孩的对面，好像很自然地便那么做了，似乎对于一些伤心的事情，小哑都异常敏感吧。

小哑问道："你怎么了？"

女孩收回目光，落到小哑身上，摇了摇头，"我没事。"

"你多大？"小哑又问。

"正在读大二。"女孩回答。

"男朋友跟你分手了？"小哑猜测道。

女孩又摇了摇头："一点小事，不算什么。"

小哑递给她一张纸巾："如果愿意，可以跟我说说，心里会好受一些。"

女孩看了小哑好一会儿，说道："我爸今天忘了我的生日。"随后，这个女孩跟小哑聊了今天发生的事情，女孩叫严谨，今年大二，单亲，今天周末正好是严谨的生日，原本爸爸很早就许下了这个生日要一起好好庆祝一下的承诺。她父亲是房地产行业的，平时特别忙，严谨的很多个生日都错过了。今早严谨起床后发现爸爸不在，他昨晚加班一晚上没有回来，于是严谨买了早餐和蛋糕到了父亲公司，父亲在开会，严谨便到他办公室等。当会议结束父亲推门进来的时候，严谨看到他满脸的愤怒，大抵是项目遇到了什么问题吧。父亲问严谨怎么来了，随后看到严谨手里的蛋糕又问是谁的生日。

严谨讲出来后轻松了许多，也不觉得那么难过了，她知道父亲一个人撑起一个家，让她拥有比其他同龄人更好的物质条件有多辛苦。

小哑继续安慰道："以后有难过的事情就找朋友聊聊，有效果的，对吧。"

"有些事是讲不出来的。"严谨忽然低声说道，"只能埋在心里，一点一点腐烂。"

小哑对这句话感同身受："没错，很多事情的严重程度是用难过、痛、心如刀割、绝望、万念俱灰这些字眼描述不出来的，世界上没有任何语言可以形容那些需要埋在心里让其腐烂的故事。"

严谨望着她，嘴角努力上扬，只是这轻微的拉扯，她的眼泪再次滑落，她不住地微微点头，眼泪掉进咖啡杯里。

她的笑让小哑心疼，她下意识摸到身上的机械怀表，对于自己是举手之劳，但是对于严谨，可以不那么痛了。

"告诉你个秘密。"小哑往前探了探身子，"我可以偷走你的时间。"

严谨擦了擦眼泪，说道："这是冷笑话吗？谢谢你开解我，逗我笑。"

小哑道:"我说的是真的,我可以偷走你最不想要的那天,你那天的记忆也会伴随着时间的消失而消失,要不要试一试?你只需要告诉我一个时间点。"

严谨想,反正自己没有任何损失,于是告诉了她时间,配合了小哑。

小哑注视着她的眼睛,转动怀表的指针,时间来到严谨的初一。那也是一个冬天,空气很干燥,但是寒冷却一点都不吝啬。

严谨坐在教室的最后一排,看着老师在台上唾沫横飞。这是一堂法制教育课,虽然是中学,但这一块的教育是必不可少的,同学们也都很喜欢法治教育课。

"今天给大家讲一个发生在咱们本地的案例,几年前的一个案子。"老师说道。

发生在本地的案子,可刺激着呢,同学们超级兴奋。

老师敲了敲黑板:"312抢劫案,这个案子当时在咱们市是非常轰动的恶性案件,嫌疑人仅用了58秒就抢劫了一家金店。"

底下的男生都很兴奋。

老师敲了敲桌子,示意同学们安静,然后继续说道:"这个嫌疑人呢,特别嚣张,抢劫的时候用黑套子蒙着头,但是黑套子绣着三个字:来抓我。"

底下发出一阵阵惊呼。

老师强调道:"当然,法律绝不允许任何人逍遥法外。警方仅用了13个小时就抓捕了嫌疑人,仅仅13个小时,所以同学们,法网恢恢疏而不漏,不要存在任何侥幸心理,长大之后要做一个对社会有用的人……"

## 第十一章 一万种未来

这堂课的效果老师特别满意，因为底下的人听得非常认真，哪怕是最后老师讲大道理的时候，同学们也非常乖。可是全班只有一个人没有在听，因为当她听到老师要讲金店劫案的时候就开始掉眼泪。

这个人就是严谨，她不是那场劫案的受害者，而是那场劫案的主谋的女儿。没错，严谨是罪犯的女儿。

严谨的哭泣，让好奇的同学注意到了，然后这些好奇的同学不知道从哪里打听到的，她就是那个劫匪的女儿，进而全校都知道了。

每个人见到严谨的时候，或偷偷议论或指名道姓地说她是劫匪的女儿。一时间，各种声音四起，诸如，"跟劫匪的女儿一起上学太危险了。""她爸爸是个大罪犯，她是个小罪犯。""这样的人上什么学啊，应该直接送去坐牢。""学校疯了，收一个血液里有犯罪基因的人。"

严谨从没有反驳过，因为父亲的这些事情是事实，她的确是罪犯的女儿，她任凭这些如诅咒般的话语在脑海里一遍一遍回荡，每一遍回荡都会激起一枚枚的冰锥，尖且锋利。

学校老师当天知道这件事后向严谨诚挚地道歉，严谨说不怪老师，不怪同学，谁也不怪。因为，她在很多时候也嫌弃自己是罪犯的女儿。可是这些伤害是真实的，一遍遍在心上勒出血痕，永远无法愈合。

才十几岁，却承受了那么多。

小哑刚才偷了她这一天，虽然小哑重新经历了一遍那种痛苦，但是严谨解脱了，小哑愿意做这样的事情。小哑知道，她没有错，本不应该去承受那些生命之重。

"结束了?"严谨看到小哑端起咖啡,问道。

小哑笑了一下,反问:"你还记得吗?"

严谨道:"不记得了,我似乎是忘记了什么,但是想不起来忘记了什么。"

小哑抿了一口咖啡:"不记得了就不难过了。"

忽然严谨的手机响了,小哑看到来电显示是爸爸。严谨接起来,一直没有说话,小哑想应该是她父亲在道歉。

良久,严谨终于说话了:"我在如意大厦一层的咖啡厅。"挂了电话,严谨对小哑道:"我爸跟我道了好久的歉,他来接我去过生日,我准备看他表现再考虑原不原谅他。"

小哑也衷心地为她高兴:"生日快乐。"

"谢谢。"严谨觉得小哑真的是人间小精灵,这是她收到的最好的生日礼物了。接着,严谨跟小哑交换了联系方式。

一辆黑色的轿车停在咖啡厅门前,后座车窗落下,露出一张中年男人的脸,那张脸上写着些许疲惫,但眼神坚毅,炯炯有神,配合着脸上那道触目惊心的伤疤,令人生畏。此人正是刀疤严飞。

严谨站起来,说道:"我爸来了,我先走了。"

"再见。"小哑道。

"记得来学校找我玩啊。"严谨走出咖啡厅,上了那辆车。小哑的目光随着严谨的身影看到了那张脸,瞬间全身的汗毛竖了起来。

刀疤是严谨的父亲!

小哑握着咖啡的手不自觉地有些发抖,她以为能摆脱的,兜了一个圆圈又回到了眼前。她再次想起尼采的一句话:一切美好的事物都是曲折地接近自己的目标,一切笔直都是骗人的,所有真理都是弯曲的,时间本身就是一个圆圈。

## 第十一章　一万种未来

突然，小哑觉得嗓子里一甜，一口鲜血涌了上来。小哑立刻拿纸巾捂住嘴巴，可是鲜血已然沁出，在纸上渲染开来。

周围天旋地转，心跳开始剧烈起来，就像直接砸在耳膜上一般，咚！咚！咚！咚！小哑想尽量扶住桌子，双手胡乱抓着，碰倒了咖啡杯。侍者听到声音连忙过来扶住小哑，看到她嘴角的血，下意识惊呼了一声："小姐，你没事吧？"

小哑摆了摆手，努力稳住自己的身体。

"小姐，你确定没事吗？"侍者有些担心，她主要还是怕自己值班的时候店里出了事情。

小哑深呼吸，大脑逐渐清晰了起来，"我没事。"

"我给你叫救护车吧。"侍者拿出了手机。

小哑连忙拒绝："不用了，谢谢，我可以自己离开。"说着小哑试着迈出一只脚，感觉到了地面的真实感，慢慢地走出了咖啡店。

衡州市冬日的阳光并不刺眼，小哑仰起头，直视太阳，但还是下意识地眯起了眼睛。

突然，响起一阵手机铃声。小哑的手机响了，她接通后听到对面说道："你好，小哑，我是刘医生，你现在方便过来一趟吗？"听声音是一个五十多岁的男人，但是小哑觉得很陌生。

"刘医生？"

"是我。"

"我不认识你。"

电话里的人沉默了片刻，然后说道："我觉得应该是你忘记了我，我是你的主治医师。"

小哑挂了电话，可是下一秒，电话又打了过来："小哑，你最近身体感觉怎么样？最近有没有精神兴奋、容易出汗、心跳加快等状况？"

"我很好。"小哑撒完谎，再次挂了电话，挂完电话小哑才意识到，自己早已一身大汗。

最终，小哑还是去医院了，做了全套检查，刘医生还召集了十几名专家对小哑进行会诊，仍旧没有得出一个统一的结论。

"我究竟怎么了？"小哑问道。

"我想还是先让你家人来吧。"刘医生说道。

"我奶奶在养老院，目前我单身，只有一个弟弟和一个妹妹。"是啊，忽然之间哥哥变弟弟，小哑想，只要小雨没事，就算是要她从这个世界消失，她也是愿意的。

刘医生想了想还是告诉了小哑实情："前一段时间你反复发烧，我们对你做了住院观察，发现你的新陈代谢非常之快，当然不是持续的，是不规律的突然变化，这种变化至今我们都没有找到原因。在你出院后，你的机体与环境之间的物质和能量交换应该也突然出现过急速变化，或许你没有注意到，但是检查的结果是科学的，是客观事实，是不会骗人的……"说着刘医生有些犹豫了。

小哑追问道："检查结果是什么？"

刘医生喝了一口，继续说道："我们发现你体内的几乎所有器官均出现了不同程度的衰竭。如果发生并发症，多器官衰竭时，你可能会呼吸短浅、血压急降、口唇和指甲缺氧变紫色、视觉神经无反应、意识不清、血液缺氧、休克、昏迷等等……我们一直搞不清楚，这种老年期的慢性疾病为什么会发生在你这么年轻有活力的女孩身上……"

刘医生后来的话小哑根本没有听进去，因为她开始耳鸣了。

## 第十一章 一万种未来

她甚至都不知道自己是如何走出医院的。

小哑心里很清楚自己的身体是怎么回事,她摸着那块机械怀表,带给她奇妙经历的怀表,解决了小哑最不能接受的困境,同时也带来不可逆转的伤害。

这便是逆转时间的代价吧,很公平。

小哑去了养老院,方奶奶的状态看上去很好,只是她一直没有想起小哑是谁,或者说对小哑的记忆很模糊。方奶奶反倒是对阿琛和小雨记忆清晰,她拉着小哑说起这兄妹俩小时候的糗事,滔滔不绝。

一直到晚上,小哑才舍得离开。

夜已深,有阵阵微风,但天空中没有一颗星。

严谨早已熟睡,严飞在书房里工作了很久,太乏,就靠在椅子上眯了一会儿。他做了一个梦,梦到了一张天真无邪的脸,年轻女孩的脸,露出无害的笑容。忽然女孩的脸凝固,灵动的眼神变得凌厉,盯着严飞,就那么一直盯着。看得严飞心里发毛,后背出汗,如坐针毡。严飞一直问:"你为什么一直盯着我?为什么?我们之间有什么过节?你为什么一直用那种眼神盯着我?"那个女孩从没有回答过。

严飞忽然惊醒,双手捂着脸,大口喘气。这不是他第一次做这个梦了,大概是从两三个月前起,就一直做这样的梦。刚开始是看不清那个女孩的脸的,后来随着梦见的次数增多,她的脸越来越清晰,甚至在严飞醒着的时候她都会经常出现在眼前,挥之不去。女孩的脸越是清晰,严飞越想知道她是谁。在梦里严飞问过她叫什么,她也从没有回答过。

之后，严飞找来画手根据他的表述画了那个女孩的画像，让手底下人去查了。

　　突然，书房的门轻轻响起，严飞说了一声"进"，司机走了进来，手里拿着一个文件夹。

　　"什么事？"严飞闭着眼揉着自己的太阳穴问道。他的头又开始疼了，自从他开始做这个诡异的梦以来，头就开始疼了，严重的时候感觉脑子都要裂开了。他拉开办公桌的抽屉，拿出一瓶药，吞了几片。

　　"严总，您一直找的那个女孩有消息了。"司机说道。

　　严飞立刻睁开眼睛，站起来走到司机身边把文件抢过去翻看。司机继续汇报："这个女孩本名韩立雪，孤儿院出身，都叫她小哑，就住在棚户区。她有个弟弟叫阿琛，妹妹叫小雨，没有血缘关系，也都是孤儿院的。但是阿琛和小雨是亲兄妹。阿琛是货车司机，在一家运输公司跑短途，小雨在读高三。孤儿院的孩子，手脚不干净也挺正常的，我侧面打听了，阿琛整个一滚刀肉，偷窃技巧被传得挺神的，小哑的技术也不错，据说搞过一个'仁爱行动'，挺叫好的。这些都是我找道上的人打听出来的，不过小哑现在明面上是一个很有名气的漫画作者。"

　　严飞翻到小哑的照片，就是她，梦里的那个人就是她，严飞永远都忘不了她的样子。

　　"巧了，她所居住的那片棚户区，正好是公司的改造项目。"司机继续说道。

　　严飞继续翻资料，里面还有阿琛和小雨的照片："跟着他们，尤其是这个叫小哑的，她的每一个举动都要向我汇报。"

　　"好的严总，您早点休息。"司机说完退出书房，关上了门。

## 第十一章 一万种未来

严飞站到窗前,看着外面的夜景,心神不宁。辛辛苦苦寻找的人找到了。

"小哑?"严飞嘴里一直念着这个名字。

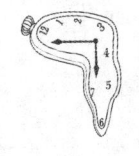

## 第十二章
# 我要你们全都好好的

我手中的灯笼，使眼前黑暗的路途与我为敌。——泰戈尔

周一早上，阿琛、小雨、小哑正在吃早饭。

小雨边吃着油条边说着学校里的趣事，班里有个同学上自习课睡觉，被老师发现了，拿手机录了他睡觉的样子和呼噜声。

"你们猜后面怎么样了？"小雨问道。

阿琛打了一个哈欠，表示没兴趣。小哑则十分捧场，问道："写检查？"

小雨道："你太俗了！老师放给全班同学看，然后让所有人以此写一篇800字的作文。"

小哑笑着说："你们老师挺棒的。"

阿琛又打了一个哈欠，拿起一旁的报纸翻看。小雨瞥了阿琛一眼，小声嘟囔了一句"哥哥讨厌"，然后继续对小哑说道："还有一件事，就是课间我在操场散步，突然从我的左侧飞过来一个篮球，吓得我都不知道怎么躲了，根本反应不过来。然后，又飞过来一个足球，把篮球弹走了，太帅了。"小雨忽然眯着眼睛笑起来，沉浸在自己讲述的这一幕中。

小哑突然问道："他叫什么？"

## 第十二章 我要你们全都好好的

"什么?"小雨有点慌,忐忑地看着小哑,小哑垂着眼喝着豆浆。

"那个踢足球的男孩。"小哑道。

小雨对着小哑笑,试图蒙混过关。"说吧。"小哑严肃道。

小雨低头道:"夏风。"

小哑道:"四个字,收心,学习,明白吗?"

小雨点点头,赶紧往嘴里塞满吃的,来掩饰自己的心虚。

"一个生命就这么没了。"阿琛叹了口气把报纸放下。

"哥,怎么了?"小雨赶紧追问,着急把刚才的事情遮过去。

阿琛摇摇头:"高空坠物,死了一个女孩,找不到肇事者。"话音刚落,小哑的心口一阵疼,如同一道细小的闪电击中了她的心脏,撕裂了一条缝隙。

小哑抓起报纸,找到那则新闻,祈祷着:千万不要!千万不要!

"你怎么了,小哑?"阿琛问道,因为小哑根本不知道她的手在抖。

一个星期前的新闻了,报道中出事的女孩叫佟艺,高三学生,出事的地点、出事的建筑、砸下来的东西……与小雨的意外一模一样,唯一不同的便是时间!

有些事情是注定的吗?终究是逃不过的吗?

她的眼前又一次出现了刀疤的脸。

小哑摇摇头:"没事,可能有点累。"

她努力控制着自己,直到小雨去上学,阿琛去上班,她才终于绷不住了。小哑整个人都在发抖,曾经满身是血的小雨躺在自己怀里的画面再次重现,占据她所有的感官,空气中全是血的味道,令她胃里翻江倒海。

小哑抑制不住内心的悲痛,这个陌生女孩的死究其原因是因为她。小哑的脑海里忽然冒出一个念头,如果这一切最终都无法改变,自己是否能够承受再一次失去小雨的痛,又能否坦然面对余晨阳的离开?

不能!不可以!我要你们全都好好的!

半个小时后,小哑站在高空坠物的地点不远处,久久无法迈出那一步,因为这里是她永远都不想再来的地方。恍惚中,她看到水泥地上浸满了鲜红的血。直到小雨的笑脸在她脑海里闪过,幻觉里的血色才渐渐褪去,一切恢复原样,清晨的胡同里冷冷清清,铁青色的树和墙让周围更冷了几分。

"是你?"一个熟悉的声音在小哑身后响起,小哑努力挤出一个微笑,转过身,看到余晨阳站在那里,手里拎着一些水果和营养品。远处余晨阳橘色的羽绒服成了周围唯一的颜色。在小哑冰冻三尺的世界中,余晨阳一直是温暖的存在。她多想跑过去,钻进余晨阳的怀里,被他包裹得严严实实,这样就不觉得冷了吧。

"你为什么一直找我?"余晨阳不解。

"因为……"小哑仍旧不知道怎么解释,这种事情说出来谁都不会信。

"因为什么?"余晨阳追问道。

小哑还没有开口,乔绒款款走来,走到余晨阳的身边,挽住他的胳膊,"我上午有课,慰问团的事就不陪你上去了。"他们的举止亲密,分明是一副情侣的模样。

"你先回学校,注意安全。"余晨阳温柔地说道。

乔绒挥挥手:"哥,学校见。"

哥?小哑一时间觉得自己听错了,乔绒喊余晨阳哥?

虽然小哑不喜欢乔绒，但是只要余晨阳身体没事，便早已默认了自己退出，她以为乔绒和余晨阳在一起理所应当，现在乔绒却喊余晨阳哥？

小哑试探着问道："她是你妹妹？"

余晨阳感到莫名其妙："不明显吗？"

小哑道："很明显，可是……"

余晨阳想她一定疑惑为什么一个姓余一个姓乔，于是进一步解释道："我们是同父异母的兄妹。"

小哑有点震惊，时间线错乱后，人物关系改变这么大吗？

"那么，你究竟是谁？"余晨阳又问道。

小哑，你已经退出了，他还好好地活着，就让他拥有自己的生活吧，就让他拥有没有你的生活吧，这样或许更好的。你从来都是给别人带来麻烦的那一个。小哑在心里劝着自己。

她跑开了，跑到另一条巷子，躲在一棵大树后面，在那里小哑发呆了五六分钟，她重回出事地点，余晨阳已经走了。小哑向邻居打听到了出事人家，在一单元三楼。

小哑深吸一口气，走进了单元门里，开始爬楼梯。三楼，左中右三户人家，小哑看了看三家门口的鞋架，只有中间这户人家的鞋架上有孩子的运动鞋，女式，潮品，应该是这家没错。

小哑按响了门铃，开门的是一个憔悴的妈妈，尽显疲态，大抵没错了。

"你好，你找谁？"妈妈道。

"是宋女士吗？"小哑记忆中报道上有写宋女士之类的字样。小哑刚问完，从缝隙中看到沙发上坐着余晨阳，余晨阳也看到了她。余晨阳站了起来，走向这个奇怪的女人。宋女士从他们的眼神里看得出来,他们是认识的,于是问道:"你也是学校慰问团的吧?你是他老师?"宋女士指着余晨阳。

小哑点点头,宋女士让开门:"进来吧。"

家里布置得非常简单,除了必要的家具再无其他累赘,收拾得也极为整洁,就连沙发上的抱枕都摆得有序端正。

小哑小声对余晨阳道:"先假装我是你老师,出去了我向你解释清楚。"

从莫名其妙打电话到她忽然来到家里,又在这里偶遇,而且都来因高空抛物女儿出事的宋女士家,余晨阳对她的疑问更大了,于是暂时同意配合。他想知道答案。

简单寒暄之后,小哑提出来能不能看看佟艺的照片。宋女士犹豫了很久,还是答应了。她到佟艺卧室的抽屉里去翻,照片被她放在了最深处,自从佟艺出事之后每次看到照片,宋女士都会泪流满面伤心欲绝,所以她就把照片扣着放,其实是多此一举,因为每次想念佟艺的时候她都会翻正它,之后就放进抽屉里,上了一把锁。

宋女士把照片给小哑,那是一家三口的照片,每个人都笑得很开心,充满了爱与温馨。佟艺跟小雨长得有几分相像,尤其是笑起来嘴角的弧度和眼神里传递出来的清澈,简直是一模一样。

一切真的都是命运吗?

"对不起……对不起……对不起……"小哑在心里疯狂道歉。

但是又有什么用呢?一个鲜活的生命就此消散如烟雨,小哑经历过生命一点点逝去的过程,疼得心打了十万八千个死结,她特别理解宋女士的心情和遭遇的绝望。

"找到肇事者了吗?"小哑抚摸着照片上女孩微笑的脸庞。

## 第十二章 我要你们全都好好的

宋女士心如死灰:"没有,没有目击者,没有线索,什么都没有……"她把脸埋在手心里,肩膀开始微微颤动。

"宋女士,警察一定会找到肇事者的。"余晨阳道。

小哑看着伤心的宋女士,想去抱抱她,可终究是放弃了。出事的那天一定是她一生中最黑暗的一天,小哑又何尝没有经历过?小哑在纠结要不要偷走那一天,这样至少宋女士会减轻一些痛苦。可如果拿走,那么她的记忆便会丢失,女儿已经不在了,再让关于女儿的记忆不完整,应该更是遗憾吧。

最终小哑没有偷走宋女士的时间,她在心底发誓,一定要找到肇事者,这才是对宋女士最大的安慰,也是自己必须去做的。

从宋女士家出来,余晨阳告诉小哑一定会帮她,帮她找到肇事者。

只有找到肇事者,小哑的执念才会放下,负罪感才会减轻。

从宋女士家出来,他们来到一家甜品店,余晨阳等待着小哑解开他的疑问。

"我要找出肇事者。"小哑道。

"这件事跟你有什么关系?"余晨阳问。

"在你的角度以及其他人的角度,跟我毫无关系,但是在我的角度,跟我有直接关系。"小哑站起来,径直离开。

不要回头!你已经退出了!小哑终于没有犹豫,推开玻璃门,消失在人群中。

余晨阳看着小哑消失的方向,久久出神。

小哑执拗地回到了出事地点,她就站在路边,每过一个人她就上前询问关于高空坠物的事情,每从楼里出来一个人她都不放过。小哑就用这种笨方法,一直到天快黑下来都没有找到有用的信息，只有一条黄色的流浪狗一直在远处徘徊。但是小哑不放弃，中途买来面包和八宝粥，她一口没吃，全喂了那条流浪狗。因为这件事如一座泰山一样压在她的心上。

雪花飘落，在小哑的脸上化开。她这是在惩罚自己，起码，这样心里会舒服些。

直至深夜，街上再无一人，小哑终于离开了。这时候那只流浪狗又出现了，小哑冲它招手，又随口给它起了个名字："大黄，过来。"

流浪狗像是听懂了，朝着小哑跑了过来，小哑到附近的一家24小时的汉堡店买了炸鸡腿喂给它吃。虽然狗不能吃太咸的东西，但是总比饿肚子翻垃圾桶要好得多。

今夜的云层很厚，完全遮蔽了月亮和星星，零星的小雪已经停了，此时街上只有一人一狗，孤单落寞。

第二天阿琛正常上班，小雨正常上学，小哑很早便到了公司，主编那边催得紧。小哑从来没想过自己竟然有绘画天赋，当一个个鲜活的人物跃然眼前的时候，她自己都惊讶了，就如有神助，只要画笔触碰到数位板的时候自然而然地就画出来了。

直到有人敲响小哑的办公室门她才意识到，原来自己已经坐在电脑前三个小时了。

敲门的同事说道："小哑，有个人找你。"

"谁？"小哑问道，难道阿琛或者小雨又闯祸了？

同事道："他说他叫余晨阳。"

小哑抬起手捏了捏脖子道："说我不在。"

"好的。"同事退出办公室，顺便带上了门。

## 第十二章 我要你们全都好好的

小哑站起来活动了一下,冲了杯咖啡继续工作,直到中午,她到公司楼下吃午餐,刚出大厦门口,便看到余晨阳站在右侧,她想躲,却已经来不及了。

"跟我来吧。"小哑带着余晨阳来到一家餐厅,叫了两份简餐。

"没吃呢吧?吃吧。"小哑道。此时,余晨阳就像一个弟弟一样,青涩、害羞,小哑不由觉得好笑,笑命运奇妙。曾经余晨阳处处护着她,如今她在错乱的时间线里大他三岁。

看样子余晨阳饿坏了,迫不及待开动了。

"你是怎么找到我的?"小哑问道。

"人气漫画作者,网上一搜全是你。"余晨阳口中全是饭,含糊不清。

"你找我做什么?"小哑问完就觉得自己很愚蠢,明明最开始是她第一时间找的他。

余晨阳道:"我想知道你是谁。"

小哑道:"我就是一个画漫画的,叫小哑,你不是在网上能查得到么?"

余晨阳把勺子放下:"你知道我问的是什么意思。"

小哑吸了一口气,手在下面紧紧抓住衣摆,说道:"对不起,我不知道,以后不要来找我了。"说出这句话的时候,小哑的心在滴血,她曾经很多次地哭喊着:余晨阳,我需要你。

"吃完了回学校吧。"小哑站了起来,桌上的午餐一口没动。

小哑回了办公室,却也无心工作。她从大厦后面偷偷溜了出去,前往出事地点,用她的笨方法找线索。

那条流浪狗大黄又出现了,朝着小哑慢慢走了过来,然后卧在小哑脚边,安静地待着。

267

"你来了。"小哑跟大黄打招呼。大黄像听懂了似的,哼了一声作为回应。

小哑问道:"真乖,你饿不饿?我去给你买点吃的。"

大黄抬起头看了小哑一眼,然后伸出了舌头。"你等着,我很快回来。"说完小哑起身到附近的便利店买了香肠、面包回去喂大黄。大黄吃饱之后也没有走,继续陪着小哑。

此时,小雨跟一个男同学一路有说有笑地路过。是小雨先看到小哑的,然后迅速与同学保持距离,喊了一声"姐"。

只要小雨出现在这条路上,小哑就会莫名紧张,问道:"怎么没在学校?"

"跟同学一起吃了个饭。"小雨说道。

小哑开始打量这个男孩子,长相清秀,瘦瘦高高的,应该就是小雨口中的夏风了,他见到小哑弱弱地喊了一声"姐姐好"。

"你可以走了。"小哑道。夏风跟小雨挥了挥手,一步三回头地离开了。

"姐,我们就是一起吃了个午饭,我没早恋。"小雨解释道。

小哑看着她,一直不说话,看得小雨起鸡皮疙瘩。小雨抱住小哑的胳膊:"姐,你别用那种眼神看着我。"

小哑道:"行了,我相信你,你最多是暗恋人家。"

小雨心虚地吐了吐舌头,很明显被小哑一眼看穿了。

"姐,你在这干什么?"小雨开始转移话题。

"寻找目击证人。"小哑道。

"报纸上那件事?"

"是。"

"哪里有什么目击证人,如果有早找到凶手了。"小雨看了一眼趴着的大黄,"目击证狗倒是有一只。"

小哑不想小雨过多了解这件事,于是"驱赶"小雨赶紧回学校。

一直到接近凌晨,小哑一无所获。她跟大黄告别后,散步回家。这里距离棚户区不远,走路一刻钟便能回去。路过酒吧街的时候小哑看到一个熟悉的身影。严谨,她怎么在这里?

严谨进入一家酒吧,小哑跟到了门口,停了下来。严谨是刀疤的女儿,小哑知道要远离,但是她又比谁都清楚如今是如何都逃不过的,因为他们已经产生了交集,小哑只能祈祷着,他也像其他人一样,有了全新的人生,不再记得之前的事情,也不再记得阿琛、小雨和自己。只是,这些都是小哑利好的推测罢了,生活中到处是事与愿违,所以,她需要有所防备,她做出了一个决定,要主动,多了解一些刀疤,以便应对。

小哑跟着严谨进了酒吧,装作偶遇,两人找了一个稍微安静的角落。严谨看上去又有些伤心,但是浑身的气场带着一些怒意。

"你怎么了?可以跟我说说。"小哑试探道。

严谨灌下一口清酒,说道:"还不是因为我爸!"

"你爸又惹你生气了?"小哑问道。

"简直无法容忍!"严谨又灌下自己两杯才说道,"今天晚上,我精心准备了一大桌子菜,摆了三副碗筷和三只酒杯。我爸答应我今晚一定拒绝所有应酬回来吃饭,因为今天是我妈妈的忌日。我一直等啊等,电话打了一个又一个,我听得出来我爸喝醉了,直到十一点半,我再也绷不住了,威胁我爸的司机要到了地址,我杀到酒店,正好看到我爸醉醺醺的,被一个女人扶着进了房间。我冲进去大闹了一场,我爸骂我不懂事,还给了我一巴掌,我就

269

哭着跑了出来，然后就来这里了，然后就遇上你了。姐，咱俩真有缘，你就是我的小天使啊。"

严谨又一连干了好几杯，看小哑已有点重影，她不胜酒力，已经有些微醺了。一个女孩在这种场合喝醉了可不是什么好事，于是小哑带着严谨离开了。

两人站在酒吧门口的路边打车，严谨翻包的时候发现手机不见了，应该是落在了卡座上，转身就要回去，正好碰见一个男人从酒吧出来，手里拿着的就是严谨的手机。

这个人满身酒气，脸上还挂着口红印，一直对着严谨笑，而且笑得很猥琐，让严谨浑身起鸡皮疙瘩。但她不得不硬着头皮，礼貌地说道："不好意思，手机是我的，麻烦还给我，谢谢。"

男人咧开大嘴，露出黑白交错的牙齿，嘿嘿笑了两声："肯定是要还给你的嘛，我出来就是找失主的。"

"谢谢。"严谨伸出手，拿着手机的那个男人却一把抓住她的手。

小哑立刻把严谨拉到自己身后，对那个男人说道："你快走吧，不然我报警了。"

男人要继续上前，小哑道："滚，不然我对你不客气。"

"我就喜欢听这句话。"男人说完便直接捂住小哑的口鼻，小哑闻到一股浓郁的香味，瞬间头昏脑涨，全身的力气逐渐在流失，脚下有些轻微的发软。

一切发生得太快，严谨傻了两秒钟，刚要叫，便被男人一把抓住，往一旁的黑巷子里拖拽，严谨死死地往下坠身子以此抵抗，可奈何她的体重太轻，起不到作用，与此同时严谨大喊道："救命……"

## 第十二章　我要你们全都好好的

第二声救命还没有喊出来,便被男人捂住了嘴。那一刻严谨是绝望的,眼泪往外涌,她在心里歇斯底里地喊着,爸爸救我。

男人准备先把严谨拖进巷子,再回来把小哑也拖进去。小哑刚才第一时间闭气了,没有吸入多少气体,此时清醒了几分,但是仍旧没有力气,她艰难地拿出手机,发了消息和定位给阿琛:救我!

男人从严谨的背后抱住、勒紧她,继续倒退着往巷子里拖。严谨的脚乱蹬着,踢翻了位于墙根的铁皮垃圾桶,叮当乱响,然而这点声音太微不足道了。

小哑知道自己也跑不远,她鼓起勇气走到黑暗的巷子里准备拖延时间,等阿琛来。

严谨用力咬了男人一口,男人的手吃痛,短暂松开了严谨的嘴巴,严谨再一次喊出了"救命!"如同寒冬黑夜里被撕裂的风,刺耳而绝望。

男人咒骂了一句,再次捂住严谨的嘴,成功把她完全拖进黑暗里。

这里的黑,将是地狱。严谨这样想着,几乎要放弃了,觉得浑身的力气都用完了,身体变得软绵绵……

"你放她走,她还是学生。"此时小哑站在那个恶魔的身后,有气无力地说道。

男人回头,贪婪地笑着说道:"学生我喜欢,制服我也喜欢,今天谁都走不了。"

男人向着小哑走了几步,小哑下意识后退,不小心踩到一只易拉罐,险些摔倒。

"放开那两个女孩!"一个有些稚嫩的声音洪亮地响起,小哑

偷时间的女孩

回头看到余晨阳站在巷口，霓虹灯和路灯发出的光在他的背后，如同一个舞台。

男人歪头看了一眼余晨阳，恶狠狠地说道："滚开，别多管闲事。"

余晨阳才大二，瘦瘦的，明显打不过这个混混，小哑怕他吃亏，喊道："走啊。"

男人道："走？去报警吗？"说着便越过小哑，直接扑向余晨阳，两人打作一团，拳头声和闷哼不断传入小哑的耳朵。

余晨阳终究打不过对方，抱着肚子倒在地上，满脸的血。

男人走向小哑，伸出手马上要碰到小哑的时候忽然停住了，因为有一只爆满青筋的手抓住了他的胳膊。

小哑看到阿琛，放心了，论一对一，阿琛难逢敌手。

男人看了看阿琛："又一个多管闲事的，滚。"

阿琛故作成熟地冷笑了一下："在我的棚户区，还没有人敢跟我说'滚'这个字。"

男人噗嗤一声笑了："棚户区？你以为这是哪里？乡巴佬！"

阿琛也不生气："你是在嘲笑我吗？"

男人道："我在夸你。"

阿琛笑脸相迎："谢谢，谢谢。"

男人突然怒道："少跟我嬉皮笑脸的，滚蛋，能听懂吗？"

阿琛慢慢靠近他们，继续笑着说道："不好意思，小弟没上过学，不太明白滚蛋是怎么个滚法，滚成蛋吗？是把身体缩成一个圈，还是怎样？难度有点大啊，我这人身体比较硬……"

男人道："我看你小子没尝过拳头的滋味。"

打架这种事情，阿琛没怕过，他步步紧逼，"那你打我啊，我

## 第十二章　我要你们全都好好的

这人有一毛病，特别喜欢挨揍。"

男人道："这可是你自找的。"

阿琛点点头，"自找的，你打我，别对一个女孩动粗啊，我扛揍。"

阿琛看上去瘦瘦小小，个子也不算高，根本没有任何优势。男人的拳头冲向了阿琛，他觉得自己两拳就能撂倒这个小不点，然而再带女孩去其他地方。

从男人的抬手动作阿琛就能清楚地知道，他没怎么打过架，或者说从没打赢过，太嫩了，破绽太多。就在男人拳头到阿琛面前的时候，阿琛迅速矮下身子，用手肘重击男人的腹部。男人吃痛，跌倒在地上，瞬间丧失了战斗力。

接着，阿琛又在男人的小腿上重重地补了一脚，让他暂时无法站起来，男人在地上打滚哀号着。

"姐，你没事吧？"阿琛扶住小哑，小哑让他去看看严谨，她自己慢慢走向在地上躺着的余晨阳。

阿琛走到严谨面前，问道："你怎么样？"

严谨机械地摇摇头，"我没事，我没事。"

"他有没有怎么样你？"

"没有，谢谢你及时过来，谢谢你。"

"我叫阿琛。"

"我叫严谨。"

"走吧。"阿琛扶着她，两人一起外往走，那个男人还在地上号。严谨忽然停下，对阿琛说道："我的手机还在他身上。"

阿琛让严谨等着，他回到那个男人身边，在他身上摸出两台手机，问哪个是她的。严谨拿走自己的手机并催促阿琛赶紧离开。

"再等我一下。"阿琛说完重新蹲在男人身边开始摆弄男人的手机,发现有指纹识别密码,于是拿着男人的右手问道,"哪个手指?"

男人从牙缝里挤出两个字:"食指。"

阿琛解开了锁,打开录像功能对着男人:"交代一下,你叫什么,做了什么事,如果不说有你好受的。"阿琛的语气像是唠家常,"我给你举个例子,坐冰块知道吗?别看这三个字简单,但是它出现的时期很早,据说西汉就有了,是一种酷刑。我本来也不知道,是我妹告诉我的。我给你解释一下哈,就是绑住你的手脚,然后让你坐在冰块上,你要是不老实交代呢,就罚坐越久。这季节,这个时间点,效果加倍,旁边就是酒吧,冰块多的是,你等着我,我去拿点来。"

"兄弟,我说,我说。"男人哀求道。

阿琛点开录制按钮,对着他拍摄。男人交代道:"我绰号叫老蔫,我有案底,猥亵。刚才我在酒吧的时候就盯上那个女孩了,她离开我就跟了出去,好巧不巧我捡了她的手机,利用还手机我接近了她,然后制住了她,把她拖进没人的黑巷子里,图谋不轨,女孩的这辈子差点毁在我手里,我知错,我再也不敢了,再也不敢了……"

录制完了之后,阿琛把手机扔给严谨让她报警,然后阿琛解下男人的腰带扒了他的裤子,把他的手脚都绑起来,最后把他倒装进垃圾桶里。

阿琛把手机留在现场显眼的位置,方便警察来了看到。

那边,小哑艰难地把余晨阳搀扶起来,心疼地帮他擦着脸上的血:"你是不是傻?你又不认识我,你逞什么能啊?"说着说着

## 第十二章 我要你们全都好好的

小哑的眼泪掉了下来。眼泪掉的那一刻小哑才知道，原来自己内心仍旧是那个小女孩。

余晨阳只管傻笑。

小哑让阿琛把严谨送回家，她则带着余晨阳去了医院。

医院里，护士帮余晨阳包扎好了，让他简单地缓一会儿就可以离开了。小哑站在一旁蹙额心痛。

"你一直跟着我吗？"小哑忽然问道。

余晨阳嗯了一声。

小哑道："你跟着我干吗？"

余晨阳不敢看小哑："对你好奇。"

"为什么？"

"我总觉得你认识我，或者我认识你。但是，我又不认识你，你后来改口也说你不认识我，我乱了，我要弄清楚。"

"刚才那么危险，你为什么要救我？你明知道你打不过他的。"

"我什么都没想，也没想危险，就是不想你有事。"

"如果我有事，你心里什么感觉？"

余晨阳摇摇头："我不知道。"这一动牵扯伤口疼得余晨阳倒吸凉气。

"傻。"小哑看着伤痕累累的余晨阳，忽然笑了，那一刻小哑决定让余晨阳重新记起她，她不得不承认，她放不下他。

让所有的顾虑和担忧都去见鬼吧，再糟糕也不会比之前余晨阳和小雨的死糟糕了！

他们离开了医院，余晨阳带小哑回了家，平时周一到周五都是住校的，所以乔绒正在学校。

余晨阳打开书房的房门，小哑来过这间屋子，今天再看，没有任何变化，她仔细看着书架上的书，就连书摆放的顺序都没有变。

余晨阳拿了两个蒲团，两人坐在地上。

"我先给你讲个故事，关于我的故事。"小哑自然地靠在他肩膀上，余晨阳的心一阵狂跳。

从出身，到福利院，到与阿琛和小雨如何认识，并成为一家人。接着到她的特殊偷时间的能力上，再到与余晨阳的相识与相知过程，最后到小雨的死上，只是中间隐去了跟乔绒的恩怨、余晨阳的病情以及阿琛和刀疤的事情。

听完小哑的讲述，余晨阳久久沉默，完全陌生的故事让他觉得从中学到大学仿佛缺席了太多，而且偷时间这种能力听起来就像做了太多梦的少女的幻想。

"你相信我吗？"小哑看着余晨阳有些空洞的眼神问道。刚才确实是一下子抛出去得太多了，而且听起来是那么不真实那么匪夷所思，他需要时间消化。

小哑拿出怀表给他看，余晨阳正反仔细观察了一会儿，除了老旧以及指针是裸露的，并没有什么特别之处。

"我……"余晨阳深吸一口气，小哑身上的味道很好闻，令他有些贪恋。

"我证明给你看。"小哑注视着他的眼睛，"看着我。"

余晨阳的眼神躲躲闪闪，不敢去看，他的心跳还没有恢复正常。

小哑伸出手，摆正他的脸，转动指针，随机偷取了余晨阳的时间。

小哑道："你经常做一个梦，满是繁星的走廊里，有一个女孩无助地站在那里。"

余晨阳张大了嘴巴:"对,我从高中开始就一直做这个梦,无数次了,这个梦很短,但是感觉非常冗长。"

这个梦余晨阳从来没有跟别人讲过,就连乔绒都没有告诉过。所以,不会有除了他自己的第二个人知道。余晨阳信了。

小哑道:"我就是那个女孩。"

"我相信你。"余晨阳说道。

"你真的相信我吗?"

"我真的相信你,我的直觉告诉我,你不会骗我,你也没有理由骗我。"

对于在特殊环境长大的小哑来说,被人信任是多么奢侈和重要。她看向他的眼睛,满是星辰。有时候小哑会怀疑自己,她对他的感情更多的是感激和依赖。

我们之间曾经是爱情吗?她在心底问道。

小哑感受到余晨阳的呼吸很重的时候才发现,他们靠得太近了。她不管了,她冲进了余晨阳的怀抱,她哭出声来,自从醒来之后一直压抑的她放声痛哭了起来。

余晨阳轻轻拍着她的后背,虽然不明白小哑经历了什么,但是似乎能感受到她的心境。

小哑推开他,抬起头,主动吻了余晨阳。余晨阳像一根钢筋水泥浇灌的电线杆,浑身僵硬笔直,竟然忘了呼吸。

小哑再次推开余晨阳,擦了擦眼泪:"我该回去了。"

小哑匆匆离开余晨阳家,刚才她的心跳得更厉害。走在深夜的街上,小哑心情舒畅,她从没有如此轻松过。也是这个时候小哑才发现,怀表上出现了几道明显的裂痕。

忽然，响起两声犬吠，哪里来的狗？大概是路边的野狗抢吃的吧。

狗？目击证狗？

小哑想到小雨打趣说的目击证狗，没错，小雨说的没错，唯一有可能目击整个事件的便是那只经常在附近的流浪狗了。如果可以偷人的时间，是不是也可以偷狗的时间？如果一切都很幸运，那么将会找到高空抛物的肇事者！

小哑伸手拦了一辆出租车，前往目的地。

"大黄，大黄你在哪儿？"下车后，小哑开始呼唤那条流浪狗。

不久，大黄从一旁的垃圾桶里探出头来，看到是小哑，立刻跳出垃圾桶摇着尾巴冲了过来，然后绕着小哑转圈，特别开心。

"大黄，你看到了对不对？"小哑蹲下来，摸着大黄的头，"帮我个忙好不好？看着我的眼睛，就几秒钟。"

大黄黑色的眼睛很明亮，很纯粹，小哑羡慕这种眼神。小哑把时间调回佟艺出事的那天，尝试偷走大黄的时间，当她看到大黄的记忆的时候欣喜若狂，成功了。小哑看到那天楼上有两男三女，他们似乎喝多了，摇摇晃晃，在讨论着什么。忽然其中一个穿着皮衣的男孩抬起一块石板放到窗户上，然后又在跟其他人说着什么，忽然他松手了，石板落下，砸中了正好路过的佟艺。那五个人傻了，彻底慌了，四散逃走了，没人看到他们，幸运的是大黄看到了他们所有人的脸。

小哑把他们的脸画了下来，边画边庆幸，幸好自己成了漫画作者，掌握了绘画技巧。

小哑打给了孙警官，在这条时间线里，他仍旧是负责这起案件的。讲述完事情的原本之后，小哑把画像传给了孙警官。

## 第十三章
# 时间的报复

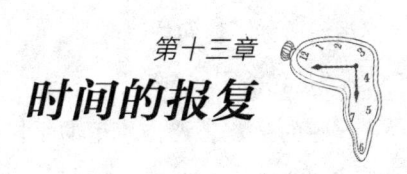

时间是一个伟大的作者,它会给每个人写出完美的结局来。——卓别林

严家书房。严飞躺在地板上,眼神呆滞地望着天花板。他已经三天没有去公司了,公司的领导层几次打过来电话都被严飞骂了回去,"这么点小事都处理不好吗?要你们来当大少爷的?别再给我打电话,让我清净清净!"

"一群蠢货!蠢货!"严飞直接把手机用力扔了出去,手机碰到墙角,四分五裂。

严飞拿起胸口上放着的相框,相框里是一个穿着旗袍的古典美女,这就是严飞的妻子,严谨的母亲。

他的头更疼了,妻子是他的痛,是他的秘密,也是他最大的愧疚。

严飞抚摸着照片上爱妻的脸庞:"对不起,真的对不起,是我杀了你……"

这句话却刚好被回到家的严谨听到。她是被阿琛送回家的,进到屋里却没发现父亲的身影,楼上的书房亮着,严谨以为父亲在工作,于是轻手轻脚上了楼。

书房的门虚掩着,严谨看到父亲一个人抱着妈妈的画像哭泣,然后她听到了这句话。

"是我杀了你……"

砰的一声,严谨手里的手机掉在了地上,严飞立即站起来,看到女儿呆若木鸡地站在门口。

"谨儿,你听我解释。"严飞边说边冲向门口。

"你杀了妈妈?"严谨不敢相信这是从父亲口中说出来的话。

"你听我说,不是你想的那样。"严飞已经到了她面前。可是严谨一把推开他,"我不听,你伤害了阿琛,你还对妈妈……"严谨转身跑下楼梯。

"你慢点,别摔着。"严飞追过去。

"你离我远一点。"严谨喊道。

"谨儿,爸爸……"严飞捂住眼睛,不让眼泪出来,他顿了好久才说道,"爸爸从来没有跟你说过你妈妈去世的真相,今天爸爸告诉你。"

"妈妈不是死于一场意外大火吗?你一直都是这么告诉我的,你个骗子。"

"你妈妈确实死于大火。"严飞走到酒柜前,拿出一瓶烈酒,给自己倒了一杯。

"能给我一杯吗?"严谨的情绪明显缓和很多。

严飞又倒了一杯,加入冰块后递给严谨。

严飞喝了一大口,长长舒了一口气才说道:"你妈妈出事那年你上高三吧,那时候爸爸刑满释放有一段时间了,跟之前认识的几个朋友合伙搞起了地产生意,很快生意有了起色,挣了不少钱,你妈跟我吃了半辈子的苦,我们结婚的时候没有求婚仪式,没办婚礼,没度蜜月,领完证后就吃了一顿饺子,还是速冻的,那顿饺子是爸爸这辈子吃过的最好吃的饺子。挣了钱之后,我订了机票,带你妈去一个小国家度蜜月,这个蜜月爸爸策划了好久。

"爸爸在海边租下一栋小木屋,事先叫人精心布置成了婚房,我在海边重新跟你妈妈求了婚,然后我们一起包饺子,吃饺子,看海,看星星……

"我们度过了三天三夜甜蜜的时光,临走的时候爸爸打算给你妈做一顿饭。我哪里会做饭啊,照着菜谱做也做不好,做饭实在是太难了。但是你妈妈还是吃得很开心,说好吃,我知道她骗我的。吃完饭我们很早就休息了,因为还要赶第二天一早的航班。可是爸爸没有关紧燃气阀,燃气泄漏,你妈妈起夜开灯的时候爆炸了,我是靠窗睡的,被爆炸产生的热浪推到了木屋外,瞬间木屋燃起大火……"

此时,严飞已然泣不成声:"我害怕了,我试了几次都不敢冲进火海救你妈,我怕了,我腿软,怕死……"

"如果当时我毫不犹豫地冲进去,第一时间把你妈妈救出来,说不定你妈妈就不用死了。

"所以,是我杀了她……

"对不起谨儿……"

严飞大哭起来,他跪在地上,撕心裂肺,眼泪和鼻涕流了满脸。他用力捶打着地板,很快拳头皮开肉绽,鲜血淋漓。他崩溃了,仿佛重回海边,小木屋爆炸燃起熊熊大火,他跪在沙滩上,声嘶力竭。

"爸爸是个懦夫,不配做丈夫,不配做父亲。"严飞开始猛抽自己的耳光,一下比一下重。

这样的举动把严谨也吓哭了，准确地说她哭的原因很复杂，其中最主要的是对母亲的爱和对父亲的爱。严谨看到了父亲的脆弱，这份愧疚折磨了他那么多年，两千五百多个夜里，他把自己的心用力踩在地上，来回摩擦，千疮百孔，寸草不生。

"爸，你别打了，你把自己打死妈妈就能活过来吗？"严谨抱住父亲的胳膊，"爸，或许你进去了你和妈妈都出不来了，我不怨你，我不怨你了，爸，忘了吧，都已经过去了。"

父女俩抱头痛哭了一会儿，严飞说道："我忘不了，这件事会跟我一辈子，让我一辈子痛苦，这是我欠你妈妈的。"

严谨道："可是活着的人还是要好好活着的，妈妈就希望看到你这样吗？她爱你啊，怎么可能会希望你这样活着，如果你爱妈妈，你也不会这样活着，忘了吧，你没有杀妈妈，那是意外。"

"对不起谨儿，对不起……"严飞又灌下几口酒。

严谨忽然想到小哑偷时间的能力，被偷走的那段时间的记忆也随之消失，而且她还亲身经历了被小哑偷走时间的全过程。

"爸，我有办法让你忘记。"接着严谨告诉了父亲小哑的事情。

果然！这就是联系，自己总是梦见她的脸一定跟她偷时间的能力有关系。她偷过什么时间？改变过哪些事情呢？严飞这样想着，如果这种偷时间的能力真的存在的话，那么是不是就可以把谨儿的妈妈"偷"回来？

无论怎样，一定要试一试，试一试才有希望。

"谨儿，这件事先不要麻烦你朋友，等爸爸彻底想好要忘记的时候再麻烦小哑。"严飞有了他自己的计划。

"好。"严谨道。

## 第十三章 时间的报复

第二天清晨,小哑从噩梦中惊醒。梦里,她落入一潭黑水,冰凉刺骨的湖水钻进她每一个毛孔里,小哑游啊游,游了很久很久,可怎么也找不到岸,直到筋疲力尽,她缓缓沉入水底,窒息感让她的大脑一片空白。就这么永远地睡去了吗?小哑闭上眼睛,梦里的感觉非常真实,她甚至想这一闭就可能永远也睁不开了。

小哑不知道为什么会做如此压抑的梦,预示着什么吗?小哑不去想它,因为她刚刚觉得生命明朗了起来,她很珍惜。

此时,五点钟,小哑立刻从床上弹起来,洗漱化妆,然后挑选了一件棒球服外套和一条蓝色牛仔裤,这样看起来比较像大学生打扮。她来到理工大学,找到余晨阳上课的那栋楼,开始着手她的大计划。

小哑永远记得余晨阳说过的那句话:银河系是彻底黑暗里面色彩斑斓的希望。

此时的教学楼里空无一人,小哑可以全心全意去回忆余晨阳曾经画在走廊里的银河图。

蟹状星云耀斑……麒麟座……玫瑰星云……鲸鱼座uv星……半人马座α星……各种星系尘埃……

当然,还有流浪行星……

一个小时不到,小哑完成了余晨阳曾经画过的银河图,最后小哑在一个显眼的地方签上了自己的名字。她没有写余晨阳的名字,是怕给他招惹麻烦。接下来,只需要等到学生陆续上课。

很快就有人发现了走廊里美轮美奂的银河图,大家聚在一起纷纷议论,小哑躲在人群里,等待着余晨阳的出现。她要用真实的场景告诉他,她就是那个女孩。

可是就在余晨阳刚刚出现在楼门口的时候,小哑的手机响了,是一个陌生号码打来的，小哑接起来，对方低沉地说道："我是严飞，见一面吧。"

小哑心里一沉，逃不过的终究是来了。小哑顾不上多在这里停留了，她想余晨阳看到后自然会明白的，于是匆匆离开。

小哑公司楼下的咖啡厅里，两人对坐。小哑点了一块蛋糕，她忙到现在还没有吃早餐，胃有些疼。她一小口一小口地吃起来，也在等他先开口。严飞开始用手指敲桌子，哒哒哒哒，速度越来越快，小哑的心脏跟着跳动。

严飞笑了一下，说道："我们果然认识。"

果然？他都记起来了？或者记得不那么清楚。小哑说道："准确地说，我们之间没有什么直接交集，我跟你也不算认识，甚至都没有像今天一样对过话。"

严飞继续说道："之前，我总是梦见你，你的这张脸很清晰。无数个梦提醒着我，我一定认识你，甚至跟你有着某种联系，在最开始的梦里，我只是梦见一个影子，渐渐地你的脸才清晰，我相信在之后的梦里，我们之间的事情我也会搞清楚的，但是在我不知道的这段时间里，我也不知道我会做怎样的试探，提醒一下，一定一定要小心一点好。对了，你是不是有个没有血缘关系的弟弟叫阿琛？还有个妹妹叫小雨，她很可爱，还有，你喜欢的人叫余晨阳，在理工大学读书。"

"你离我们远一点！"小哑攥紧吃蛋糕的叉子。

严飞笑道："明明是你总在我的梦里，怎么要让我离远一点呢？"严飞指着自己的太阳穴的位置，"我头很痛，真的很痛，我的头都快炸了，每隔一段时间就去看一次医生，我受尽折磨，你知道那种痛的滋味吗？"

## 第十三章 时间的报复

原本小哑准备了很多，甚至是很多谎话，想蒙混过去，可是现在她一句话都说不出来，这件事儿根本就绕不过去。如果直接原原本本告诉他，那么他一定会报复；如果不说任刀疤一路梦下去知道原委，也是会报复。而且在过程中，他还会时刻对阿琛和小雨以及余晨阳造成威胁……

小哑只能赌一把了，严谨曾经提到过她母亲的去世。

"好，那我也提醒你一下，一定要注意分寸，不然你会像失去你的妻子一样心如刀绞。"小哑想，这样诓严飞一下，或许能让大家"安全"一阵子。

严飞忽然变得很激动，用力抓住小哑的手腕，"你都知道什么？"

小哑忍着手腕传来的痛感，强装镇定，"我什么都知道，尤其是关于你的妻子。"这是他的痛点，小哑很幸运，找对了。

"你究竟是谁？"严飞眯起眼睛打量着小哑。

"别惹我，不然你会后悔知道我是谁。"小哑继续诓下去。

小哑抽回自己的手，揉着手腕站起来："记得结账。"说完径直离开了。

出了咖啡厅，小哑长舒一口气，一阵冷风吹过来，灌进她的脖子里，小哑紧了紧领子，继续往前走。经过这次时间线的错乱，她觉得自己长大了，可以独自面对很多大人该面对的问题了，她不再是那个无能为力只会哭、只会把掉了的牙咽进肚子里的小哑了。

严飞也出来了，经过小哑的时候看了她一眼，目光如熊熊燃烧的地狱之火。小哑没有躲闪，下意识握紧了她手中的机械怀表。

小哑盯着刀疤眼睛的时候，耳边仿佛听到齿轮在转动的声音。

当命运的齿轮开始转动的时候，你根本无法预测它所牵动的是什么。

突然，手机铃声大作，小哑又接到一个陌生的电话。

"余晨阳在我这里，不许报警，不然我无法保证他安然无恙。"对方说道。

"你是谁？你想要干什么？"小哑虽然心中一惊，表面上还算镇定。余晨阳刚才还在学校啊，怎么现在被绑架了？难道是自己出去的时候被余晨阳看到了，他跟了出来，然后被绑了？

"你打一辆车，我会再打给你。"对方果断挂了电话。

小哑打上车之后，对方很快来了电话。小哑根据电话的指示一直在三环路上兜圈子，来来回回没有七八趟也有五六趟了。

"不用绕了，我没有报警，我知道你是刀疤找来的人，我只要余晨阳安全。"小哑对着电话说道。

电话那头沉默了一会儿，说道："你上南三环，从丰收路下去，一直往南，有个烂尾楼，在那里停车。"

小哑嘱咐司机后，司机一脚油门，车子在巨大的轰鸣声中蹿了出去。

半个小时后，小哑来到了那栋烂尾楼，出租车驶离，周围全是荒地，人影都没有一个。小哑大声喊道："你应该已经在楼上拿望远镜看到我怎么来的，后面没车跟着，就我自己。"

这时，从三楼探出一个脑袋，冲小哑喊道："上来吧。"

小哑刚往烂尾楼走近一百米，又有一辆车停在了楼前的空地上，从车上下来的竟然是阿琛。

小哑连忙过去，问道："你怎么来了？"

阿琛看到小哑也是一头雾水："我接到电话，说你被绑架了。"

## 第十三章 时间的报复

小哑道:"我接到的电话是余晨阳被绑架了。"

阿琛警觉地看了看周围,"我先上去,确认一下。"

这时候,楼上人又喊道:"都上来吧。"

小哑与阿琛对视一眼,上了三楼,这里满是灰尘,只有三个人,其中两个戴着口罩,那个没戴口罩的竟然是那晚酒吧后巷图谋不轨被阿琛教训了的那个男人。余晨阳被绑在椅子上,昏迷着,此外,角落里还放着几只铁桶,里面放满了冰块。

"老蔫对吧?"阿琛道。

"好记性。"老蔫道。

"怎样才肯放人?"小哑问道。

老蔫道:"不急,咱们先玩个游戏。"话音刚落,不知道从哪里又围上来五个人。

阿琛再次看向角落里的冰桶,知道他说的是什么游戏,用力捶了两下胸口,痛快地说道:"别废话,想怎么玩?来吧。"

老蔫对两个帮手勾了勾手指头,说道:"伺候着。"然后两个帮手走到角落把冰桶一一拎到阿琛面前。

"把衣服脱了!"老蔫对阿琛命令道。

小哑刚要说话,便被其他两个人控制了起来。

阿琛二话不说,直接开始脱衣服,在十二月份里裸露了上身。

"裤子。"老蔫继续说道。

阿琛咬了咬牙,最终脱得只留下了一条短裤。

"冷吗?"老蔫幸灾乐祸地问道。

"不冷。"阿琛说完牙齿都在打架。

老蔫嘿嘿一笑,示意两个帮手:"给他加点料。"

其中的一个帮手拿起一只冰桶,直接浇在阿琛的头上,冰块顺着他的身体滚落，本来就冷，再被冰块一激，阿琛发出一声怒吼。

被控制了的小哑开始跺脚，嘴里喊着不要，但怎么也动弹不得，无能为力。

"刺不刺激？"老蔫看着阿琛咬牙切齿的样子，心里痛快。

"再来啊！"阿琛知道老蔫不会就这么轻易放过他，不然也不会准备那么多桶冰块。

"成全他。"老蔫道。

第二桶，第三桶，第四桶，统统浇在阿琛的头上，冰块滚落到地上，已经埋住了他的脚和一截小腿。

小哑看着阿琛的脸都冻紫了，一直摇头，流淌出的眼泪被甩到一边。从小到大，小哑一直都被阿琛保护着，这次也不例外，可是这次被老蔫逮到一个报仇的机会，阿琛会不会……小哑不敢去设想，她心中生出隐隐的不祥之兆。

哗啦啦，又是两桶冰下去，阿琛已经感知不到下半身的存在了，直接倒在了地上，身体蜷缩起来，浑身剧烈发抖。

他快要扛不住了。

"阿琛……"小哑用尽力气挣脱束缚，扑倒在阿琛身旁，"阿琛……"她的眼泪淌到地上，渗进灰里。小哑抱住他，双手用力摩擦他已经冻僵的身体。"没事的……一定没事的……不能有事啊……"小哑把地上的衣服捡起来，裹住阿琛。

"爽了就放人！"阿琛调动出身体里最后的力气怒吼道。

此时，已经没有冰了，刚才的游戏也够他好好喝一壶了，弄不好落下点后遗症什么的。"我还没上手呢。"老蔫吐口唾沫，"我把你落在我身上的拳头还回去，我就满意了。"

288

## 第十三章 时间的报复

两个帮手上来拉走小哑,现在阿琛已经没有了战斗力,不是那两个帮手的对手,他硬要护着小哑,鼻子上结结实实挨了几拳,鼻血喷涌。

阿琛再次倒在地上,但是死死抱住一个人的腿,老蔫终于站起来,过来用力踢阿琛,越踢越上瘾。

"别打了,别打了……"小哑扑到阿琛身上。

"好吵啊你,那么大声干吗?我又不聋。"老蔫抬起一脚用力踹在阿琛的肚子上,阿琛痛得缩成了一团,吐出一口鲜血。

"你们先撤,我办点正事儿。"老蔫不怀好意地笑着,"回去严老板会包大红包。"

所有的帮手都撤了,只剩下了老蔫,阿琛起不来了,余晨阳昏迷不醒。小哑一点都没有害怕,有的只是愤怒。

"严老板让我找你拿一样东西。"老蔫道,"一块老旧怀表。"

"他怎么不亲自来抢,何苦再唱一出戏?"小哑问道。

"严老板想洗心革面,做一个正经的生意人,这种小事,还是我们这种人做比较好。"老蔫道,"拿完东西,我再拿你这个人。"他说"拿"字的时候格外强调,听得小哑直恶心。

小哑拿出怀表,"是它吧。"小哑注视着老蔫的眼睛,然后转动指针,偷取了老蔫昨天的时间。昨天下午三点,老蔫坐在一家酒店的大堂里悠闲喝着咖啡,然后严飞的司机走向了他,坐到老蔫的对面。

老蔫道:"我知道,严老板要一块怀表,这件事交给我来办,保证完成得漂亮。您也知道,我跟那兄妹俩有点私仇,希望严老板能给我这个机会,借此弥补我上次犯的错,我真不知道那是严老板的千金。"

289

严飞司机道:"办不好,兜着走。"

老蔫点头哈腰,"是是是……"

小哑偷完老蔫的时间,老蔫这一段的记忆自然也就消失了,取表的任务也便忘了。正在老蔫纳闷,想不起来要说什么的时候,小哑拿起地上早就瞄好的板砖,拍在老蔫的头上。

砰的一声闷响,老蔫晕倒在地上。小哑这项技能很熟练,曾经对阿琛也用过。

由于小哑的动作幅度太大,差点把怀表甩出去,小哑查看怀表发现又多出来三四道很深的裂痕!几乎要布满整个怀表了!在"长大"之前,是不会出现这个情况的,在"长大"之后每偷一次时间便多出几道裂痕。

小哑来不及细想,赶紧给余晨阳松绑,然后叫醒了他,他们以最快的速度把阿琛送进了医院。检查完后,医生告诉他们阿琛脸上的外伤没有大碍,肋骨断了两根,内伤或许有些严重,肝脏脾脏乃至肺部都有不同程度的损伤,需要住院长期观察治疗。

小哑哭着求医生:"一定要救他,医生,一定要救救他……"

医生冷静道:"放心吧,我们会尽最大努力让患者康复的。"

这是阿琛第二次受这么重的伤了,而且都是因为自己被报复,小哑深深地自责。

虽然医生的话给了小哑不少安慰,但是她内心仍旧极度不安,她要他完好无损地站到她的面前。

接着,小哑在长椅上一直处于失神的状态,余晨阳默默陪着她。

阿琛手术完被推进病房,一直到深夜也没有醒过来,余晨阳

## 第十三章 时间的报复

让小哑回去休息休息，这里有他就行。

小哑想，小雨一个人在家，阿琛和自己都不在，会害怕吧，至少回去编个谎话说阿琛出差几天，然后再带点洗漱用品来。

小哑刚出医院便遇到了大黄，大黄一路跟着小哑回了棚户区，周围很安静，大部分人已经睡了，只有几户人家亮着灯，隐约能听到打麻将的声音。

家里黑着灯，从外面看没有任何异样，应该没有人，不然大黄应该叫才对。小哑用钥匙打开门，门锁完好，之前应该没人进来，小哑打开灯，客厅里很整洁也不像有人入侵。

"小雨！"小哑轻轻地喊了一句，没人回应。她推开卧室的门，客厅的光照进去，小雨正睡着。

小哑关上卧室的门，舒了一口气。她想，应该约严飞好好谈一谈了，告诉他所有事情，包括他妻子已经去世很多年了，就算偷再多的时间也无法把他妻子偷回来。

突然，一道强光打进来，白得让人睁不开眼睛，大黄开始乱叫。接着一阵轰隆隆的响声，像是有什么重型卡车开过来。

小雨揉着眼睛从房间走出来，"小哑姐，地震了吗？"

小哑道："没事，回房间去。"

小雨又问道："怎么了，姐？"

小哑直接喊道："回去！把门关好！"

小雨被吓到了，退回房间。"大黄，你也进去。"小哑指着卧室，大黄似乎听懂了，跟着小雨进了卧室。

小哑来到窗前，用手遮着眼睛向外看去，一台巨大的挖掘机停在自己家前面。挖掘机旁边还站着一排穿着黑色西装的人，突然，那一排人让开一条路，严飞走到最前面。

小哑从屋里出来,面对严飞等一众人,毫不畏惧,"把灯关了,晃眼。"

严飞举了一下手,他的手下关掉了主光源,留下了一盏照明灯。

小哑看着严飞问道:"你打算活埋了我们?"

严飞说道:"我只想要怀表,我可以买过来,你要多少钱?"

"所以,你是用一台挖掘机和十几个打手跟我一个女人谈判?严总真是太抬举我了。"小哑嘲讽道。

严飞威胁道:"我没那么多耐心,反正这里也要拆迁了,我早拆一会儿也没什么关系。"

"虚张声势,你埋吧,你要知道,你这是在杀人!"小哑转身准备回屋里。

接着一群人围住了小哑,小哑不惧,"这是要抢吗?就算你拿走了怀表也没用。"

严飞淡淡地说道:"动手。"

话音一落,那几个穿着黑色西装的人正要动手抢,忽然挖掘机运转起来,机械手臂打在房子上,房子的屋顶塌下,一块断裂的预制板掉了下去。接着传来几声大黄的叫声。

小哑大喊了一声"小雨"后,立刻冲了进去。

"谁他妈动机器了,我说的动手是让他们动手,开机器的动他妈什么?"严飞怒道。

小哑冲进卧室,大黄还在叫着,小雨躺在床上,鲜血染红了白色的床单,掉下来的预制板正好砸到她。

"小雨,你没事吧,小雨……"小哑冲到床边,用力推预制板,可怎么也推不动。

## 第十三章 时间的报复

"小雨！小雨！"小哑大声喊着，"没事，姐来了，小雨，姐来了……"小哑感到一阵阵的眩晕，接着是窒息感，且越来越重，她经受不住小雨再一次死在她面前。她以为时间线错乱之后，可以摆脱命运的既定结局，但是刀疤的出现，阿琛的重伤，以及此刻的小雨，都让她绝望，命运终究是无法逃脱的吗？

小哑继续用力推着预制板，手磨破了皮，预制板上留下了一道道血痕。与此同时，严飞带着人进来，看到眼前的一幕擦了擦额头的汗，吼道："愣着干吗？救人啊！"

几个人合力把预制板抬开，小雨躺在血泊里，无声无息。

"小雨，你听得到吗？你听得到我说话吗？小雨……"小哑抱着她，但是已经感觉不到她心脏的跳动了，"小雨，你不要丢下姐，姐已经失去过一次你了，你不要再把姐丢下啊……"

"120，打120，快。"严飞转身对手下说道。

"老板，已经打过了。"其中一个手下回道。

小哑恶狠狠地看着严飞："刀疤，你杀死了她，是你杀死了她！"

严飞面露悲伤："意外，是意外，我没想过动手，只想吓唬吓唬你，抱歉……"

"抱歉？"小哑的眼泪一边流着一边冷笑道，"一句抱歉人死就能复生吗？"

严飞不知道怎么面对小哑，转头对手下说道："去几个人，给救护车引路。"

"问你话呢！抱歉能让人死而复生吗？"小哑吼道。

几秒后，严飞回道："不能。"

"那抱歉有用吗？"小哑用尽全身力气质问道，声音已是沙哑。

293

"……"

"问你话呢！有用吗？"

咯吱！头顶的预制板又有些松动。小哑看了一眼头顶，上面还有一段断裂的，看样子坚持不住了。

小哑用力把小雨抱到一旁，刚要躲，预制板彻底断裂掉了下来，小哑下意识尖叫，但是躲已经来不及了。电光石火间，大黄一跃而起，扑向小哑，小哑被扑到一边，重重摔在地上，大黄摔在她身上……

## 第十四章
# 他们被时间偷走了

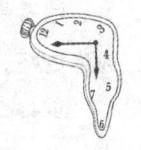

> 冬天从这里夺去的,春天会交还给你。——海涅

咖啡厅前的广场上,小哑耳边巨大而沉重的齿轮转动声戛然而止!

严飞与小哑对望了一眼之后,便钻进路边一辆黑色的汽车离开了。他全然不知,就是那一眼对望,小哑偷窥了严飞的未来!

此时,小哑已全身是冷汗,紧握着机械怀表的手因过于用力而指关节发白。她抬起握着怀表的手,缓缓张开,机械怀表裂痕累累,好像一阵冷风便吹散了,好像一片雪花便融解了,又好像它下一秒便消失在手心,像从来没有出现过一样。

怀表上的数字仍旧是零,上面的地址也没有再出现。

她开始思考这只怀表的意义……

或许没有意义!就像时间本身,毫无意义,就像时间本身,是不存在的。

时间只是人类自己创造出来的一个词语,一个单位。一年四季的更替,人的生老病死,只不过是能量的消耗殆尽罢了。

但是,所有的过程以及小哑在乎的人,对她来说是全部的意义。她不接受那个结局,凭什么!她改变过曾经的结局,这个结局也必须由她亲自写。

她看着手中的怀表，这或许是最后一次机会了。或许更糟，或许更好。

小哑拿出手机拨通了严飞的电话："我把怀表交给你。"她必须叫严飞回来，不然看到的结局就会发生。

三分钟后，那辆开走的黑色轿车又驶了回来，车门被打开，小哑上了车。

"就是它吗？"严飞小心翼翼地看着小哑手中捧着的那块机械怀表，伤痕累累，不仔细看都看不出是一只怀表的模样了。

"就是它。"小哑道。

严飞的手在颤抖，他很激动，无论成功与否，这是一丝希望啊！

小哑缓缓道："在时间的大钟上只有两个字，现在。"小哑在说这句话的时候轻轻拨动指针，瞬间，机械怀表分崩离析，零件蹦得到处都是。小哑感觉身体被抽空了，只剩下一副皮囊，她觉得好冷，她看向车窗外，此时刮起了漫天的风雪。

小哑的眼前很模糊，恍惚中她看到很多很多画面，那些画面既熟悉又陌生，以至于她根本想不起来，那些画面究竟是属于她自己的还是属于别人的。

"小雨……余晨阳……阿琛……奶奶……大黄……"小哑念着他们的名字，"我怎么了？我觉得我一点力气都没有了，我觉得好冷，你们能抱抱我吗？

"我感到绝望，好想哭，好无能为力，我是怎么了？

"我好累，我想睡一会儿，大黄你记得跟阿琛和余晨阳说，别忘了叫醒我……"

## 第十四章　他们被时间偷走了

小哑终于知道了，这是死亡的感觉。她体会过几次，今天终于轮到自己了。

怀表里是她所有的时间，表碎了，时间也就碎了，也就意味着她的生命终结。她能感受到时间在身边一点一点流失，就像一潭温水，那种感觉很微妙。

忽然，像有一只强有力的手把她按入水中，她无法游上岸，渐渐地，呼吸停止，重回黑暗。

……

小哑重新睁开眼睛的时候，周围全是冷色调的光，白色的天花板泛黄，还有几处残破。

我不是已经死了吗？

她坐起来才发现自己躺在一张床上，身上穿着宽大的病号服，周围也全是床，墙壁上都是巨大的金属柜子。不对，小哑心中一惊，这里是太平间！

我果然死了……

小哑感受到一阵寒冷，她用手摩擦着手臂。死了为什么还会感觉到冷呢？

小哑跳下床，用力捏了一下自己的大腿，生疼！我还活着？

小哑推开太平间的大门，门口坐着的老大爷看到脸上惨白兮兮的小哑，吓得坐到了地上，他边往一旁爬边叫道："诈尸了……诈尸了……"

小哑匆匆离开太平间，乘电梯来到一楼，周围熙熙攘攘，病人和医护人员来回穿梭着。小哑穿过大堂，走出医院，阳光照在她身上，暖洋洋的，她流下了一滴重回人间的泪水。

小哑跑出医院大门口，迎面撞上一个男人，小哑低着头鞠躬跟对方道歉。男人也没说什么便离开了。

小哑出了医院，把从那个男人身上偷来的钱包拿出来，把钱抽出来，然后把钱包放在一个显眼的位置，希望有人捡到后看到里面的证件还给失主。

小哑打了一辆车来到附近的商场，用偷来的钱买了一身正常的衣服换上。换衣服的时候，小哑在镜子里看到了现在的自己，似乎更加成熟了，她靠近镜子，在自己的眼角发现了细微的眼纹。

小哑没空在乎这些细节，她回到棚户区，站在家门口的时候心脏突突地跳着，心里默默期待着，但愿一切都没事，小雨没事，阿琛也没事……

咚咚咚……小哑敲响了门。

门开了，探出一张小哑再熟悉不过的脸——小雨。

小哑用力抱住小雨，激动地再次哭出来，"太好了，太好了，你没事，你还活着。"

小雨推开小哑，拧着眉毛打量着小哑，就像不认识她一样，"你找谁？"

"小雨，我是小哑啊。"

"你怎么知道我的名字？"

"你不认识我了吗？"

"我压根儿就不认识你，你要干吗？"

"我是小哑啊，你姐姐。"

"怎么了？"阿琛听到吵嚷声，跟出来问道。

小雨道："哥，她脑子好像有问题。"

阿琛用陌生的眼神看了看小哑："你迷路了？"

"你也不认识我了吗？"小哑焦急地问道。

## 第十四章 他们被时间偷走了

阿琛对小雨说道:"我看,她就是个疯子。"转而问小哑,"刚从医院出来的吧?"

"我……"小哑解释不清。

"走吧走吧。"阿琛关上门,然后教育着小雨,"以后别跟这种人说那么多,多危险啊。"

"可是,她知道我的名字。"

"现在隐私信息泄露得多严重啊,知道你名字太简单了。"

……

小哑又敲响了门,阿琛隔着门没好气地问道:"你想干什么?你再不走我就要报警了。"

小哑说:"能给口水喝吗?"

片刻,阿琛打开一条门缝,扔出一瓶矿泉水来。

小哑离开,这样也好,至少他们都很好。小哑又来到学校,但是班里的同学没有一个认识她的,小哑找到乔绒,乔绒也像看陌生人一样看着她。

"对不起同学,我只是想问一下,咱们班的余晨阳在哪儿?"小哑问道。

"谁?"乔绒印象中没听过这个名字。

"余晨阳。"

"余晨阳是谁啊?"

"你们从小是邻居啊。"

"我邻居我怎么不认识?"

"班里没有叫余晨阳的吗?"

"没有啊,没这个人啊。"

"或者,你有个同父异母的哥哥叫余晨阳。"

299

"你有病吧？"

谢过乔绒之后，小哑直接来到教务处，谎称在学校捡到余晨阳同学的饭卡，问老师他是几班的，去还给他。可是老师查了半天都没有查到这个名字。

学校根本就没有余晨阳？难道这个世上也没有余晨阳了吗？

为什么阿琛和小雨不认识自己了？为什么机械怀表碎了自己所有的时间流逝了，自己却还活着？余晨阳为什么消失了？他被时间偷走了吗？

小哑的疑问太多了，可是没有人能帮她解答。

小哑失魂落魄地走出学校，在街上逛着，忽然肚子饿了，她走进一家小吃店，随便要了一份炒饭。店里的墙角上挂着一台电视，电视里正播着午间新闻：12月9日8时17分，接群众报警，一伙人正在抢劫一家金店，警方高度重视，快速反应，立即派员开展一系列的侦查措施，10日16时许，在市局有关部门的支持下、在各地警方的高度配合下，分局刑侦大队在棚户区一民居内抓获抢劫犯罪嫌疑人严飞，绰号刀疤……

忽然，小哑觉得有什么在蹭自己的小腿，她低下头看到一只黄色的流浪狗，特别像大黄。

"大黄，是你吗？"小哑问道。

大黄冲着小哑兴奋地摇着尾巴。

"太好了，真的是你，只有你记得我。"小哑抱住大黄的脖子，"太好了，我以为我被这个世界抛弃了。"小哑结了账带着大黄出来，"大黄，今天给你吃顿好的。"

小哑带着大黄来到一家宠物店，给大黄洗了澡，剪了毛和指甲，又买了很多狗罐头。

## 第十四章 他们被时间偷走了

接着,小哑带着大黄来到养老院,询问方奶奶的情况。护工问道:"你是老人家什么人?"

小哑道:"我是她孙女。"

护工狐疑地打量着小哑,"不对呀,方奶奶的儿子前天还来过,带着儿子来的,他家没有女儿的。"

终身未嫁等待良人的方奶奶有儿子?而且还有孙子?

"您好,我再问一下,方奶奶的爱人您见过吗?"小哑想确认准确。

护工道:"也住这里。"

"麻烦再问一下,她爱人是海归吗?"

"你干吗的啊?"

小哑还想问,却被护工当成坏人赶了出去。尽管如此,小哑还是十分开心,方奶奶终于不再苦命,嫁了自己喜欢的人,相守一生。

站在路边,小哑长长地叹了口气,有微风吹来,暖暖的,春天似乎来了。

小哑低头对大黄说道:"大黄,以后就只有我们两个了。"


三年后。

小哑拿着一杯牛奶站在窗边,看着太阳缓缓跳出天际,清晨的第一缕阳光从窗帘的缝隙里照进来,正好照在趴在地板上睡觉的大黄身上。

她把手中自己的病历收好,进卫生间去冲澡。刘医生说她的代谢情况已经三年平衡在正常水平了,各个器官虽有不同程度的衰竭现象,但是只要不再恶化,维系正常生活应该是没有问题的。

301

这时候一个电话打了进来，小哑围着浴巾出来，接通后对方说道："我想好了，我接受这份工作。"

小哑说道："好的，谢谢王先生，你将会在新公司度过非常有价值的三年职业生涯。"

"对了，你托我打听的人我打听了，有两个叫余晨阳的，我对比了你给的照片和信息，都不是你要找的余晨阳。"对方说道。

"非常感谢，王先生。"挂了电话，小哑开始准备早餐，她早已经习惯这样的结果。

如今，她已经在一家猎头公司工作一年了，对待工作她非常用心，在业界有着非常良好的口碑，因为这三年来她从没有放弃过寻找余晨阳，这个行业算是接触到的人比较多的。

小哑大海捞针了三年，她还将继续下去，她不信一个鲜活的人能从这个世界上消失得无影无踪。

小哑也想过，哪怕是最后找到余晨阳，他也很可能不认识自己，不过没关系，只要再见他一面就好了，哪怕只有一面。

小哑换上职业套装去往公司。她总是第一个到公司，打完卡，开始收拾自己的工位，然后给公司的花浇水。浇完水，她离开公司，去见客户，顺便去打听余晨阳的线索。

九点钟，她约了一个客户在钟塔下的咖啡厅见，两人刚聊两句，小哑便接到老板的一个电话，小哑抱歉地看着客户，然后指了指自己的手机。

"你先接。"客户礼貌地说道。

小哑起身到不打扰别人的地方，按下接通键，说道："老板我在见客户，您有什么指示？"

老板说道："有家大公司看中了一个人，可是他在别的公司任职。"

小哑心领神会,"挖墙脚这种事能不能换个人做?"

老板笑道:"资料我已经发你手机上了,你看一下,尽快搞定。"

"好,我尽力。"小哑挂完电话调出收到的资料,当看到目标照片的时候,小哑的泪腺瞬间崩了,哭着哭着又笑起来,然后用又是怨恨又是委屈又是欣喜的语气说道,"我找了你三年,王八蛋。"

资料上的照片正是余晨阳,在一家科技公司就职,一直在国外读书,去年毕业之后才回的国。电话、公司地址、家庭住址,一应俱全。

小哑回到座位,一边收拾资料一边说:"对不起,李先生,我有急事得走了,真的对不起,咱们改天再约。"说着抱着资料跑开了。

李先生被晾在原地,"搞什么?有没有职业素养?"

小哑来到路边打了一辆车,直奔那家科技公司。小哑疾步走到前台,问道:"小姐您好,余晨阳在不在?"

"稍等。"前台拿起电话问了几句,然后对小哑说道,"您好,余总在,需要我帮你预约一下吗?"

"麻烦了。"小哑微笑道。

小哑一直在休息区等到十一点四十分,余晨阳才从楼上下来。小哑立刻上前,从他的眼神中小哑能看得出来,他完全不认识自己。

"余总您好。"小哑道。

"我有二十分钟的午餐时间,你要一起吗?"余晨阳道。

"好。"小哑按捺不住内心的激动。

两人来到公司的简餐区,余晨阳给小哑也叫了一份餐。

"简单吃点吧。"余晨阳道。

"谢谢。"小哑接过简餐。

余晨阳示意小哑坐下,问道:"你找我什么事?"

小哑道:"你跟我一个朋友很像,三年前,我这个朋友突然失踪了,杳无音信,我没有停止过一天找他,我找了他三年,所以……"

余晨阳道:"我明白了,你是想确认一下我是不是你那个朋友?"

小哑心里说道:傻瓜,我已经确认了,见你的第一眼我就知道,你就是我的余晨阳。

"余先生是不是会画画?"小哑忽然问道。

"你怎么知道?"

"我那个朋友也会画画。"小哑拿出一幅星空图,这是她凭印象临摹下来的,"你看着眼熟吗?"

余晨阳看到星空图愣了一下,良久才说道:"我梦见过我在一条走廊里画满了星空,然后在繁星之下跟一个女孩求婚。"

小哑激动地问道:"你梦见过几次?"

余晨阳想了想:"不记得了,有几次吧。"

小哑还想继续深挖余晨阳的记忆,却被他拦住,"非常抱歉,我吃完了,我还有事先走了。"余晨阳边收拾饭盒边给了她一个微笑。

从余晨阳那里出来后,小哑去了理工大学,她想把这个好消息分享给她最亲的人,虽然他们不认识自己了,哪怕是远远地看上一眼，在心里默默分享。

小哑到的时候，小雨刚好下课抱着课本从教室出来，紧随其后的是一个男生，这个男生很眼熟。对，是他，夏风，那个小雨暗恋的男生。

他们一起去了食堂，一起打了饭，坐在一起有说有笑地吃饭。小哑刚才在余晨阳那一口都没吃，现在有点饿，她也打了一份饭，走到小雨的桌前，问道："请问，我可以坐这里吗？"

"可以的，老师。"小雨说道。她把穿着职业套裙的小哑错认成了老师。

小哑坐下后，夏风明显拘谨了很多。

小哑道："没事，你们聊你们的，当我不存在，其实我不是你们学校的老师，我只是路过顺便吃个饭。"

小雨看着小哑，"姐姐，你好漂亮。"

当小哑听到小雨再次叫自己姐姐的时候，她的心就像泡进放了蜂蜜的柠檬水里一样，那种酸楚与甜蜜交织在一起，无法言表。虽然她知道小雨的这声"姐姐"跟真正的姐姐没有任何关系，但是她也知足了。

"谢谢。"小哑把自己的鸡腿夹到小雨碗里，"我吃不了，给你吃。"

小雨这个小吃货，开心地笑起来，眼睛都弯没了。

跟小雨吃完饭后，小哑在学校超市买了很多吃的和饮料才离开，她来到阿琛上班的物流公司。阿琛刚卸完一车货，坐在椅子上休息。小哑拦住一位阿琛的同事，把手里的喝的和吃的塞给他，说道："辛苦大家了，请大家的。"

他以为里面有她的货，连忙谢过。

从物流公司出来后小哑心情愉悦，她调出余晨阳的手机号码，打了过去，很快电话接通，余晨阳问道："哪位？"

"是我，小哑，刚才咱们见过。"小哑连忙说道。

"哦，你好，请问还有什么事吗？"余晨阳问道。

"晚上你有时间吗？我有很重要的事情跟你说。"小哑道。

"不好意思，我晚上需要加班。"余晨阳道。

挂完电话，小哑喃喃道："余晨阳，我一定要让你想起我。"

小哑一直在余晨阳公司楼下大厅守到晚上，他一直没有从楼里出来。晚上十一点，小哑去一旁的快餐店打包，等餐的时候她发现一旁的阅览架上有一本叫作《年华代理人》的漫画，当然，作者已然不是小哑。

她随手拿起来翻看，从书里掉出来一张纸条，小哑赶紧捡起来，又重新夹了回去。

只是小哑没有看到纸条上的内容：你还没有明白时间的意义。

餐齐后，小哑给余晨阳带上去，却没想到余晨阳所谓的加班，是带领全公司的人在加班。

余晨阳刚好从办公室出来，看到小哑，疑惑道："你干吗？"

小哑不好意思地对一屋子的人笑笑，转而对余晨阳说道："给你送夜宵，我没想到这么多人，我再去买。"

余晨阳拦住她："我真不记得你，你哪儿冒出来的？"

小哑道："我一直都在，是你缺席了。"

突然，小哑走向余晨阳，右手直接抓住了余晨阳的衣领，然后把他拉向自己，吻了过去。当她的嘴唇碰到余晨阳的时候，余晨阳的脑海里像炸了一道惊雷。

## 第十四章　他们被时间偷走了

小哑松开余晨阳,双眼含着眼泪质问道:"余晨阳,你忍心忘了我吗?你就那么忍心吗?我找了你三年,你知道这三年我是怎么过的吗?"

"你说你对我负责,这辈子都不会辜负我,你去哪儿了?说的都是屁话!"

小哑抬起手用力给了余晨阳一耳光,她爱得有多深,就恨得有多深。

余晨阳被打傻了,小哑再次吻了上去,这次她用力咬破了余晨阳的嘴唇。

余晨阳吃痛,叫了一声,然后怔怔地看着小哑,一种莫名的熟悉感将他包裹住。

小哑道:"余晨阳,我们重新认识一下吧。我叫小哑,我喜欢你,从今天开始,我每天都会来你公司,因为我要开始追求你,再见。"

说完小哑头也不回地走了,她的身后响起潮水般的掌声,余晨阳越是极力压制,同事们越是起哄。

小哑的嘴角扬起微笑,她从未有过这种淋漓的酣畅感。

从今天起,她要一个人重新面对这个世界。

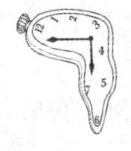

## 第十五章
# 时间最后的刻度

在时间的基准线上,每一天正南方扫过地球影子的时间都是午夜0:00点,所以太阳的刻度是"12:00",影子的刻度是"0:00"。

衡州市第三医院。

从昨天夜里便开始下起了雨,一直持续到今天上午十点钟仍旧没有停的意思。

小雨怀里抱着一只金毛犬玩偶,打着伞奔跑在阴沉的天空下,跑进医院,踏入大厅,收起伞后拍了拍玩偶上的雨珠,抬起头看到了明亮的白炽灯。白炽灯下来来往往的人,有的人神情紧张,有的人扶着墙壁步履蹒跚。头顶的光,时时刻刻折射着沧桑的时光与病痛的折磨。

空气中弥漫着消毒水的气味,与此同时,还夹杂着鲜花的淡淡芬芳,这些混合着药物的复杂气味,穿透每个人的鼻孔,宣告这里是什么地方。

远处传来救护车的警笛声,前方有小孩的哭声,一旁还有无声的呜咽。小雨一路穿行,医疗设备的提示音,低沉的交谈以及严肃的叹息,病历纸沙沙的摩擦声,是心弦之上生与死、希望与

## 第十五章 时间最后的刻度

绝望的交响。

小雨忽然回头,看到天边有一缕光隐隐穿透阴霾。她挤出一个微笑,自言自语道:"所以,雨会停,太阳也会出来的。"

小雨上楼,推开304病房的门。小哑平静地躺在病床上,身上插满了管子,各种医疗仪器也连接在她身上。

"嗨,小哑,周四快乐。"小雨变换出轻快的语气。

无人应答。

小哑已经在病床上躺了三年多了,她的意识被封存在了躯体里,在做一个特别漫长的梦。

"有一个不太好的消息,大黄太老了,走了,安乐死的,走的时候没有痛苦。"小雨把怀里抱着的那只金毛犬玩偶摆在了病床边上,"它临走之前我买了很多狗狗玩偶,大黄挑了这只,它等不了你了,让这只玩偶等你醒过来。"

"你别太难过哈,狗狗的寿命是有极限的。"小雨继续说道,"最后时刻它还咧嘴笑呢。"

"对了,我还买了新香水,乌龙茶香,稀罕吧,我喷了,感觉特别治愈。"小雨涂抹一些在小哑的手背上,"你闻到了吗?觉得如何?是不是有一种清幽、安逸的感觉?"小雨凑近她,嗅了嗅手背上的香气,"好闻。"

小哑仍旧没有任何回应。小雨知道,如果她有了回应,便是奇迹的到来。她一直在等待奇迹,等了三年多了。

小哑一开始被诊为植物人,但是身上、头部并没有外伤,多次排查后,并没有确切结论。后来对小哑进行了语音刺激,并通过脑电图以及颅脑磁共振成像,发现她有神经响应,能对某些语言有反应,说明小哑是有意识的。余晨阳通过多方关系,请来了认知神经科学及影像学领域的教授，联合会诊，才最终确定，小哑为意识清醒的"植物人"——闭锁综合征患者。

起初，她还是一个得了闭锁综合征、意识清晰的正常人，紧闭的眼睛还能流出泪。后来奶奶的去世给她带来了毁灭性的打击，她完全没了反应，只保留了基本的生命体征和意识。

她的病因是大脑的一个重要部分——脑桥基底部病变，受到了严重损害，导致大脑和身体的"沟通"出现了问题，但大脑半球和脑干被盖部网状激活系统无损害，因此保持清醒意识，对语言的理解无障碍。

当时小雨问教授，小哑会是什么感受？

教授说，就像有一个无比坚硬、无比黑暗的盒子，把小哑装了进去，这个盒子刚好和她身体贴合，贴紧她每一寸皮肤，她在盒子里一动都不能动，更不能说话，她的灵魂被束缚，窒息感、无力感如影随形，肉体无限接近无望与死亡，但小哑可以在盒子里听到外界发生的大部分声音，只能在这个与她完美契合的盒子里与自己的不安、紧张、焦虑、悲伤、恐惧、愤怒等情绪独处。外面的人完全不知道盒子里的人发生了什么。

小雨听完感到了深深的绝望，她想问被治愈的可能，但是又怕得到一个为之崩溃的答案。小雨终究没有问出口，但是教授知道她想知道，还是如实告知，闭锁综合征预后非常差，患者运动功能显著恢复的情况非常罕见，在闭锁综合征发病后的前四个月，很多患者会去世，差不多有90%的人都会去世。但是因体质不同，也会有一小部分人能够活比较长的时间。

时至今日，幸运的是，小哑是那小部分人中的一个。

这时，余晨阳来到病房，闻到香水味道，笑着说道："你还是

## 第十五章 时间最后的刻度

坚定不移地相信香水可以把人唤醒的玄学。"

小雨道:"必须坚定不移啊,你不也是一天不差来轮值嘛,也是相信她可以被自己深深喜欢的人唤醒。"

余晨阳道:"跟你一样,必须坚定不移啊。"有时候他也在想,三年了,或许已经习惯了吧——最开始小哑病的时候小雨一遍一遍又一遍来找余晨阳,不厌其烦地说服他来病房看看,硬的软的,各种手段都用了,比如瞪着眼睛指着余晨阳的鼻子说,他可是小哑从小到大暗恋的人啊。再比如,号啕大哭着求他哪怕是看一眼。后来余晨阳来了,一次两次三次,数十次……慢慢地,有空的时候如果不来一趟就觉得心里空落落的。时间久了之后,小雨偷偷跟余晨阳道过歉,说毕竟小哑只是暗恋他而已,是她把愧疚这两个字强加给了余晨阳。

余晨阳安慰小雨,从一次到几百次间,中间很多时候都不想再来了,但隔一段时间还是会不由自主地来看看,虽然知道没有用,但是他习惯了。余晨阳总在想:如果明天去,万一醒了呢;如果多去一次,她真的会醒呢;如果就少去那么一次,她永远醒不来呢……

没有强加不强加,如果我真的不想来,不会坚持下来。余晨阳道。

"哎哟,今天人好齐啊。"阿琛探头进来,把水果放在茶几上后问小雨,"今天不是该余晨阳轮值嘛,你不上班吗?"

"我来给小哑送大黄。"小雨指着病床上的金毛犬玩偶,"今天也没轮到你,你跑来是不是太想小哑了?"

"当然想,如果不是公司上了打卡系统,我天天翘班来守着小哑。"阿琛说完用眼神示意小雨和余晨阳到病房外。

三人出去，把病房门关好后，阿琛才说道："严伯伯打电话给我，让我今天过来的。"

话音刚落，小雨的电话也响了。是严伯伯打来的，也让她今天过来。

小雨道："严伯伯，我现在就在，余晨阳和阿琛也在。"

严飞道："好好好，我堵车，一会儿到，你们等我。"

挂了电话，三个人面面相觑，心里一下子没了底。

那个拥有能偷走时间的能力的小哑，是小哑困在躯体里的意识"演绎"出来的。在现实生活里，小雨是她最好的闺密，阿琛是她的青梅竹马，永远追在她身后的邻居大男孩，余晨阳则是她一直暗恋的人。而刚才来电话的严伯伯，叫严飞，是小哑的亲大伯。

阿琛看向余晨阳："你知道什么事儿吗？"

余晨阳道："不知道。"

阿琛心里打鼓，感觉不是什么好事儿，"是不是严伯伯接到了医院的什么通知？我去问问医生。"

小雨知道根本就拦不住这头倔驴，索性没有白费力气。等阿琛问完跑回来，告诉大家，医生那边没有给家属打电话，小哑的状态还是老样子。

阿琛忽然大叫："我知道了，严伯伯要放弃了，他要杀了小哑。"

小雨道："喂，你别那么极端。"

阿琛道："极端吗？我觉得一点也不极端，这个结果你们扪心自问，是不是想过无数次了？我跟你们俩讲，反正我坚决不同意，我无法接受。"

余晨阳道:"就算真是如此,也是严伯伯的权利,而且他是小哑的大伯,虽然他总是嘴上从不饶人,对于弟弟把女儿这个拖油瓶留下颇有怨言,某种程度上,在小哑躺在病床上的三年中,严伯伯是一直坚持治疗的人,把家底彻底掏干净了,而且他已经五十多岁了,至今未娶,更没有自己的孩子,他虽然之前对小哑不好,但也是拿她当亲女儿的,给吃给喝给学费。严伯伯没结过婚,没生过孩子,不能要求他一开始就是一个满分父亲。"

阿琛已然失去理智:"他就是不合格,在小哑上小学的时候,他指着小哑的额头,亲口告诉她,他的爸爸是个罪犯,她是罪犯的女儿,还说没人会喜欢小哑,小哑永远是不受待见的人,所以小时候小哑那么害怕严飞,恨严飞。"

在小哑意识混乱中幻想出来的严飞是个大反派,把亲生父亲的罪行嫁接到了严飞身上,大伯与父亲无限重叠,而意识中严飞的女儿严谨,大抵便是小哑的某一个影子吧。

教授说,小哑刚开始被困在盒子里,会感觉自己在经历一场梦幻之旅,甚至感到惊奇,随着她一直被困着,渐渐地开始分不清时间,开始做一个又一个梦。她的意识可能会在最小状态和无限状态随机切换,像在无尽的宇宙中遨游,漫游在生与死的昏暗混沌之间。她唯一能依赖的就是自己的意识,能坚持下去也源于自己的意识,她能不能活下去,能活多久,全凭她的意识有多强大。

走廊尽头传来两声干咳,一个佝偻着背的老人走来,像是一座移动的年久失修的石拱桥,步伐显得沉重,如行在泥泞之中。终于,满头白发的严飞来到他们面前——跟小哑意识中的狰狞凶狠的大反派刀疤完全判若两人——他的肩膀下沉,承受着无尽的疲惫，眼神里满是苍老和黯淡，每一道深刻的眼角纹，都是无奈与悲伤雕刻下的痕迹，只有一双剑眉，像是一叶孤舟在暴风雨中倔强摇摆着。

"严伯伯。"小雨搀扶住严飞。

严飞缓缓点头："谢谢孩子们，我有点事跟你们商量一下。"

四人默契地移步到更远离病房的地方，余晨阳道："严伯伯您说吧。"

严飞微微叹了口气："这么多年了，你们也知道的，她的意识被困在了躯体里，其实小哑很痛苦。"

阿琛刚想开口打断严飞，却被他抬手拦下："她痛苦，你们也跟着痛苦。自从奶奶走后，她的病情恶化，基本上成了只有意识的植物人，只保留了基本的生命体征和意识。三年见真情，你们辛苦了，我不多说了，咱们一起投个票吧，一是对小哑生命残存的尊重，二是对你们这帮好朋友有个交代，毕竟这天底下任何的关系：朋友、亲人、夫妻等等，长长久久的少见，那些少见的，总归要走到时间最后的刻度的。"

跟阿琛预想的一样，果然是最后的抉择。

时间无情，冲刷一切，但似乎不能把所有痕迹都抹平，尤其是伤痕。所以小雨很理解严伯伯，毕竟他不是她的亲生父亲，但这么多年做得比亲爸还好。

三人也知道，最终决定权还是在小哑唯一的亲人严伯伯那里。投票大概是走个形式，最终的选择严伯伯已经有了答案。

小雨忽然想起，前一段时间有人给严伯伯介绍了一个女朋友，至于成没成，他未提及。

"开始吧，别多想，一多想就下不定决心了。"严飞又道。

小雨道:"严伯伯,小时候我们一帮小孩去天台玩,我滑倒跌下天台,是小哑死死拽住了我,如果不是她,我早掉下去摔死了。"

阿琛道:"严伯伯,我从小喜欢小哑,你知道的,你还因为这事儿揍了我不下十回,我每一回都记着呢,而且我吃了小哑奶奶十几年的饭,可以说我跟小哑是在一个锅里吃饭长大的,无论从什么角度,我做不到。"

余晨阳道:"严伯伯,你知道的,我爸妈在我很小的时候就去国外工作了,把我丢在了国内,小哑带我去过一个地方,那个地方是治愈我的乐园。一个破旧已搬迁的工厂大院,角落有一辆废弃的双层大巴车,大巴车的顶部有一只用绳子吊下来的黑色塑料桶。小哑带我上去,指着黑色塑料桶告诉我,这里有可以洗澡的单间。黑色塑料桶的底部戳满了细小的孔,形成了一枚花洒。废弃的大巴车里长满了爬藤植物,春天一开花,特别漂亮。大巴车二层有一个打通的洞,竟然向下做了一个简易的滑梯。我特别羡慕地跟小哑说,你们的生活真有趣。"

三人说完举起了右手:"我们选择继续陪着小哑。"

严飞的眼角滑落一滴泪,然后深深弯下腰鞠躬:"谢谢孩子们……小哑的事始终是我一个人的事情,想让你们投个票,我好找个借口,让你们去过你们的生活……"

余晨阳道:"我们人多,照顾小哑和有自己的生活其实不冲突。"

阿琛搭上余晨阳的肩膀:"就是就是,老余富家公子哥,有钱,而且我还有两份兼职,钱您别担心。"

小雨又想起刘婶儿说媒的事儿,问道:"严伯伯,你也应该有你的生活，上次刘婶儿给您介绍的对象咋样？"

严飞老脸一红，摇摇头："没成。"

……

三年前小哑确诊闭锁综合征那天，教授说，你们会思考她死了还是没有死，你们每一个人的心里都会无数次闪过还能坚持多久的念头，你们在旁边的任何举动都有可能会刺痛她。她会感到冷，会感到热，会感到口渴和饥饿，她还会听到其他人感叹这可悲且无常的命运，她会无比渴望苏醒，一次又一次陷入永恒的绝望中。如果你们要一个奇迹的话，一定要一直当她第一天生病，你们不能失去希望，你们不能让她觉得人走茶凉，你们不能在她身边无所事事、百无聊赖、习以为常，装样子。只要你们足够坚强、坚持、乐观、充满希望，那么她也一定会是这样。

……

小哑的身世没有那么好，但是她身边的所有人都爱她，深爱着她。

遗憾的是，她知道。

幸运的是，她知道。

生命是由一个个当下的时刻联结而成的。

小哑的意识还会继续疯长。